teenに贈る文学

真夜中のパン屋さん

午前５時の朝告鳥

大沼紀子

ポプラ社

真夜中のパン屋さん

午前5時の朝告鳥

contents

Setagaya Line
世田谷

真夜中のパン屋さん

午前5時の朝告鳥

BOULANGERIE KUREBAYASHI

〈ブランジェリークレバヤシ〉

営業時間は、午後23時～午前5時。
真夜中の間だけ開く、不思議なパン屋さん。

登　場　人　物　紹　介

篠崎《しのざき》希実《のぞみ》

とある事情により家を追い出され、「ブランジェリークレバヤシ」の２階に
居候している女の子。半ば強制的にパン屋で働かされながら、
次々と真夜中の大騒動に巻き込まれていく。

暮林《くればやし》陽介《ようすけ》

謎多き「ブランジェリークレバヤシ」のオーナー。
パン作りは、そろそろ一人前……？
希実との関係は「義兄妹」ということになっている。

柳《やなぎ》弘基《ひろき》

暮林の妻、美和子が繋いだ縁で「ブランジェリークレバヤシ」で働いている
イケメンブランジェ。口は悪いが、根は優しく一途な男。

斑目《まだらめ》裕也《ゆうや》

探偵能力が抜群な、ひきこもり脚本家。
「ブランジェリークレバヤシ」のお客様。のぞき趣味は卒業!?

ソフィア

「ブランジェリークレバヤシ」の常連客。暮林とは同年代で、
ベテランの風格漂う、麗しいニューハーフ。

水野《みずの》こだま

「ブランジェリークレバヤシ」に通う、男の子のお客様。
母と2人で暮らす、素直な少年。

Open

暗い窓の外から、鳥の鳴き声が聞こえてくる。だから彼女は、朝がじきやってくることに気付く。

ああ、もう、そんな時間か。まだ暗いままの窓を見詰めながら、彼女は小さく息をつく。もう、朝が、来てしまうんだな。

ずっと、夜のままならいいのに――。彼女はそう思う。だって、夜は優しい。暗い夜の中でなら、色んなものがぼんやりと、どこか曖昧に見えるようになる。耳障りな声も小さくなるし、常識も現実も、わずかばかり遠のく。

白日が露わにしてしまうことも、夜はそっと隠してくれる。どんな思いも、どんな孤独も、夜は静かに許してくれるのだ。だから彼女は、夜が好きだった。暗い闇の中でなら、自分も少し、許されているような気持ちになれる。

でも、朝はやって来てしまう。

まだ窓は暗いままだ。

それでも鳥たちは、朝の訪れを告げている。

Mélanger

——材料を混ぜ合わせる——

斑目裕也《まだらめゆうや》は孤独を見つけるのが得意だった。

それは色んなところにあった。賑やかな公園のベンチの端っこや、みんながトンネルを作っている砂場の片隅。赤と黒のランドセルが連なる騒々しい集団登校の列から、少しはぐれたような列の最後尾。教室の中に、ポツンポツンと点在している深い淀み。キラキラとした笑い声の中にある、息が詰まりそうなほどの静寂。まるで、あらかじめ決められていたかのような、彼の定位置。

そんなものを、ちまちま書き綴って物語にして、テレビ局主催の脚本コンクールに応募したのは大学生の頃だ。それでいきなり賞がもらえた。最優秀賞ではなく、次点の次点あたりの賞だったが、それでも彼の脚本を気に入ってくれたプロデューサーがいて、「本気で脚本家を目指してみないか？」と声をかけられた。「斑目くん、視点がちょっと面白いからさ」それが、斑目が脚本家になったキッカケといえばキッカケだ。

最初の五年ほどはプロットライターをやったり、脚本協力という名の下書き作業に終始していたため、もしかしたら俺は騙《だま》されて、蟹工船《かにこうせん》をやってるんでは？　などと思うこともしばしばだったが、しかし六年目にはゴールデンタイムの連ドラ脚本を書くチャンスをもらえて、結果それが、彼の脚本家としてのデビュー作となった。

そしてそれから十数年。いまだ脚本家と名乗れているのだから、恵まれているとしか言いようがない。運も良かったのだろうと、時おり天に向かい手を合わせてもいる。ビッグネームにもなれないまま、細々と脚本家業を続けていくことは、実のところ中々に至難の業なのだ。ちなみに、ビッグネームになろうという野望はハナから抱いていなかった。人間には分というものがある。斑目はそういったものの認識に、若かりし頃からごくシビアな人間だった。

世の中には、愛される人間と愛されない人間がいて、自分は後者だと、斑目はかねてより思っている。無論、若い頃ほどの絶望感は薄らいだが、それでも世間というものからは、やはりはじかれ続けている自覚がある。

女性の後ろを歩けば速足で逃げられるし、昼間に繁華街を歩けば、二度に一度は職務質問を受け続けてもいる。「私服の中年男性には、とりあえず職質するらしいですよ」とＡＤちゃんは励ましてくれるが、しかし斑目には、葬式帰りの喪服姿で職質を受けた実績もある。とどのつまり服装ではない。彼は彼自身が醸《かも》しだす何かしらによって、不審者認定され続けているのである。いったい何が出ているというのか。四十余年もとめどなく。斑目としては、そう憤らずにはいられない。いい加減、止まってくれないか。待ち合わせに遅れそうになること甚だしく、とにもかくにも不便なんだが――。

しかし脚本家業という仕事は、その疎外感や、自覚的な欠損部分、あるいは明らかなる不遇が、何かと役に立ってくれる不思議な仕事だ。それらはネタにもなるし、エンジンにもガソリンにもなってくれる。失恋のおかげで書けた脚本は数知れずあるし、鬱屈《うつくつ》や絶望、怒りのぶつけ先も、恥ずかしながら長らく大概脚本だった。それでお金がもらえるのだから、不思議を通り越して、もはや謎仕事と言えるような気すらする。恥をさらして、暴言をぶちまけて、それで一時間ウン十万円也。最高か。いや、むしろ最低なのか？　実に摩訶《まか》不思議な謎仕事である。

その上、愛されている側にいるはずのプロデューサーや役者たちが、自分の書く疎外感や欠損、そして不遇に共感してくるという奇々怪々な現象まで起こる。おかげで若手の頃は、その都度むかっ腹を立てていたほどだ。いやいやいや、お前らなんて死ぬほどちやほやされてるだろ？　寂し過ぎて、気付いたら布団を食べてたことだってないだろう？　青春時代だって、どうせ死ぬほどキラッキラしてたんだろ？　ああん？

けれど四十路を越えた今では、経験則的に思うようになってしまった。疎外感も欠損も、あるいは不遇の類いのようなものも、持たない人間のほうがめずらしいのだ、と。

他人からどう見えようが、大抵の人間たちには、多かれ少なかれ、それらの要素が基本搭載されている。それが現在の、斑目の偽らざる実感だ。

大昔、ベテランのプロデューサーに言われたことがある。「不幸なヤツのほうが、いいホンが書けるのよ。ドラマなんて、不幸な人間を描くもんだからね。だから斑目くん、幸せになっちゃダメだよ。不幸でいたほうが、いいものが書けるんだから」

道理ですね、と若かりし斑目は思ったように記憶している。確かに不幸でいる分にはネタが尽きないし、幸せになってしまったら、何かを書きたい気持ちなんて、萎えてしまうかもしれませんからね。まったく不幸様々ですよ。そうして苦く笑ってしまった。けどまあ、安心してください。俺、絶対に幸せになんてなれませんから。俺を誰だと思ってるんです？　斑目ですよ？　どうせ死ぬまで、孤独だけがお友達の、万年変態のぞき魔野郎なんですから――。

だがしかし、と、このところ斑目は、パソコンを前に懊悩《おうのう》している。未来って、意外と思わぬ方向にも、転がっちゃうもんなんだよなぁ……。

事実は小説よりも奇なり、とはよく言ったもので、現在斑目は、パパ、と呼ばれている。ちなみに妻のことは、ママ呼びだ。スナックでもないのに！　と斑目は思うのだが、しかし互いに名前で呼び合っていた斑目と綾乃《あやの》を前に、娘の百葉子《もよこ》が、「ユウくん」「アヤちゃん」などとふたりを指さすようになり、しばらくはパパママ呼びで統一しておこうと、夫婦間で取り決めたのがおおよそ二年前。今では百葉子も三歳になり、両親の呼称がパパママであること、そして固有の名前が裕也と綾乃であることまで、ちゃんと認識出来ている。だから夫婦が、「ユウくん」「アヤちゃん」呼びに戻しても、まったく差し支えはないのだが、しかし一度染みついたクセは抜けきらず、彼らはいまだ、「パパ」「ママ」と呼び合ってしまっている。「パパ、それ取って」「パパ、この明細なんだけど」「パ、パパ……、この尿酸値……」

俺が、パパって――。と斑目は時おり気が遠くなりそうになるが、ユウくん呼びだってどうかしていると思っていたから、どちらにせよ、自分には不釣り合いな呼び名であることに違いはない。パパって、ユウくんって、いったい誰だよ？　妻って、娘って？何それ？　食べられるの？　おいしいの？　というつまらないボケを、いまだ脳内で繰り広げてしまうほどだ。ああ、これが、俺の、人生とは――。まったくもって、信じられん。

要するに斑目は、幸せになってしまったということだ。分不相応《ぶんふそうおう》な気もするし、じわじわくる違和感を、ずっとひたすらに覚えてもいるが、しかし、これが現実だ。彼には麗《うるわ》しの妻、綾乃と、三歳になる幼稚園児の娘、百葉子がいる。住まいも四十平米《へいべい》の1

LDKから、五十八平米の2LDKに引っ越したし、ほとんど自分の一部だった望遠鏡もいくつか手放した。

まさに人生の大転換。得られると思っていなかったものを得て、捨てられるわけがないと思っていたものを、捨てた。それでよかったのか？　と考え込んでしまうこともままあるが、しかし悩みは長くは続かない。そういった思考は、娘の百葉子の破壊行動によって、いつも中断させられるからだ。

今の彼女は、自分を猫だと思っている節があり、愛猫のぐーたんと柴田さんの真似をして、椅子の上に飛び乗ったり、机から飛び降りたりと、日々大騒ぎの様相なのである。「いいかい？　もよちゃんは、猫じゃないんだよ？」と斑目が言い聞かせても、彼女は十秒ほど黙り込んだのち、「にゃー？」と返してくるのだから、話が通じないこと山の如し。徹夜明けの斑目のベッドにも、平気で飛び乗ってきたり、猫たちとベッド周りで運動会をはじめるのだからかなわない（しかも猫たち同様に、あまり密着したりはしてこない。多分加齢臭《かれいしゅう》のせいだろうと斑目は思っている。それもそれで、かなわないというか、切ない）。そんなドタバタの中にあっては、そうそう過去を振り返ったり、人生について思い悩んでいる時間が持てない。孤独と戯《たわむ》れるなんて、もはや非現実的高等遊戯とも言える。

それは多分、幸せなことなのだ、と斑目は気絶寸前のまどろみの中で、枕を抱えながら思っている。悩む暇も隙も与えてもらえなければ、きっと今日も、おそらく熟睡させてもらえないのだろう。二、三時間すれば、百葉子か猫らに叩き起こされるんだろうし、起きたところでネタも落ち着いて考えられない。仕事部屋にこもったところで、ドアの外から百葉子と猫らに延々翻弄《ほんろう》されるはず。

でも、それを、間違ってもそれを、鬱陶《うっとう》しいなんて思っちゃいけない。絶対、絶対に思っちゃダメ。ダメダメダメダメダメダメダメダメ。今の俺は、とーっても幸せ。かわいい妻も娘もいる、空前絶後の幸せ野郎なんだから――。とまあ、そんな具合に懊悩しているのである。

悩みの種は、他にもある。百葉子という存在そのものだ。斑目が言うのもなんだが、彼女は少し変わっている。顔はどちらかというと綾乃寄りで、そのあたりには胸を撫で下ろしているのだが、しかし子供の顔というのは割りに不安定で、時おり自分にも似ていると気付いてギョッとする。だからなんとなく、油断できない怖さはある。俺のDNAが、これ以上、幅を利かせはじめたらどうしよう？　何せ容姿以外の面においては、どうも自分の血のほうが、大暗躍している様相なのだ。

言葉は少なく、内でも外でも引っ込み思案。しかし猫と化せば元気いっぱいで、縦横無尽に走り回る。猫でない時は、じーっとどこかを見ていることが多く、くっくっくっと、しょっちゅう謎の思い出し笑いをしている。たった三年の人生で、何をそんなに思い出すことがあるのかと斑目は思うが、しかし百葉子は笑うのである。夜中にやられると本当に怖い。

好きな食べものはミニトマトで、しょっちゅうリスのように、ミニトマトで口の中をパンパンにしている。嫌いなものは炭酸飲料。蓋《ふた》を開けた時の、プシュッ！　という音がひどく苦手らしく、ペットボトルを見ただけで、この世の終わりみたいな顔をする。

現在幼稚園の年少さんだが、友達らしい友達はいないとのこと。話しかけられても、にやにやするばかりで、誰とも会話にならないのだそうだ。将来の夢はむらさき色。「色はお仕事じゃないいんだよ？」と斑目が諭《さと》しても、「むらさき色になる」の一点張りだ。その様は、子供時代の自分のようで、斑目としては、嗚呼《ああ》！　ＤＮＡ！　と叫びたくなる。なぜよりによって、俺が出る？　今まで散々、生きづらい思いをしてきたはずなのに！　おとなしく慎ましく、自重してろよ、俺ＤＮＡッ！

綾乃には、「心配し過ぎよ〜」と笑われるが、斑目にとっては笑いごとではない。「でもこのまま俺に似た大人になって、のぞきが趣味とかになったらどうするんだよ？　俺は男だったからまだよかったけど、女の子でのぞき趣味なんてなったら、もう色々ヤバいっていうか、目も当てられないっていうか……」しかし綾乃は、不可思議な表情を浮かべるばかりで、斑目の話を一向に理解しない。色々と恵まれた人間は、これだから困ると斑目は思う。

斑目は娘の将来が、心底不安でならない。心配のあまり、時おり心臓がキュッと縮こまるほどだ。この先の彼女の人生に、自分のそれに似た苦難があるかと思うと、走って逃げだしたくもなる。ああ、ごめん。パパがこんな人間だったばっかりに……。娘と自分は別人格だと理解はしているのに、やはり自分的な要素を百葉子の中に見つけるたび、言いようのない罪悪感にさいなまれてしまう。

脚本を書きはじめた頃は、自分がこんなことに思い悩むようになるなんて、夢にも思っていなかった。そもそも子供を持つ以前に、結婚する予定だってなかったのだ。

それなのにそんな人生を、戸惑いながら生きている今日この頃。しかも、それはそれで、どうにかなってしまっているのだから、いかんともし難《がた》いほど摩訶不思議。人生って、不思議なものですね、多賀田《たがた》くん――。

――なんてことを、話せばいいんだろうか？

茫々《ぼうぼう》とそんなことを考えながら、斑目は傍《かたわ》らの多賀田くんの様子をうかがう。多賀田くんは鋭い目つきで、頭上を飛んでいくタカに見入っている。

「……」

タカというのはもちろん、タカ目タカ科の鳥のタカのことだ。体は茶色く、羽には白いものが交じっている。黄色いくちばしは鋭く、足のほうも小動物くらいは軽く摑めるのであろう逞しさが感じられる。率直に言えば、いかにも獰猛《どうもう》な様子でちょっと怖い。そんなタカが、係員の指示に従い、観客の頭上をバッサバッサと飛んでいく。

日本の動物観覧施設だったら、この距離でタカが飛ぶことはまずないだろうと思われる。けれどここのタカたちは、観客の頭をかすめていくほどの距離感でもって、バッサバッサと実に景気よく飛んでいくのだ。むしろ観客たちのほうが、タカとぶつかることを恐れ、頭をさげたり体を反らしたりなんかしている。小さな子供たちに至っては、数人ばかりギャン泣きだ。しかし係員は怯《ひる》むことなく、だからどうした？　と言わんばかりの態度でもってタカを飛ばしてくる。バッサバッサ。ギャ〜ン！　バッサバッサ。ギャ〜ン！　クレームを恐れないその姿勢。実に大陸的だなと斑目は感じ入る。バッサバッサ。あれ？　でもここって、島国だから大陸じゃないんだっけ？　バッサバッサ。ギャ〜ン！　タカは斑目の頭上もかすめていく。バッサ。ギャ〜ン！

なんともシュールな光景が繰り広げられているここは、バードパークである。日本から飛行機で約七時間、シンガポールにある鳥に特化した動物観覧施設内の、屋外バードショー会場。つまり斑目はその観光施設で、多賀田くんとともに、一応観光をしているのである。

なぜそんなことをしているのかと言えば、斑目がシンガポール在住の多賀田くんを訪ねたからだ。それで多賀田くんは、おそらくよかれと思って、斑目をシンガポール観光へと誘ってくれた。

とはいえ、もともと多賀田くんは、マリーナベイ・サンズのプールやカジノあたりに斑目を案内するつもりだったようだが、しかし斑目が、「そんなご大層な感じのところはちょっと……」と尻込みしてしまい、けっきょくこのバードパーク観光に落ち着いた。

園内には、こんなに鳥を集めてどうするのだ？　と思うほどの鳥がいて、その圧倒的な羽数に、ちょっとしたおかしみを感じてしまったほどだ。進んでも進んでも、そこにいるのは鳥、鳥、鳥。そのあふれてくるかのような鳥たちを前に、斑目は何度笑いをこらえたかわからない。

しかし、多賀田くんのほうは、楽しんでいるのかどうか微妙なところだ。先ほどから能面のような顔をしたままだから、相当につまらない思いをしている可能性も高い。まあ、いい大人の男ふたりが、一緒に鳥なんか見てもなぁ、と斑目としても思わないでもないが、しかしいい大人の男ふたりが、マリーナベイ・サンズのプールでキャッキャするのもやはりどうかと思ってしまう。かといってカジノにでも行こうものなら、多賀田くんがその筋の人たちにスカウトされてしまいそうでちょっと怖い。多賀田くんって、怖い世界から足を洗って久しいはずなのに、相変わらず独特の雰囲気を醸し出しちゃってるからなぁ。

そういう意味では、まあバードパークでよかったはず。観客の腕に止まるという芸をするタカを見ながら、斑目はそう思い至る。こういうのどかなところでなら、落ち着いて話も出来そうだし……。

そう。斑目がシンガポールを訪れたのは、観光のためなどではなかった。多賀田くんのほうはどう捉えているかわからないが、少なくとも斑目は、多賀田くんと話をするため、遠路はるばるシンガポールにまでやって来ていた。

ちなみに綾乃と百葉子のほうは、今日の午前中に、由井佳乃《ゆいよしの》ともどもシンガポールを発った。もとい、シンガポールのほど近くにある、インドネシアのビンタン島へと旅立った。女性陣はそちらのほうで、一泊二日のバカンスを楽しむとあらかじめ決めてあったのだ。もちろんそのバカンスにも、綾乃が佳乃の悩みを聞き慰め、その心を癒《いや》すという重大な任務があるわけなのだが——。

多賀田くんが日本を出国したのは、百葉子が生まれてすぐの頃のことだった。彼はそれまで経営していた飲食店を売り払い、綾乃の双子の妹、佳乃を連れ、シンガポールへと移住してしまったのである。

以来彼らは、このシンガポールの地で、ふたり暮らしを続けている。まだ籍は入れていないそうだが、近々入籍の運びとなるだろう。ふたりはまだ明言していないが、きっとそうなるはずだと斑目は思っている。

なぜ断言できるかと言えば、佳乃が現在、妊娠五カ月の身重であるからだ。その知らせのほうは、一カ月ほど前に綾乃から聞いた。聞いた時は、そりゃおめでたいねぇ、などとのん気に返してしまったが、しかしその頃にはすでにある問題が生じていたのだった。

マタニティーブルーだ。妊娠中や出産直後に、一定数の女性が陥ると言われる、精神的な不安やそれに伴う体調不良があらわれる状態。綾乃の話によれば、佳乃は重度のそれに陥っており、だから様子を見に行きたいと彼女は熱弁した。「だってあの子の肉親は、あたしひとりだけなんだし。あたしが行かなくて、いったい誰が行くのって話じゃない？」

そのため当初は、綾乃ひとりがシンガポールに向かうことになっていた。そこで姉妹水入らずで、佳乃のマタニティーブルー改善に努めればいい、というのが斑目たちの共通認識だった。

何より斑目には仕事があったし、家族全員で多賀田くんの自宅を訪ねたら、向こうの負担にもなるだろうという遠慮もあった。百葉子の様子いかんでは、彼女も連れていくと綾乃は言っていたが、斑目に関しては同行の必要は特にないと、綾乃のほうも当然のように言っていた。「なるべく早く帰るようにするから。おうちのほう、よろしくね？」けれど斑目が、出発一週間前に翻意《ほんい》した。そうしたほうがいいのではないか、と思いがけなく言われたからだ。

仕事明けの深夜、ブランジェリークレバヤシに足を運んだ際のことだ。疲れ果てていたため糖分をとろうと、チョココルネやクロワッサンオザマンドを貪っていた斑目は、世間話をするような何気なさで、多賀田くんと佳乃の話をさらりとしてみた。すると居合わせた篠崎希実《しのざきのぞみ》に、ごく当然のように言われてしまった。

「――斑目氏も、一緒に行けば？」

彼女の口ぶりは、シンガポールを近場のコンビニか何かと混同しているかのような、実にあっさりとしたものだった。

「佳乃さんには、綾乃さんがいるけど、多賀田くんには、誰もいないんだから。斑目氏が、行ってあげればいいじゃん」

だから斑目は、マタニティーブルーなのは佳乃であって、多賀田くんに特に問題は生じていない旨説明した。しかし希実は、「それはそうかもしれないけど……」と口を尖《とが》らせ言い募ってきた。

「でも、多賀田くんも、やっぱりちょっとは不安なんじゃない？　斑目氏が行ってあげたら、きっと喜ぶと思う。ああいう人だから、態度には出さないかもしれないけど……。でも、絶対喜ぶはず。だから斑目氏さ、時間がとれそうなら行ってあげなよ」

希実にしてはめずらしく、食い下がってくるような物言いだった。それで斑目は、シンガポール行きを決めたのだった。

無論内心では、仕事が残ってるのにいいのかな？　という思いもあった。それでも希実の言葉に思うところがあって、斑目は綾乃と百葉子ともども、機上の人となることを選んだ。

空港に迎えに来てくれたのは、多賀田くんひとりだった。彼は到着ロビーの出口の前で、同じく人待ちをしている多勢の人波の中、ひとりポツンと佇んでいた。

四年ぶりに見る多賀田くんは、昔と変わらず上背があって体格がよくて、鋭い目つきはナイフを髣髴《ほうふつ》とさせ、存分にただ者ではない雰囲気を放っていた。

だから斑目は、彼の姿にすぐに気が付いた。それで急いで声をかけた。「おーい！

多賀田くーん！」そう言いながら、大きく手を振ってみせた。

すると多賀田くんも、斑目の声に気付いたらしく、少しあたりを見回したのち、すぐに斑目たちのほうへと視線を向けてきた。そしてあまり慣れていない様子でもって、そっと小さく手をあげた。その表情に、斑目はひそかに息をのんだ。

「――」

何せ多賀田くんは、斑目を目に留めた瞬間、どこかホッとしたような、けれど少しついたら、すぐに崩れてしまいそうな、ひどく脆《もろ》い笑みを浮かべたのだ。

だから斑目は、ああ、と自分を責めるように思ってしまった。やっぱり、希実ちゃんの言った通りだったんだ。そう、痛感したと言ってもいい。やっぱり俺は、ここに来るで、正解だったんだ。

そして同時に、その感覚に軽く打ちのめされてしまった。ダメだな、俺……。率直に、そう思った。やっぱり俺、だいぶ鈍くなってるみたいだ。それはこのところの、斑目の切なる実感でもあった。

おそらく以前の自分だったら、佳乃がマタニティーブルーになっていると聞けば、同時に多賀田くんの気持ちのほうにも、きっと思いを馳せていたはずだ。何せ彼は重度の妄想マニア。無関係な人の心の内まで、慮《おもんぱか》って想像して、裏を読んで、さらにその裏まで読んで、慌てたり焦ったり地団駄《じだんだ》を踏んだりして、わけのわからない空回りをするのが日常茶飯事となっていた。だから多賀田くんの心境についても、あれこれ考えて心配になって、希実に進言されるまでもなく、さっさと仕事などほっぽり出して、シンガポール行きを決めていたはずなのだ。

それなのに今回は、希実に言われるまで、多賀田くんの胸中について考えることもしなかった。妊娠中の女性がマタニティーブルーになるのは、まあよくあることだと紋切り型に考えて、多賀田くんと佳乃の状況についてだって、ロクすっぽ想像もしなかった。それで少し、ヒヤッとしてしまった部分もある。

やっぱり俺、ちょっと変わってきちゃってるんだな。家族がいて、子供がいて、日々が慌ただしいからだけじゃない。自分は人に対して、明らかに、どこか、鈍感になってしまってる。

不幸なヤツのほうが、いいホンが書けるのよ。かつてそう言われた時、斑目はそりゃそうだろうと納得した。不幸でいたほうが、感情の引き出しが増えるし、ハングリー精神だって保ち続けられる。事実、そういう意味合いもあっただろう。

けれど同時に、不幸でいたほうが、誰かの不幸にも気付けるのだという、そんな意味合いもあったのではないか、とこの頃斑目は思うようになった。

不幸でいたほうが、誰かの痛みに、悲しみに、ちゃんと気付ける。気付いて、その痛みや悲しみを、どうにか癒そうと、どうにか救おうと、物語の中で格闘することが出来る。少なくとも昔の自分は、無意識のうちにそんなことを、必死でやり続けていたのではないか。だからあのプロデューサーは、俺に不幸であれと、わざわざ言ってきたのではないか。

書くものが、少し変わってきたね。ここ数年で斑目は、そう言われることが増えてきた。自覚もある。何かが、自分の中で変わってしまった感覚が、確かに彼の中にはあるのである。幸せになったせいなのか、単に年をとっただけなのか、そのあたりは判然としないままだが、しかし何かを見落としていた際には、やはり少し、愕然《がくぜん》としてしまう。昔は、こうじゃなかったのにな。

そうして時おり、考え込んでしまうのだ。幸せなのは結構だけど、俺、本当にこれでよかったのかな?

自問の答えはいつも同じだ。いいわけ、ない——。そしてそれも、斑目の懊悩のひとつとなっている。

多賀田くんが佳乃を連れ、シンガポールへと移住したのは、ひとえに佳乃のためだった。斑目は多賀田くんの昔馴染みである柳弘基《やなぎひろき》から、そのように聞かされていた。

「佳乃のヤツ、結婚詐欺の件で自首した時、ほかの悪行《あくぎょう》も洗いざらい白状したらしいんだわ。おかげで昔の仲間が何人か挙げられちまって、関係者カンカンでさ。出てきたら、それなりの落とし前はつけてもらうって話になってたんだってよ」

そして多賀田くんは、そんな窮地に立たされそうになっていた佳乃に、救いの手を差し伸べたというわけだ。

彼の一連の行動については、斑目も大よそ知っていた。すでにその頃、斑目は綾乃と結婚していて、自動的に佳乃のほうも、彼の義妹となっていたからだ。

そんな中、多賀田くんは、刑期を終えるという佳乃を引き取りたいと、自ら手を挙げてくれた。そうして出所後の彼女の生活についても、全て面倒を見てくれるようになった。衣食住から、法的手続き、綾乃との事務連絡等々、それこそ何から何までだ。

時を同じくして、綾乃の妊娠でドタバタしていた斑目にとって、そんな多賀田くんの行動は、本当にありがたく、ブランジェリークレバヤシで顔を合わせた際には、その都度お礼も言っていた。「ホント助かる！　ありがとう！　多賀田くん！」

受けて多賀田くんは、苦笑いを浮かべながら、「気にしないでください」と返してくるのが常だった。「俺が勝手にやってるだけですから。それに、奥さんの妹のことまで、斑目さんが世話を焼く義理もないでしょう。そんなことより、お腹の子供の様子はどうです？　順調ですか？」そんなふうに、こちらの様子を気遣ってくれてもいた。「お子さんのこと、佳乃も楽しみにしてるんですよ」

しかし、弘基の話によれば、多賀田くんが佳乃に救いの手を差し伸べるということは、相当に危険な行為であったらしい。

「多賀田なんて、今でこそ真っ当な経営者ヅラしてっけど、元々は半グレだかんな。叩きゃ埃《ほこり》なんていくらでも出んだよ。だから昔馴染みとも一切合財縁切って、地下に潜るみてぇにしておとなしく経営者業やってたってのに。佳乃なんかかばっちまったら、多賀田の素性だって調べられて、ヤバい連中が押し寄せてくるのが定石《じょうせき》じゃん？　ま、アイツだって、そんぐらいは織り込みずみだったんだろうけどよ」

そう。実際多賀田くんは、おそらくそのあたりも全て織り込みずみだった。何せ彼らは百葉子が生まれて本当にすぐ、まるでそこにいた痕跡《こんせき》全てを洗い流すかのようにして、忽然と姿を消してしまったのだ。マンションも事務所ももぬけの殻で、多賀田くんが経営していたはずの店も、いつの間にか全て人手に渡ってしまっていた。

きっと多賀田くんは、綾乃が無事出産した姿を佳乃に見せて、その上で出国するよう手はずを整えていたのだろう。そう思わせるほど、彼らの出国は用意周到だった。

シンガポールにいると国際電話が入ったのは、姿を消した翌日のことで、しばらくこのことは他言無用でお願い、と佳乃は綾乃に告げたそうだ。落ち着いたら、こっちから連絡するから。心配しないで？　あの人が一緒だから、私は大丈夫だから——。

「最初から、多賀田くんはそうするつもりやったんやないやろか。店のほうは、もうだいぶ前から、少しずつ人手に渡しとったみたいやし」

それは、ブランジェリークレバヤシの店主である、暮林陽介《くればやしようすけ》の見立てだった。

「多賀田くん、俺にもよう訊いとったんや。どこの国が住みやすかったかとか、どこの国やったら永住権がとりやすいんやろかとか、そういうこと……」

暮林のそんな発言を受けて、弘基も鼻で笑って言っていた。

「アイツ、ああ見えてあんがいネチっこいからな。綿々と計画してたってとこはあんだろ。そもそも佳乃って、アイツの初恋なわけでさ。それをずっと引きずってるあたり、アイツの執念深さが見てとれるってもんだよ」

受けて、店の常連であるソフィアは、うっとりと息をついていた。

「……愛、よねぇ」

佳乃から綾乃に再び連絡があったのは、彼らが姿を消して一年ほどした頃のことだ。こっちはもう大丈夫だから、よかったら遊びに来て、と佳乃は明るい声で言ったそうだ。

それで綾乃も、一泊二日の強行スケジュールで、ひとりシンガポールへと出向いて行った。

帰ってきた綾乃は、「うちの倍はあるマンションだった。しかもマンションに、リネン室とか食堂がついてるんだよ？　信じられる？」と愕然としながらも、「でも、幸せそうだった」と安堵《あんど》の笑みをこぼした。「多分あの子、もう大丈夫だわ……」

それからは、姉妹で連絡をとり合っていたようだ。時々食卓に、佳乃や多賀田くんの話題がのぼるので、それなりに幸せにやっているのだろうと、斑目のほうも認識していた。

何せ彼らは、お互い全てを投げ出して、異国の地で身を寄せ合い暮らしているのだ。絆《きずな》も信頼も、おそらく愛のようなものも、きっと盤石なものになっているはず。斑目としては、当然のようにそう思い込んでしまっていた。

だからマタニティーブルーの一件を聞かされた際にも、さほど心配しなかったという側面もある。ふたりなら乗り越えられる。問題ない。そんなふうに、一瞬にして高《たか》を括《くく》ってしまったと言ってもいい。

けれど、絆という字はしょせん糸偏。糸なんてものは、簡単に切れる。刃物なんて大層なものがなくても、ちょっと力を込めて引っ張ればあっさりだ。だから尊くもあるのだろうが、過信していい代物ではない。ザイルに命を預ける者はいても、糸に命を託すバカはいないのだ。

バードショーを見終えた斑目と多賀田くんは、続いて餌付《えづ》けコーナーへと足を運んだ。とはいえ、別にそれを目的に、進路を選んだわけではない。なんとなく歩いていたら、紙コップを渡され、そこに鳥の餌らしきものが入っていて、結果餌付けをすることになってしまっただけの話だ。しかも斑目が紙コップを受け取ったあとに、多賀田くんがお金を払っていたから、どうやら有料の餌付けコーナーであったらしい。そんなのありか？　と斑目は思ったが、当たり前のように多賀田くんも紙コップを受け取っていたので、なんとなく流れで、そのまま餌やりを行うこととなった。

餌付けコーナーでも、やはり泣いている幼児がちゃんといた。餌が入った紙コップを手にした彼は、十数羽の鳥にたかられており、それゆえにギャン泣きを繰り広げているようだった。ギャ〜ッ！　ギャ〜ッ！

いっぽう傍らのご両親は、まるで微笑ましいものでも見ているかのように、笑いながらiPadでもって、我が子の動画を撮り続けていた。ギャ〜ッ！　ハッハッハ。こちらの光景にも、大陸的な逞《たくま》しさがありありと滲《にじ》んでいた。ギャ……ゲッ、ゲホゲホッ！　ハッハッハ。

そんな親子連れを横目に、斑目は自らの餌をさっさと地面に撒いてしまう。そうすれば、無闇に鳥にたかられることもないとわかっていたからだ。これもひとつの大人の知恵、もとい、奈良公園で鹿に追われることを国民的経験にしている日本人の知恵、とでもいうべきか。おかげで近場にいた鳥たちは、いっせいに地面の餌に集まりはじめたが、斑目自体に襲いかかってくるようなことはなかった。

多賀田くんも斑目に倣《なら》い、ざっと餌を地面に撒く。そうしてふたりは鳥の群れから少し離れ、ごく冷静に餌をついばむ鳥たちの様子を眺めはじめる。

「全然、人を怖がらないねぇ」

「鳥としては、どうなんですかねぇ」

鳥たちは、斑目らの存在はもちろん、向こうの幼児の泣き声にもまるで気をとめず、一心不乱に地面をつついている。ウェック、ゲホゲホゲホッ！　ヴェ……。幼児のほうの鳥たちも同様で、彼がえずくほど泣いているのもお構いなしで、頭や腕や肩にたかってとまって、バサバサと翼を揺らし続けている。ウェ、ウェ……ギャ〜ン！

多賀田くんはそんな鳥たちをぼんやり見おろしつつ、時おりチラチラと、号泣幼児に視線を送っていた。そうしてしばらくその場で黙りこんでいたかと思うと、さすがに堪えかねたのか、苦いものを口に含んだような顔で言ってきた。

「……しかし、よく泣く子供ですね」

それで斑目も、笑いながら頷《うなず》いた。

「確かにねぇ」

けれど実際のところ、子供のギャン泣きは、百葉子の幼稚園でもよく目にしているので、斑目としては受け流せる程度の泣きっぷりだった。何せ幼稚園には、鳥にたかられるどころか、幼稚園の門をくぐるという行為だけで、この世の不幸を一身に背負ったかのように、泣きわめくお子さんたちが一定数いるのだ。だから思わず言ってしまった。

「けどまあ、子供なんて、泣くのが仕事って言うくらいだしねぇ」

すると多賀田くんは、やや腑に落ちないような表情で、「そうなんですか？」と眉根を寄せた。「泣くのが、仕事？」いかにも納得がいっていない、怪訝な顔だった。「泣くのが……？」

そんな多賀田くんの様子を前に、だから斑目は、なんとなく思ってしまった。ああ、やっぱり、多賀田くんって——。

昨日、百葉子と対面させた時も、そうなんじゃないかなという思いは抱いた。彼の風貌や存在感からして、イメージ通りといった印象もある。しかし、これから子供が生まれてくる彼に、そうなのかと訊くのは憚《はばか》られ、斑目はだんまりを決め込んだままいた。

いたが、しかし、おそらくそうなのだろう。鋭い目つきで、ギャン泣きする幼児を見詰めている多賀田くんを前に、斑目は静かに確信を深めていった。多賀田くん、きっと子供が、嫌いっていうか……。だいぶ、苦手なんだろうな——。

百葉子との対面の際にも、その傾向は充分に見てとれた。空港のゲートでのことだ。彼は綾乃に手を引かれ歩いて来た百葉子を前に、はっきりと引きつったような笑みを浮かべた。「や、やあ。こんにちは。はじめまして」

おそらく、彼としては最高に柔らかな声で話しかけてくれていたのだろうが、しかし声そのものはうわずっていたし、目も笑っていなかった。口元も歪んでいたし、眉間のしわも深かった。

おかげで百葉子は、多賀田くんを見上げたまま、その場で固まり動かなくなってしまった。あ、ヤバい、これは泣く、と斑目は思ったが、しかし百葉子は泣くことすら出来なかったようで、目を見開いたまま、ポカンと多賀田くんを見上げ、ほとんど呆然としてしまっていた。

「ありゃ？　どうした？　もよちゃん」と綾乃が百葉子に声をかけたのはそのタイミングで、瞬間、百葉子は悪い魔法が解けたかのようにビクッと肩を震わせて、素早く綾乃の後ろに隠れてしまった。

だから斑目は、取り急ぎ多賀田くんに詫《わ》びたのだった。「ごめん！　多賀田くん！　うちの子、人見知りで。誰にでもこうで……」事実、百葉子は極度の人見知りで、見知らぬ人の前ではまず口を利かないタイプの子供ではあった。挨拶も、わずかに頭をひょこんと下げて、にやにやするのが精一杯。

ただし、人前で固まるようなことは、いまだかつてなかった。そのあたりはどちらかといえば、やはり多賀田くんに因《よ》る部分のように感じられた。

だがしかし、そんなことはもちろん、多賀田くんには告げられなかった。何せ多賀田くんも多賀田くんで、だいぶショックを受けたような、強張《こわば》った笑みを浮かべてしまっていたのだ。それで斑目も、重ねて詫びておいた。「ホント、ごめんね？　少ししたら慣れると思うから、あんまり気にしないで？」

しかし多賀田くんは、明らかに気にしていた。もしかすると、若干落ち込んでいたのかもしれない。彼はぎこちないような笑みを浮かべたまま、「あ、はい」とだけ言い、あとはもう、斑目と綾乃にしか声をかけてこなくなってしまった。

多賀田くんのマンションに着いてからも、多賀田くんと百葉子のぎくしゃくした関係は続いた。佳乃が合流したあとも、一緒に食事に出かけた際にも、ビンタン島に向かうため、別れの挨拶を交わした際にも、ふたりは目を合わせようとしなかった。

だから斑目としては、多賀田くんと百葉子の相性が悪いのかなぁ？　などと、曖昧《あいまい》なままにしていたのだが、しかしこのバードパークでの彼の様子を鑑みるに、やはり多賀田くん自身にも、子供に懐《なつ》かれない要素がそれなりにあるのではないか、と思わずにいられなくなった。とどのつまり彼も彼で、相当な子供嫌いなのではないか、と思うに至ってしまったというわけだ。

泣いていた幼児の紙コップからは、餌があらかたなくなったらしく、鳥たちはまた別の観光客の紙コップに向かい、いっせいに飛びたちはじめる。鳥たちから解放された幼児は、どこかキョトンとした表情で、呆然とその場に立ち尽くしたままだ。傍らの親は動画の撮影を続けており、笑顔で幼児に何やら言っている。中国語かなんかなのか、内容はまるでわからないが、なんとなく、笑って、的なことを言っているように感じられる。シャオイージー。シャオイージー。

多賀田くんはそんな親子の様子を、むっつりと見詰めたままだ。いっぽうの斑目も、そんな多賀田くんをチラリと見やり、ひそかに考え込んでいた。

なるほど。佳乃さんのマタニティーブルーには、このあたりにも原因があるのかもしれないな。

ねぇねぇ、多賀田くん。多賀田くんって、子供嫌いなの？　子供が生まれてくること

にも、けっこうな戸惑いがあったりして？

などということを、斑目が無邪気に訊けるわけもなく、けっきょくふたりはそれ以上子供に関する話題を広げることなく、バードパークをあとにすることとなった。

空はまだまだ明るかったが、時間はすでに夕方の四時を回っていた。だからだろう。時計を確認するなり、多賀田くんはこのまま食事に向かおうと言いだした。

「知り合いがヴィーガン料理のレストランを出したんですよ。ちょっと前に佳乃とも行ったんですけど、けっこういい店だったんで。そのお店でどうですか？」

すらすら告げてくる多賀田くんに対し、斑目としては、ヴィーガン？　何それ？　どこかの国？　と首を傾げざるを得なかったが、しかし一応年長者のプライドもあって、「いいねぇ」と知ったかぶりで返してしまった。「俺も嫌いじゃないよ、ヴィーガン」かくしてふたりは、多賀田くんが運転する車でヴィーガンレストランを目指した。

多賀田くんはカーナビに頼ることもなく、勝手知ったるという様子で車を運転した。車道は日本と同じく左車線。窓から見える景色も、日本の幹線道路とさして変わりがないように思える。強いて言えば、五月なのに空が明らかに真夏の空の趣《おもむ》きであることと、街路樹の緑がごく濃い色をしていることが、赤道近くの国であることを感じさせる点と

言えるだろうか。そんな道を、多賀田くんは当たり前のように進んでいく。その横顔には、この光景にすっかり溶け込んでいるかのような風格すらある。それで斑目は少し感心して言ってしまった。

「しかしあれだね、多賀田くん。なんかもうすっかりこっちに馴染んでる感じだね」

するとと多賀田くんは、肩をすくめて返してきた。

「まあ、この国に来て四年ほどですからねぇ」

「そうかぁ。多賀田くん、永住権も取ってるんだっけ？」

「いいえ。最初の頃は取るつもりだったんですけど。だんだんと取得条件が厳しくなってきて。今はもう、無理に取ることもないかなって思ってます」

「永住権がなくても、こっちに住み続けられるの？」

「期限付きのを更新しつつって感じですかねぇ。けどまあ、その制度もいつ変わるかわかりませんし、あくまで自分たちはよそ者だって心づもりで日々暮らしてます。突然出て行けと言われても、慌てず騒がず対処出来るように」

冗談めかしたふうに多賀田くんは言ったが、おそらく言っていること自体は事実なのだろうと斑目は思った。彼の横顔は、安住の地に住む者のそれとは、やはり様子が違っていた。

聞けば多賀田くん、特にシンガポールという国に固執《こしつ》しているわけではないようだ。もっと条件のいい住みやすい国があったら、そちらに移るつもりだと彼は語った。

「ビジネスをするにはいい国だと思うんですがね。骨を埋めるかどうかは、また話が別ですから。状況によっては、日本に戻ることも考えてないわけじゃないし」

そんな多賀田くんの発言に、斑目は「へえ、そうなんだ」と興味深く頷く。しかし多賀田くんは、言った傍から苦笑いを浮かべて眉を上げた。「でもやっぱり、日本はまだちょっと厳しいですかね……」

日本で暮らしたことしかないうえ、国外で暮らす気もさらさらない斑目にしたら、考えたこともない発想だった。それで斑目は、内心しみじみ感じ入った。やっぱり俺と多賀田くんって、だいぶ違う人生を生きてるよなぁ。

フロントガラスの向こうに、小さくビル群が見えてきた。シンガポールの中心部へと車が向かっているのがわかる。多賀田くんは胸ポケットからサングラスを取り出し、片手だけでさっとそれをかけながら話を続ける。

「でも、愛着がないわけじゃないですよ。一応、移住させてもらえたわけだし。なんだかんだで、こっちでの事業もどうにかなってますしね。外国人であっても、国の役に立つヤツは迎えてやるっていう姿勢も、嫌いじゃないんです。厚意で受け入れてもらうより、この国で儲けて税金払えって言われるほうが、俺としては気が楽で」

そんな多賀田くんの言葉に、斑目はなんとなく、彼のこれまでをぼんやりと思った。

「ただ与えられるより、ギブアンドテイクを要求されたほうが、相手に何を与えればいいのかわかりやすくて、動きやすいんですよね」

いつだったか弘基から、多賀田くんの過去について聞いたことがあったからだ。地元の知り合いだったこと。家庭が割りに複雑だったこと。当時は弘基も中々の悪童《あくどう》だったが、多賀田くんはその比ではなく、悪いグループからも一目置かれるその筋のエリートだったこと。おそらくそこにしか、居場所がなかったこと、等々――。

斑目と出会った頃には、彼はもう真っ当な経営者だったから、斑目としてもうっかり忘れてしまいそうになるが、しかし実際のところ、多賀田くんは色んなものを勝ち取り奪い取り、多分、色んな泥水をのみながら、のし上がってきた人だったんだよな、とそんなことを改めて思ってしまった。

「……」

きっと彼は、ずっと結果を出し続けてきたのだろう。出せない結果もあるなどという発想は持たないまま、相手が求める果実を必ずもぎ取り、それを与え、それで許され、どうにか居場所を得てきた人なのだろう。

車はビル群の中を走りはじめていた。いや、ビル群というよりマンション地帯と言うべきか。ほのかに生活感が垣間《かいま》見える高層の建物が、ひしめき合うようにして林立している。

「圧巻だねぇ」と斑目が感想を述べると、多賀田くんも笑って返してきた。「国土が狭いですからね。横に広げられない分、縦に伸ばしてしまうんでしょう」その言葉に、なるほど、と納得しつつ斑目は息をつく。「確かに。「しかし、なんだか逞しさすら感じるねぇ」受けて多賀田くんもしみじみ頷く。「確かに。伸ばし方に躊躇《ためら》いがないですからね」斑目が笑ってしまったのはその段だ。「それわかるー。伸ばせるだけ伸ばしちゃったって感じだもんね」「ええ。邪気がないというか……」「そうそう。畏怖《いふ》の念みたいなものが、まるで感じられないし……」

言いながら斑目は、バビロニアの話をふと思い出した。空高く、天にも届きそうなほどの塔を建設しようとした、旧約聖書中の物語。自分たちの力を過信し、傲《おご》った人間たちが、神に挑むように、高い高いバベルの塔を建て、けっきょく天罰をくだされたという、やや教訓めいた物語だ。

その話は斑目の中に割りに深く根付いていて、だから高い建物を見ると、若干不安になってしまったりする。いい気になって、こんなの建ててたら、神様の逆鱗《げきりん》に触れちゃうんじゃない？　そんなことを、ついつい思ってしまう。

けれど、高層の建物が林立するこの街の風景を前にしても、特に不安になることはなかった。何せ建物からは、過信も傲りも特に感じられなかったからだ。ただ上へ上へと、建物を高くしていっただけ。神への挑戦でも人智の誇示でもない。ただ、そうする術があったから、建物を高くしただけという、あっけらかんとした印象しか受けなかった。

「……なんか、いっそ清々しいね」

思わず斑目がそう言うと、多賀田くんも小さく笑い頷いた。「そうなんですよね。圧巻ではあるんですけど、圧倒はしてこないっていうか……」

そうして多賀田くんは、ふと思い出したように言いだしたのだった。

「そういえばシンガポールって、日本と一時間しか時差がないんですよ。この国と経度が近いタイやベトナムは、日本と二時間時差があるっていうのに。不思議だと思いません？」

多賀田くんのそんな言葉を受け、斑目はスマホの地図でもって、各国の位置を確認してみる。すると彼の言った通り、シンガポールはタイやベトナムとほぼ同じ経線上にあった。この位置なら、確かにタイやベトナムと同時間であって然るべきのような気もする。それで斑目は、首を傾げ呟いた。「ホントだ。なんで？　まさか、このへんの海域の時空が歪んでるとか……？」

　すると多賀田くんは、目を丸くして、「時空って……」と小さく笑った。そうしてしばし肩を揺らしたのち、「ああ、でもそうか。そういう解釈もできなくはないな」などと言いだした。「確かにある意味、この国は、時空を歪めたのかもしれないです」それで斑目が、「どういう意味？」と眉をひそめると、多賀田くんはサングラスをしていてもわかるような、ちょっといたずらっぽい笑みを浮かべ、その時空の歪みとやらについて楽しげに説明しはじめた。

「経線から見ると、日本との時差は二時間が妥当なんです。でもこの国は、一時間分、時差を短縮してしまった。現地の人に訊いてみたら、香港の時間に合わせたんじゃないかって言ってました。向こうの株式市場がはじまるのと同時に、こっちの株式市場も開始できるように、時間を繰り上げたんじゃないかって」

　車はいよいよ、高層ビル街へと入って行く。いかにも豪奢《ごうしゃ》な装いの高層ホテルや、全面ガラス張りの近未来的なビルも建ち並びはじめる。そんな景色を横目に、多賀田くんは笑顔で話を続ける。

「たった一時間であっても、遅れをとるわけにはいかない。常道の時間設定では、ほかの国には追いつけない。建国当初のこの国には、そんな切実な思いがあったんじゃないかって――」

言いながら多賀田くんは、天高く伸びたビルの群れを真っ直ぐ見詰めていた。そうして、「人から聞いただけの話なんで、本当のところはよくわからないですけどね」と注釈を入れつつ、口の端を少し持ち上げ言い継いだのだった。

「この国は、国としての歴史も浅い。国土も狭ければ資源もない。だから国として立ち行かせるためには、なんとしても経済的に発展していくしかなかった。それで、時間まで繰り上げた。俺、その話がけっこう好きで……」

それは何もないところから、今の彼にまでなった多賀田くんの人生と、少し重なる話のように斑目には感じられた。

「だから永住権もとれないのに、ずるずるとここにいるのかもしれません。なんだかんだで、意外と気に入ってるんですよね。この国が」

ふたりの夕食が、ヴィーガン料理から家飲みに変わったのは、斑目がまたも怖気づいたからだ。

「無理だよ！　俺、こんな店入れない！　Tシャツ短パンだし！　無理無理無理無理無理！」

多賀田くん推薦のその店が、いかにも高級そうなホテルの中にあったのもよくなかった。時間が早かったせいか客の姿はまだ見えなかったが、しかし店構えも店員の佇まいも、どこからどう見ても一流レストランのそれだった。

「ドレスコードはないはずですけど。気になるならジャケットでも買ってきましょうか？」と多賀田くんは大真面目に提案してきたが、そういう問題ではなかった。「無理！　無理無理無理無理絶対無理！」斑目は店の前でそう言い張り、断固入店を拒否した。「俺、もっと普通に、普通のものが食べたい！　そこらへんの店でパンでも買って、そのへんの公園で食べるとか、そういうののほうがずっと……！」その様はほとんど、登園を拒む幼稚園児のようですらあった。「ていうかヴィーガンって何さ？　どこの国？　そんなよくわかんないもの、俺やっぱり食べたくないですごめんなさい」

いっぽうの多賀田くんはといえば、しばらく不可解そうな表情を浮かべてはいたものの、割りにすぐに気持ちを切り替えてくれたようで、「わかりました。じゃあ、パン屋さんに行きましょう」と心優しき幼稚園教諭のように、園児斑目の我がままを汲《く》んでくれた。「おいしいパンの店、いくつか知ってるんで。でも俺たち大人ですし、せめて家で食べましょう。ね？」

ただ実際のところ、多賀田くんもヴィーガン料理にはこだわっていなかったようだ。

「綾乃さんが、斑目さんの健康のこと、けっこう気にしてるって佳乃から聞いてたんです。だから、ヘルシーなもののほうがいいのかなぁって思ってて」多賀田くんによればヴィーガンとは、完全菜食を意味するらしい。「実際、うまいはうまいんですよ？　しかもあの店は、頼めば肉も魚も出してくれますし」

しかし斑目としては、拒んでおいて良かったと思わずにはいられなかった。何せ斑目の健康を気遣っているという綾乃は、事実このところ、ことごとくヘルシーな料理ばかりを食卓に並べてくれているのである。もちろん斑目も、その努力には感謝している。人間ドックの検査結果が、ＣＤＥ判定並びの自分が一番悪いのだと自覚もしているし、甘いパンは週三食までと厳命を受けても、まあ仕方がないよなと理解してもいる。いるがしかし、たまには好きなものを腹いっぱい食べたっていいじゃないか！　というのが本音のところでもあった。だいたい糖分とらなきゃ、俺の頭はどうにもこうにも回ってくれないんだよ！　だから甘いパン、食べさせてくれよ！

そしてそんなことを、ポロリと多賀田くんにもらしたところ、多賀田くんも勢い込んで目を輝かせはじめた。「お気持ち、お察ししますっ！」どうやら多賀田くんも多賀田くんで、斑目にごく近い境遇にあったようだ。「さすが佳乃のお姉さん。いや、双子だから、普通の姉妹より似てるんですかね？　うちも健康面に関してことのほか厳しくて。

しかも今、妊娠中でしょう？　それでもう、あれもダメこれもダメで、どこの修行僧なのかという食生活でして」

おかげで彼らは、親の監視下から逃れた子供たちのように、パン屋を三軒もはしごしてしまった。パン屋はどれも日本のそれと似通っていて、種類が豊富なうえ仕上がりも充実していた。「日本やフランスのパン屋が、続々と出店してきてるんですよ。それで地元のパン屋も触発されて、うまいパン屋が増えてきてるわけです」「それは、たまんない環境だねぇ」「ええ。このメロンパンの砂糖のまぶし方なんて、完全に日本式ですもん」「このパテもおいしそう！」「バゲットに挟みましょうか？」「うん！　うわ！　見て！　ストロベリーチョコクロワッサンだって！」「シャンパンに合いそうですね」「あ！　このオリーブフォカッチャ！　オリーブぎっしり！」「……ビールも、買いましょうか？」

そんなふうに欲望の赴くまま買い物を済ませ、家に戻ってテーブルに並べたら、ちょっとしたホームパーティーの様相になってしまった。バゲット、クロワッサン、ブリオッシュ、パンシュー、卵サンドに、オランジェ、ベリーデニッシュ、カレーパン、等々。テーブルの片隅にオーブンレンジが鎮座《ちんざ》しているのは、クロワッサンやカレーパンを焼くためだ。「パリパリの熱々でいきたいじゃないですか！」と多賀田くんは胸を張って言い、キッチンからそれを引っ張りだしてきた。

「食事はまず野菜からって言われてるんだけど、まず卵サンドいっていいかな？」ドキドキしながら言う斑目に、多賀田くんも神妙な面持ちで返してくる。「いいと思います。」ちなみにビール、缶のままでいいですか？」だから斑目も、卵サンドを摑み毅然《きぜん》と告げたのだった。「いいよ！　今日は何でもアリだから！」だいぶスケールの小さな〝何でもアリ〟ではあったが、しかしふたりは普段の食生活からの解放感のためか、盛大に缶ビールで乾杯をし、勢いよく卵サンドを頰張った。

「あー、うまっ！　やっぱこういうことだよねぇ！」「ええ。丁寧な暮らしとかどうでもよくなりますね」「よし！　カレーパン、今のうちに焼いちゃおっと！」「あ、俺、煙草吸っていいですか？」「いいよいいよ、吸っちゃいな！」

妻には内緒で。佳乃には秘密で。そんなことを言い合いながら、ふたりはテーブルのパンを次々手に取り、ビールを空けワインを空け、パテを切りハチミツをしたたかに塗り、あられもなく口へ運んでいく。多賀田くんのほうは目尻をさげ、うまそうに煙草を吸ってもいた。

「ああ、バレたら怒られるなぁ」「うちもです」「意外と怖いんだよ、うちの妻」「わかります。彼女ら双子ですし」「あ、そっか！　じゃあ、俺も多賀田くんの気持ちすごいわかるかも！」「静かに怒るんですよねぇ。あと、すぐ謝ると余計怒られる」「うちも！謝られたら、それ以上怒れなくなるでしょーって」

　言いながら、お互い笑ってしまっている自覚はあった。愚痴のはずなのに、ほとんど自慢のように、お互いやに下がった顔で言い合った。「そうなんですよねぇ。だから、程よき加減で謝ってこい、という暗黙のルールがあって」「うちもだー。それでタイミング外すと、なんで謝らないのってまた怒られるのー」

　くすぐったいような、ふわふわした違和感があった。けれど、少しも不快ではなかった。むしろ少し、心地が良かったほどだ。

「でも、まあ……、うちのは大概優しいですけどね」「だったらうちだってそうだよー？　なんなら時々かわいいし……？」

　そんなことを、誰かと言い合う人生が、用意されているとは思ってもいなかった。

「うちは、けっこう頻繁にかわいいですよ」「えー、だったらうちだってそうだよー。めちゃくちゃかわいいもーん」そんなことだって、口に出来る日がくるなんて、若い頃は思ってもいなかった。

　だから、思ってしまったというのもある。

　人生はやっぱり、不思議なものだね、多賀田くん。俺は君みたいな人と、こんなふうに話が出来るようになるなんて、思ってもみなかったよ。

「――そういえば、希実ちゃん、元気ですか？」

多賀田くんがそう切り出してきたのは、ワインが二本ばかり空いたのちのことだ。

彼は相当なうわばみなのか、ほとんど顔色も変えないまま、ワインをほぼひとりで空けてしまっていたのだが、それでも一応少しは酔っていたのか、話の流れをほぼ無視した形で唐突に言いだした。

「時々、メールのやり取りはしてるんですけど、実際のところはどうなのかなって思ってて……。前は柳から、それとなく聞いてたんですけど……。けど柳も、もうあの店にはいないんでしょう？　だから、どうしてるかなって、ちょっと気になって……」

多賀田くんがそう訊いてくるのも、不思議な話ではなかった。何せ多賀田くんが日本を離れた四年前、希実は最悪な状態にあったのだ。

「ああ、希実ちゃんね……」

彼女が母親を亡くしたのは、今から五年ほど前のことだ。当時は希実も気丈に振る舞っていて、特に気落ちした様子は見られなかった。むしろ大学受験のために猛勉強していたし、絶対現役合格するから！　絶対国立行くから！　などと、会うたび明言していた。だから、見といてね！　斑目氏！

それで見事、大学合格も果たした。本人は、やったね、私！　と大喜びしていたし、これで在学中に士業の資格取って、いずれ独立して、自立した人生を！　あわよくばじゃんじゃんお金儲けを……！　と息巻いてもいた。

けれど、大学に入ってしばらくした頃だろうか、どういうわけか希実は大学に行かなくなってしまった。

本人も、自分の行動に戸惑ってはいたようだ。朝、学校に行く支度までして、店のドアの前に立つと、なぜか動けなくなってその場に立ち尽くしてしまう。そんな日々を繰り返したのち、しばらくすると学校に行く支度もやめてしまった、と、その様子は暮林から聞かされた。

なんか、よく、わかんないんだけど……、と希実も納得がいかない様子で言っていた。わかんないけど、なんか、ダメなんだよね……。そうして学校に行かないどころか、滅多に店にも下りてこなくなってしまった。

多賀田くんがシンガポールに発ったのは、おそらくそんな時期で、だから彼女の動向が気になっていたのだろう。

それで斑目は、希実の近況についてかいつまんで説明した。

「希実ちゃんなら、まあまあ大丈夫になってるよ。今はお店の手伝いもしてるし、一年留年しちゃったけど、学校にも行ってる」

するとと多賀田くんは、ホッと息をついた。

「そうですか。なら、よかった……」

多賀田くんが三本目のワインを開けたのはその段だ。彼は煙草をくわえたまま、ドボドボとグラスにワインを注ぎ、その味を堪能するでもなく、ほとんどあおるように体に流し込んでいった。「よかった、本当によかったです……」そう、どこかうわ言のように言いながら。

聞けば多賀田くんも、希実と同じ年の頃に、母親を亡くしたのだそうだ。「それで、気になってた部分もあります」多賀田くんは苦笑しながらそう説明した。「まあうちの場合は、死んでからだいぶ経った頃に、死んだと知ったのもあるし、ずっと疎遠だったんで、別にどうってことはなかったんですけどね。だから、希実ちゃんと俺が違うのは、わかってるんですけど……」

そんな話を聞きながら、斑目は、ああ、そうか、と思っていた。多賀田くんは、知らないんだ。希実ちゃんもお母さんに、けっこうな屈託を持ってたこと——。

煙草の煙をぼんやり見詰めながら多賀田くんは言った。

「……うちの母親は、不思議な人でしたからねぇ」

煙の向こうに、まるで何かを見ているかのようだった。

「何を考えてるのか、最後までさっぱりわからなかった。もしかしたら、何も考えてなかったのかもしれない。そういう人生も、きっとあるんでしょうね」

自分には見えない、煙った景色の先の何かが、彼には見えているのかもしれないと斑目は思った。もしかしたら、希実ちゃんも同じだったんだろうか？　だからあの子は、俺に多賀田くんのところに行けって言ったんじゃ……？

「……あ？」

斑目が希実からの頼まれごとを思い出したのは、そんなふうにぼんやり考え事をしていた最中のことだった。

「そうだった！　すっかり忘れてたっ！」

声をあげた斑目を前に、多賀田くんはグラスに注いでいたワインをこぼし、「あああ！」と断末魔のような叫び声をあげる。「うわ、ソファ、ソファが……」

しかし斑目もだいぶ酔いが回っていたのか、多賀田くんの粗相をほとんど無視してよろよろ立ち上がり、スーツケースが置いてある寝室へと向かっていった。「そうだった、そうだった。多賀田くんね、俺ね、希実ちゃんから、預かってるものがあったんだったわー」

一応大事な預かりものなので、なくさないようスーツケースの奥にしまっておいたのがよくなかった。多賀田くんが希実の話をしてくれなければ、このまま忘れて日本に帰国していたおそれもある。「よかったよー。思い出して……」

希実から託されたのは手紙だった。斑目がシンガポールに自分も行くと報告するやいなや、希実はわざわざ斑目のマンションまでやって来て、白い封筒を差し出してきたのだ。これ、多賀田くんに渡してきて！

受けて斑目は、手紙が渡したいなら、メールでも送ればいいのに、と言ってしまったのだが、しかし希実は手紙を差し出したまま、気持ちの問題だから！ と強く言ってきたのだった。絶対渡してね！ お願いね！

それを渡し忘れては、十年くらい恨まれそうだ。それで斑目は安堵の息をもらしつつ、その手紙を多賀田くんに手渡した。

「――というわけで。どうぞ、希実ちゃんからです」

いっぽう多賀田くんは、やや不思議そうな顔でそれを受け取った。「希実ちゃん、俺のメアド知ってるはずなんですけど……」などと、首を傾げながら。そうして彼は、さっそく手紙の封を開けようとした。

「……ん？ あれ……？」

ただし、多賀田くんもやはり中々に酔っ払っているのか、うまく封が開けられないようで、開封に悪戦苦闘してしまっていたのだが――。「希実ちゃん……。こんなギリギリまで、糊《のり》、塗らなくても……」

そんなふうにブツブツ言い続けること約一分。やっと便箋《びんせん》を取り出せた多賀田くんは、その中身に目を落とし、さらに不思議そうに眉根を寄せてみせた。

「んん……？」

だから斑目も多賀田くんの後ろに回り込み、「何？　何何？」と便箋をのぞき込んだ。おそらく斑目も、やはりだいぶ酔いが回っていたのだろう。多賀田くんの肩に手を置き、ほとんど彼に覆いかぶさるようにして、希実が書いたのであろう便箋の中身に目を凝らした。

「……何？　これ？」

口にしたのは斑目だった。何せ便箋には、よくわからない絵が描かれていたのである。

「なんでしょう？　棒が刺さった、クロワッサンとか？」

そう言ったのは多賀田くんだ。彼は便箋を顔に近づけたり遠ざけたりしながら、うなるようにして言い継いだ。「それで……。丸いほうは……、メロンパンじゃないですか？　花畑に浮かんだ、クロワッサンとメロンパン、みたいな……？」

多賀田くんの見立てに、斑目も目を凝らしながら絵に見入る。言われてみれば、確かにそんな風情ではある。

「んー?」

しかし希実という女の子は、そんなシュールな絵を描いて、わざわざシンガポールに届けろと言ってくるような娘ではない。それで斑目は、極限まで目を細くして、その絵をぼやかして見てみようと試みた。

そうして便箋の絵に集中していると、徐々にその輪郭が薄れてきた。

「——わかった! 鶴と亀だ!」

斑目がそう口にすると、多賀田くんははっきりと顔を歪ませた。それで斑目は、多賀田くんが言うところのクロワッサンとメロンパンを指でなぞって説明したのだ。「ほら! ここがくちばしで、ここが胴体。多分これが羽で、こっちが甲羅で……」

すると多賀田くんは十秒ほど黙り込んだのち、「本当だっ!」と大きく叫んだ。「斑目さん、すごいですねっ! こんなの、言われなきゃわかりませんよ!」受けて斑目は、ちょっと得意な気分になって、「いやいや、ただ、希実ちゃんとは付き合いが長いからさ」と返した。「なんか、気持ちが通じちゃうっていうか? そういうのもあるんじゃないかなぁ」

便箋には色とりどりのペンで、おそらく花、そしておそらく星の中に、クロワッサンに酷似した鶴と、メロンパンの様な形状の亀が描かれていた。

そして、紙の左上には、「多賀田くん、佳乃さんへ」という角ばった文字、そして鶴と亀の真ん中には、「おめでとう!」という文字が、ちょこんと丁寧に記されていた。

だから斑目は、静かに感じ入ってしまっていた。希実ちゃんって――。すごい、絵が下手だったんだな……。それでちょっと、笑いそうになってもいた。なんで、これ描こうと思ったんだろ? どういう類いの、勇気……?

しかし傍らの多賀田くんのほうは、ちょっと様子が違っていた。彼はじっと便箋に目を落としたまま、息をつくように言いだしたのだ。

「……おめでとう、か」

それは空港で見せたような、どこか脆い表情だった。

「希実ちゃんが、おめでとうって、思ったってことですよね? 人が、生まれてくることを――」

脆くて、不安で、頼りない笑顔。

「おめでたいことだって、あの子が、思ったってことなんですよね?」

だから斑目は思ったのだった。ああ、やっぱり俺は、ここに来るで、正解だったんだな。

「――当たり前じゃん」

口をついて、そんな言葉が出てきた。

きっと彼は、子供が嫌いなんじゃない。ただ、怖いんだ。そんな気がして、強く言葉を続けてしまった。

「おめでたいに決まってるさ」

何せ斑目にも、心当たりはあったのだ。

百葉子が生まれてくる前のことだ。妊娠したと綾乃に告げられた時、斑目だって冷や汗をかいたし、そのまま気が遠くなりそうにもなった。笑顔だった綾乃の手前、なんとか作り笑いを浮かべることに成功したが、しかし妊娠期間中も、戸惑って動揺して困惑して、俺が父親になれるのか？　と内心散々慌てふためいた。

自分だってそうだったのだから、多賀田くんのほうは、もっと思い悩むことがあったのかもしれない。それで、言ってしまった。「おめでとうだよ、多賀田くん！　おめでとう！」

何せ百葉子がいる今となっては、何があろうとけっきょくのところ、彼女がいて良かったとしか思えないのだ。彼女について悩むことも頭を抱えることも多いし、時々、鬱陶しいなと思ってしまうこともあるにはあるが、それでも彼女のいない人生は、もう、考えられない。彼女を失うくらいなら、自分を持っていけと、迷わず当たり前のように思ってしまう。

多賀田くんだって、親になればきっとわかる。彼なら、そんなことは、絶対にわかるはずなのだ。

けれど、そうは言いたくなかった。親になればわかる。その言葉は、多賀田くんには使うべきではないと思った。

「……あのさ、多賀田くん」

多賀田くんは、多分、知っている。親になっても、それがわからないままの人もいるという現実を。

だからその言い分は、使いたくなかった。それで、伝わるかどうかもわからないまま、どうにかこうにか言葉を継いでいった。

「多賀田くんも、初めてのことで、不安もあるだろうけど……。でも、きっと大丈夫だよ。きっと、大丈夫にしていける。子供が生まれたら、誰だって自動的に親になっちゃうけどさ。でも、どんな親になるかは、俺たちの意思に依ってるんだよ。だから、大丈夫。多賀田くんだって、言ってたじゃん？　この国が、時間を一時間早く進めたって話。

それと同じだよ。無茶なことだって、決めたらそれが道理になるんだ」

たどたどしくも力強く言う斑目に、多賀田くんはどこか不意をつかれたような、キョトンとした表情を浮かべてみせる。

「この国の、一時間……？」

それでも斑目は、さらに言い募ったのだった。

「そうだよ。そうするって決めたら、そうなっていくもんなんだ。この国と一緒だよ。無茶でも無理でも、決めればいいんだ。どういう親になるか——。俺たちは俺たちの意思で、ちゃんと親になればいいんだよ、多賀田くん」

通じているかどうかは、まるでわからなかった。何せ脚本家の割りに、斑目の言葉というのは通じないことが多いのだ。

でも、かまわなかった。万の言葉のうち、ひとつでも伝わってくれれば、それでいいと思った。これまでだって、どうせそんな感じだったのだ。

「それでも悩むことがあったら、俺を頼ってよ。俺たち、兄弟になるんだからさ。俺自由業だし、時間的に融通《ゆうずう》利きまくりだし。連絡ならいつだってしてくれてオッケーだから！　だから、多賀田くん。これは、おめでとうでいいんだよ！」

言い切った斑目を前に、多賀田くんはしばしポカンとした表情を浮かべていた。「はあ……」そうして手にした便箋に目を落とし、何かを考えはじめた。「そう、なんですかね……。一時間……」

しかし少しすると、何かに納得した様子で頷きだした。「……そうか。そうかもしれません」そしておもむろにテーブルへと腕を伸ばすと、シャンパンクーラーに浸けてあったボトルを手に取った。

「わかりました、お義兄《にい》さん」満面の笑みで、彼がシャンパンを差し出してきたのはその段だ。「じゃあ、お祝いです！　乾杯しましょう！」

受けて斑目はハッとして、「あ、それならストロベリーチョコクロワッサンを……」とテーブルのパンを物色しはじめた。「シャンパンと、絶対合うと思うんだ」そしてふたりは、そのままシャンパンとストロベリーチョコクロワッサンを口に運び、「うま～」「ヤバ～」と肩を叩き合った。「至福～」「ですねぇ」

そうしてしこたま食べてのんで騒いで、いつの間にか斑目は、床に転がり寝入ってしまっていた。

「んが……」

そのことに気付いたのは目が覚めたからで、こんなところで寝てはまずい、と咄嗟《とっさ》に思って起きあがろうとしたところ、肩と腰の痛みに悶絶《もんぜつ》した。あんがい長いこと眠ってしまっていたようだ。

腰をさすりながら目を開けてみると、ソファにもたれ掛かるようにして体育座りで眠っている多賀田くんの姿が見えた。

「ん……？」

眠りながら多賀田くんは、先ほど斑目が渡した便箋をちゃんと手にしていた。もしかしたら眠りに落ちるその時まで、便箋を眺めていたのかもしれない。おめでとう。そう記された文字を——。

窓の外はまだ暗かった。赤や青や黄色の鮮やかなネオンサインが、暗い夜によく映えている。シンガポールの夜景も中々のものだ。斑目は痛む肩や腰をかばうようにして、のそのそと起きあがる。

スマホを確認してみると、もう朝の五時だった。五月の五時なのに、まだこんな夜みたいに暗いのか、と思ったが、そういえば経度的には、日本と二時間の時差がある国だったと思い出した。それで、だったらまあこんなもんか、と思い直した。世の中には、思いがけない午前五時というのもある。

「ふあ……」

こんな暗くても、五時なら起きだす人もいるだろう。朝が早いパン屋なら、間違いなく起きている頃だ。電車の運転士、飲食店関係者、アナウンサーやディレクターなんかも、多分起きているはずだ。あとは、どんな人が起きているだろう？　これから寝る人は、どれくらいいるんだろうか？　おはようとおやすみが、ちょうど交差する時間。

「……」

昔もこうやって、窓の外ばかり見ていたっけ。そんなことも、思い出した。あの頃は、部屋の中でひとり、じっと望遠鏡をのぞいてばかりいた。そうして誰かの生活を垣間見ては、笑ったり怒ったり、ヤキモキしたり絶望したり、布団をかじるほど寂しくなったり――。知らない誰かの涙に胸を痛めたり、思わぬ人のしたたかさに、胸をすくような小気味よさを覚えたこともあった。人間は弱くて、逞しい生き物だと、そんなことも散々思い知らされたような気もする。

それはそれで、充実した日々だった。孤独だったからこそ、感じられたことがそこにはあった。確かに、あった。

「……」

でも、今の自分だからこそ、わかることもいくらかある。

痛む腰を少し撫でて、斑目はそのまま這ってソファへと向かった。ここで眠れば、目覚めても体は痛まないだろうと、考え移動したのだ。多賀田くんは、まあ自分より十歳くらい若いから大丈夫だろう。でも俺は、四十路越えてるからな。そんなことをせせこましく思いつつ、斑目は柔らかなソファに体を横たえ、そのまま再び眠りに落ちていった。

そのおかげか、寝覚めはさほど悪くなかった。窓の外はすっかり明るくなっていて、遠くには入道雲のような白い雲が見えていた。

「……ん、ん」

多賀田くんは相変わらずソファにもたれて体育座りで、すやすや寝息をたてていた。それで斑目は、若干爽《さわ》やかな心地で起きあがり伸びをしたのだが、スマホを確認した瞬間血の気が引いた。

「——た、多賀田くん！　もう十二時だ！」

そんな斑目の声に、眠っていた多賀田くんもハッと顔をあげ、「え？　何？」と周りを見回す。寝ぼけ眼の多賀田くんに、斑目はさらに強く畳み掛ける。「ヤバいって！　早く片付けないと！　ママたちが、帰ってきちゃう！」

受けて多賀田くんは、部屋の様子に目を留め、しばし絶句したようだった。「え？　これは、どういう……？」

何せそこには、昨夜斑目とともにしこたまのんで、こぼしたワインやらひっくり返したシャンパンボトルやら、脱ぎ散らかした服や靴下やら、何を行ったのか定かではないが、タオルやティッシュが床に散乱していたのである。

「なんで、こんな……?」どうやら多賀田くん、昨夜のことは途中から、完全に記憶が飛んでいるようだ。彼は混乱した様子で立ち上がるやいなや、自らの臭いに驚愕した様子で叫んだ。「うわっ! 煙草くせぇ!」

そうして自らの腕の辺りの臭いをかぎつつ、顔をしかめうなるように呟いた。「マズい。こんなの、佳乃にバレたら……」だから斑目も飛び起きて、多賀田くんの肩を叩き急ぎ告げた。「と、とにかく、一刻も早く片づけよう!」受けて多賀田くんも、「はい!」と頷く。「とりあえず雑巾《ぞうきん》! あとゴミ袋! 消臭剤も!」「はい! はいはい!」「ていうか多賀田くん! ここ煙草で焦げてるけど!」「マジっすか!」

斑目は、孤独を見つけるのが得意だった。

そんな自分がいつの日か、妻の帰りに怯え焦って、義弟になる男と一緒になって、大慌てで部屋の掃除をするなんて、夢にも思っていなかった。

「窓! 窓は開くの?」「少しなら!」「じゃあ換気! 煙草の臭いヤバ過ぎ!」「そういえば、空気清浄機が寝室に!」「じゃあ、それもってきて!」「はい!」「あと、俺もすっごい酒臭い!」「終わったらサウナ! サウナ行きましょう!」

そんなことに、こんなにも、胸が締めつけられるとは思ってもみなかった。

ビンタン島から帰って来た綾乃と佳乃、そして百葉子は、緊張の面持ちの斑目と多賀田くんの出迎えを、しかし特に訝る様子はなかった。むしろ出かけていった時より、明らかにふたりの機嫌はよくなっているようだった。

「ただいま帰りましたー。斑目さん、お留守番どうもありがとうございました」

特に佳乃のほうの変化は顕著で、昨日や一昨日《おととい》はどこか陰のある微笑みをたたえていたのに、たった一泊二日でずいぶんと清々しい笑みを浮かべてみせるようになっていた。

「多賀田くんもありがとうね〜。うちの人の相手してくれて〜」

そう笑顔で言った綾乃のほうも、みんなには気付かれないように、部屋に入りがてら斑目にそっとウィンクをしてきた。その様子から察するに、おそらく綾乃のほうも、妹との短いバカンスに、何らかの成果を見出したものと思われた。

そのことに安堵しつつ、斑目は百葉子との一日ぶりの対面に目尻をさげた。「もよちゃ〜ん、お帰り〜」自分でもどうかと思うような猫なで声を出し、綾乃に抱っこされていた百葉子を受け取る。

斑目に抱っこされた百葉子は、じっと斑目の顔を見た後、しばし間を置いてにやっと笑ってみせる。それはいつもの百葉子の反応で、斑目は胸の奥がじんわり温かくなるのを感じた。「ん〜、もよちゃ〜ん。パパがいなくて寂しかった？　パパはもよちゃんがいなくて寂しかったよ〜」

自分でも、よくこんなことが言えるな、と思うようなセリフを吐きながら、百葉子の背中をポンポンと叩く。百葉子を抱っこしていると、自分の中に本来ないはずの言葉たちが、つるつるとあふれ出てくるから不思議だ。「島は楽しかった？　海で遊んだのかな？　お魚はいたのかな〜？」すると百葉子は、にやにやしながら、斑目の耳元で小さく囁《ささや》いた。

「――おみやげ」

そうして握っていた左手を斑目の眼前に突き出し、パッと手のひらを開いてみせた。そこにあったのは、小さな貝殻だった。灰色の巻貝。おかげで斑目は、グッと胸が詰まってしまって、「もよちゃん……っ！」と小さく叫んでしまう。「これ、パパに？　パパへのおみやげなの？」

受けて百葉子は、そうだ、と言わんばかりににやにやと頷いた。それで斑目は、ありがとう！　と勢いよく抱きしめようとしたのだが、彼女はそれより一瞬早く、プイッと斑目から目をそらし、そのまま後ろを振り返った。

「え？」

振り返って、多賀田くんへと、右手を差し出した。

「ん？」

思いがけない百葉子の行動に、斑目はもちろん、多賀田くんも若干動揺した表情を浮かべる。しかし百葉子は、怯むことなく多賀田くんに手を伸ばし続けている。それで多賀田くんも、ハッとした様子で笑顔を作り、百葉子へと手を伸ばしたのだった。

「あれ？　もしかして、おじさんにもおみやげかな？」

百葉子がパッと手を開いてみせたのは次の瞬間で、彼女の手のひらから、七色に光る白っぽい二枚貝の片割れが、多賀田くんの手のひらへと落とされた。

「あ……」

それは明らかに、斑目が受け取ったものより、美しい貝殻だった。

「ん……？」

目をしばたたく斑目を前に、百葉子ははにかんだような笑みを浮かべたのち、てれくさそうに斑目の胸の中に顔を埋めてしまう。

その段階で、斑目としてはすでに嫌な予感を抱いてはいたのだが、ランチに向かったマンション近くのフードコートで、綾乃にこっそり告げられた時には、それこそ膝から崩れそうになってしまった。

「百葉子、多賀田くんと初めて会った日、様子がおかしかったじゃない？　あれ、多賀田くんに一目惚れしたからだったみたいなの～。百葉子、初めての恋よ～」

だから斑目としては、もう、思うしかなかった。

ああ、人生って、不思議なものですね、多賀田くん――。俺の愛娘が、君に初恋って、いったいどういう罰ゲームだと思う？

「おかげで海じゃ、多賀田くんへのおみやげ探すんだって、もうはりきっちゃって大変だったんだから～」

その日以降、百葉子が多賀田くんの膝の上を延々陣取ったのは、間違いなく綾乃の血だと斑目は思った。斑目としては、にわかには信じがたい光景ではあったが、百葉子は多賀田くんの前で、よく笑いよく喋り、時々はにかんだような笑顔で上目づかいもしていた。間違っても、猫の真似など、ただの一度もしなかった。

「女の子って、小さい頃から女よね～」と、綾乃は目を細くして言っていたほどだ。

「なんか、自分の子供の頃のこと、色々思い出しちゃうわ～」

シンガポールを発つ日、百葉子は多賀田くんから離れたがらず、ひどくグズってみせていた。だからもう、斑目としては思うしかなかった。もしかして、もよちゃんって……。意外と、恋泥棒に、なれたりして……？

いっぽうの多賀田くんも、連日の百葉子からの猛アプローチを前にすっかり相好《そうごう》を崩し、「生まれてくるのが、もよちゃんみたいな娘だったらいいな～」などとデレデレ言うまでになっていた。ある種、子供に対する免疫がついたということか。「男の子だったらどうするの？」という佳乃の言葉にも、「大丈夫だよ」と笑顔で言っていたから、多分もう心配はないだろう。「もちろん、かわいがるに決まってるさ」

帰りの飛行機の中で、百葉子は安定飛行に入るなりすぐに眠ってしまった。おそらく多賀田くんとの別れに、大泣きした疲れがたたったものと思われる。斑目の膝の上で、ぐんにゃりとした猫のように、くうくう寝息をたてはじめた。

「大丈夫？　重くない？」

そう訊いてくる綾乃に、斑目は肩をすくめつつ返す。

「大丈夫だよ。全然軽いし」

すると綾乃は、いたずらっぽい笑みを浮かべ、「ふ～ん」と斑目の顔をのぞき込んできた。それで斑目が「何？」と訊くと、彼女はコトンと斑目の肩に頭を預け、「妬《や》けちゃうから、あたしも寄っかかっちゃお～」と言ってきた。しかも、寄っかかると言っただけあって、ちゃんと体重もかけてくる。

「ぬう……」

小さくうめく斑目に、綾乃はやはり楽しそうだ。

「しりとりしようか、パパ」「ん｜？　何しりとり？」「甘いセリフしりとり「どっちから？」「あたしから｜。大好きだよ」「よ？　余白がないほど好きだよ」「よ返し？　よ、よ、よ……っぽど好き」「き……、君しか見えない」「いつまでも一緒にいようね？」「ね……、願ったり叶ったり」「ブブ｜。パパ、それ甘くな｜い」」

とんだバカ夫婦だな、と斑目は思う。

幸せにも、ほどがある。

しばらくすると綾乃も、連日の移動の疲れのせいか、けっきょく斑目の肩に頭を乗せたまま、スヤスヤ気持ちよさそうに寝入ってしまっていた。おかげで斑目はひとり、ふたりの重みに耐えながら、短くはないフライト時間を過ごすこととなった。

「……ぐ」

けれどそれは幸せな重さで、自分にはまだ、何か書けるものがあるのではないかと、斑目はぼんやり思っていた。

Pétrissage & Pointage

——生地を捏ねる&第一次発酵——

「お母さん、死ぬ前に一度、オーラを見に行きたいのよ〜」

電話口で母、倫子《みちこ》にそう言われた時、ソフィアは一瞬考え込んだ。えーっと？　今この人、なんて言った？　それですぐに訊きかえした。

「……お母さん、オーロラを、見に行きたいの？」

すると母も一瞬黙り込んだのち、「そんなもの見たくないわよ」と一刀両断《いっとうりょうだん》に切り捨てた。「ただでさえ寒いところに住んでるっていうのに、もっと寒いところになんて行きたくないもの。大体オーロラなんて、そのうち北海道でも見えるようになるわ。これだけ寒いんだから、いずれきっと出るに決まってる」

めちゃくちゃな理屈だった。昔はもっと常識的な人だったような気がするが、最近の彼女は春先に吹く暴風のように自由だ。そんな母は、やはりどうにも頓狂《とんきょう》なことを言いだした。「お母さんが見たいのは、オーラよ。オーラ。人の体から出てるっていう、霊的エネルギー」当然のように言ってくる母に、ソフィアは黙ったままただ眉根を寄せる。

霊的、エネルギー……？　しかし母は、ごく綽々《しゃくしゃく》としたまま語り続けた。

「そのオーラがね、ハワイでなら見られるんですって。ハワイの、キラなんとかって火山。そこ、すごいパワースポットで、霊感がない人でもオーラが見えるようになっちゃうって話なのよ。不思議な力が、そこにいると降りてくるとかで……」

どうやらテレビで、そんなことを言っている番組を見たらしい。「それでお母さん、ハワイに行きたくなっちゃって。死ぬ前に、一度」つまり母は、ソフィアにハワイに連れて行け、と言っていた。

「孝行のしたい時分に親はなし。墓に布団は着せられずよ？　大ちゃん」ソフィアがハワイ旅行に向かうことになったのは、そんな母の希望が理由だった。

長年家族と絶縁状態にあったソフィアが、家族との交流を再開させたのは、三年ほど前のことだ。まずはソフィアの弟、翔太《しょうた》が、なんの前触れもなく突然ソフィアの店に現れて、ほとんど挨拶らしい挨拶もしないまま、単刀直入に告げてきた。

「母さんが兄さんに会いたいって言ってる。親父も、許してやるから顔見せに来いって言ってる。だから近いうちに、一度帰って来てくれないか？」

ピンク色のカツラをかぶった兄に対し、黒縁眼鏡に濃紺《のうこん》のスーツをまとった弟、翔太は、厳粛な様子を崩さず言い切った。

「親父が許すって言ってる今がチャンスだ。頼むよ、兄さん――」

翔太も翔太で、よほど切羽詰まっていたのだろう。けれどソフィアもソフィアで、出会いがしらに許すのなんのと言われ、若干カチンとくる部分もあった。それで、なんなの急に？　と言い返そうとしたのだが、久方ぶりに会った弟を前に、女言葉で切り返していいものなのかどうか、すんでのところで迷ってしまい言葉を詰まらせた。すると翔太は、さらなる衝撃発言を繰り出してきたのである。

「――実は母さん、がんになったんだ」

ソフィアが実家に顔を出すと決めたのは、それがキッカケと言えばキッカケだ。

「一週間後に、手術もする。だから兄さんに、会いたいって言ってるんだよ」

とはいえ、逡巡もあった。母とはもう二十年近く会っていなかったし、両親にとって自分の存在が、長年の苦悩の種になっていたことも理解していた。そんな自分が、本当に母に会いに行って大丈夫なのか。大病を前に、母が息子に会いたくなった気持ちはわからなくもないが、さりとて今の自分を目の当たりにしたら、余計気落ちして、手術前に寝込んだりしてしまわないか。そんな迷いが生じたのだ。

そりゃあアタシだって、ピンクのカツラで帰る気なんてないけど。でも、地毛《じげ》にすっぴんで、男っぽい服着て帰ったところで、今のアタシって、絶対普通の男になんて見えないもんねぇ？

長年ニューハーフバーで働いているソフィアは、席について微笑んでいる限り、単なるでかい美女に見える。それが、立ち上がったり喋ったりすると、あれ？　この人もしかして……？　となる。そしてその後、走ったりスゴんだりすると、ああこれは間違いなく、と認定される。つまり、初見で男性と目されることもなければ、最後まで女性とも思われない、なんとも玉虫色《たまむしいろ》な存在。それが今の、ソフィアの姿なのである。

しかし母は、大学時代までのソフィアしか知らない。いや、当時はまだソフィアではなかったから、本名の嶽山大地《たけやまだいち》と言うべきか。嶽山大地という男は、線の細いすらりとした、心優しき美青年で通っていた。品行も方正で、学業も優秀。その上、近所でも評判の孝行息子で、休みの日などは畑の手伝いもしていた。だから、東京の大学で公務員試験を受けたあとは、実家に戻って役所にでも勤めて、家業である農業を手伝うものと、あらゆる方面から目されていた。

それなのに、その孝行美青年が約二十年後、男だか女だか判然としない、玉虫色の風貌で現れたとしたら、母のショックはいかほどのものか——。そんな迷いが、あるにはあったのだ。

あとは、なんだかんだ言ったところで、わだかまりもあったのだろう。翔太が許してやる、という言葉を使ったことで、ソフィアの中のその感情は露《あら》わになった。

　アタシって、許されなきゃいけないことしてたのかしら？　そんな憤りが、とっさに湧いたと言ってもいい。アタシがアタシでいることは、罪や過ちと同じだってことなわけ？　この姿が？　この言葉遣いが？　この生き方が？　そんなにも許されないことだったっていうの？

　とはいえ、ソフィアだって、昔は父親と同じ側にいた。自分が自分の心に正直に生きることは、すなわち罪なのだと思っていたし、嶽山大地の人生を捨て、ソフィアとして生きると決めたことも、ある種の過ちなのだと認識していた。アタシは、間違った人生を生きている。半ばそんなふうに信じてもいた。誰にも望まれていない、自分が望んだだけの身勝手な人生を、アタシは生きてしまってるんだわ。

　だから、幸せになろうなんて思ったことはなかったし、色んなことを当然のように諦めてもいた。幸せなんて分不相応。ちょっと不幸なくらいがちょうどいい。そんなソフィアのメンタリティは、自責や自虐の賜物《たまもの》だったとも言える。だって、仕方がない。親を泣かせて、傷つけて、アタシはアタシのためだけに、生きることを選んでしまったんだから――。

　けれど今のソフィアは、少し考え方が変わっていた。アタシがアタシでいることは、別に罪でも過ちでもない。どこかでそう、吹っ切れた部分もあった。そりゃあ、親には悪いことをしたけれど。でも、こんなはずじゃなかったって、自分の人生を悔やみながら生きるよりは、ずっとよかったんじゃないかしら？　少なくとも、誰かのせいで、自分は自分らしい人生を選べなかったって、拗《す》ねたり恨んだり僻《ひが》んだり、そんなことはしないですんでるんだし。

そう考えを変えられたのは、やっとここ数年のことだ。ソフィアがソフィアでいることを、普通に受け入れてくれる人の存在が、そう思うことの後押しをしてくれたようにも思う。

そんな彼女にとって、おそらくまだ自分を許していないのであろう人たちと対面することには、やはりそれなりの覚悟や気構えが必要だった。だってまた冷たくされたら、昔のネガティブ思考に逆戻りしちゃうかもしれないし。カチンとくること言われちゃったら、アタシも言い返しちゃうかもしれないし？　それならいっそ会わないほうが、まだマシってことになるじゃない？

弟の翔太も、そんなソフィアの迷いを察したのだろう。彼は即答を避けたソフィアに対し、彼女が住むマンション、あとは彼女が通っているスポーツジムにも顔を出し、ほとんどストーカーのように迫ってきた。

「親父のことなら、俺が盾になる。だから帰ってくれ。母さん、本当に兄さんに会いたがってるんだよ。病人の願いなんだから、叶えてやってくれよ」

そして彼はあろうことか、ブランジェリークレバヤシにもやって来て、同じように懇願してみせた。「——頼むよ！　兄さん！」おかげで一連の出来事が、ちょうど店に居合わせた希実にバレて、店内には微妙な空気が流れてしまった。

その頃、希実は部屋に引きこもり、学校にも行っていないような状態だった。店に降りてくることも、一週間に一度ほどしかなく、だから翔太の来店時、希実が店にいたことは、不運と言えば不運な偶然でもあった。

「病床の母親に顔を見せるなんて、息子として当然の義務だろ。みなさんも、そう思いませんか？　僕、そんなにおかしなこと言ってますかね？」

店内でそう周りを巻き込みはじめた翔太に、だからソフィアは目をむいてしまった。「ちょっと、翔太！」けれど翔太は、暮林にも弘基にも、単なる客として来店していた斑目にも詰め寄りはじめた。「普通ですよね？　常識ですよね？　一般論ですよね？」そうして最終的に、「おじさん、間違ってないよね？」と希実にまで迫りだした。「お嬢さんからも、言ってやってくれないかな？　帰るべきだって、顔を見せるべきだって、孝行のしたい時分に親はなしだって——」

希実が部屋に引きこもるようになった理由は、はっきりとはわかっていない。本人もよくわからないと言っていたし、暮林が連れていった病院やカウンセリングでも、けっきょくのところ曖昧なことしか告げられなかったらしい。

ただ、母親の死が遠因であることは、あちこちで言われていたようだ。そのことは希実本人も口にしていたし、ソフィアだってそうだろうと思ってはいた。タイミング的にもそう考えるのが自然だったし、周囲もそのように認識している節があった。

だからソフィアとしては、自身の母の病気のことも、自分が母との再会に躊躇していることも、希実には極力知らせたくなかった。彼女に母親の死というものや、それにまつわる記憶等々を、不用意に思い出させたくなかったからだ。

けれど弟の暴走で、それらはけっきょく明かされた。しかも彼は、状況を知らなかったとはいえ、希実に無神経な質問までしてみせた。だからソフィアは、それ相応のいら立ちを覚えた。ったく、なんなのよっ！　この状況で、そんなこと訊くなんて……！　それで翔太を叱《しか》りつけようとしたのだが、しかしそれより一瞬早く、希実のほうが口を開いた。

「……そこで、普通や常識や一般論を持ち出すのは乱暴じゃないですか？」

言われた翔太のほうは、ポカンと言葉をなくしてしまっていたほどだ。

「親子関係なんて千差万別なんだし。たとえ兄弟でも、あなたが正しいと思ってることが、ソフィアさんに適用されるとは限らないじゃないですか」

きっと翔太は、若い女の子に言い返されるなどと、思ってもなかったのだろう。淡々と語る希実を前に、眼鏡のブリッジを何度も押さえてしまっていた。

「私は、ソフィアさんが選んだことを支持します。信頼に足る人だと思ってるから、彼女が選んだことなら、それが正解だと思ってます。これ以上、質問ありますか？　ないようでしたら、私、そろそろ部屋に戻りたいので、失礼したいんですが」

ソフィアが実家に帰ろうと決意したのは、そんな一連の流れに困ったところもあった。これ以上翔太に、自分の周りをうろうろされるのは迷惑だったし、周りの人たちにいらぬ心配をさせるのも不本意だった。

あとは希実に、ぐずぐず思い悩んでいる自分を見せたくなかったというのもある。理想の自分は、綺麗で強くて優しくて、かわいいアタシ。グズグズ悩んで躊躇って、弱気になっている姿なんて、無敵のソフィアさんには似合わない。

けっきょくアタシって、ちょっとええかっこしいなのよねぇ。そんなふうに、ソフィアは思っていた。みんなの前では、気風《きっぷ》のいいアタシでいたいんだから。けれどそのおかげで、決断出来ることもあるのだから、ええかっこしいも悪いことばかりではない。

かくしてソフィアは、約二十年ぶりに両親との対面を果たしたのだった。

二十年ぶりに会った両親は、だいぶ老け込んでしまっていた。自分より、少し背が低い程度だったはずの父親は、腰が曲がったのか身長自体縮んだのか、ソフィアより頭ひとつ以上小さくなっていた。豊かだった黒髪も、ほとんど白髪になっていて、そのつむじが上からのぞけてしまうことに、ソフィアはひそかに胸を詰まらせた。

母親のほうも、体つきはそう変わっていなかったものの、しかしその顔のシミやしわが、はっきりと濃くなっているのが見てとれた。髪は黒いままだったが、しかしそれだって、染色によるものだということくらいすぐにわかった。

「ああ、大ちゃん――」声を震わせながら、自分の手を取った母の指のか細さに、ソフィアはぐっと奥歯を噛みしめた。「よく、来てくれたわね……」二十年。その月日のなかで、変わったのは自分だけではなかったのだなと、よくよく思い知らされた瞬間でもあった。

「お母さん、病気になってよかったわ」冗談めかして母は言った。「おかげでこうやって、また大ちゃんに会えたんだから」

それで思わず、彼女を抱きしめてしまった。昔、自分の手を引いてくれていた母は、こんなにも小さかったのかと息をのんだ。日々畑に出て農作業をし、自分や弟の世話を焼き、舅《しゅうと》や姑《しゅうとめ》がいた家で、家事の全てを一手に担い、かいがいしくも黙々と働いていた強い母が、こんなにも小さな女性だったなんて――。

そのままソフィアは母の手術に付き添い、入院中も彼女の世話にあたった。退院後は東京に戻ったが、その後、抗がん剤治療をはじめると聞かされた際にはまた付き添いに向かったし、自宅療養中にもちょくちょく顔を見せに行った。世話焼きな血が、どうにも騒いだというのもある。

「こんなこと言うとアレだけど。翔太の奥さんの世話になるより、大ちゃんに来てもらったほうが、お母さんずっと気が楽なの。やっぱりお嫁さんには、気を遣っちゃうじゃない？」

そんなふうに言われてしまって、世話を焼かないわけにもいかなかった。

「だからお母さん、大ちゃんがいてくれてすごーく助かってる。こんな言い方、大ちゃんは嫌かもしれないけど。でも正直、娘っていいもんだなぁって、この頃よく思うのよ。大ちゃんが大ちゃんで、本当によかったって」

いっぽう父親のほうはといえば、女性化している息子を、どうしても受け入れられないようだった。「それはもう、治らんのか？」と真剣に訊いてきたこともあったし、「なよなよするな」と吐き捨てるように言ってきたこともあった。病院ではソフィアのことを、「遠縁の者です」と紹介し、近所の人たちに対しては、「あの人は札幌のヘルパーさんです」と説明していたらしい。「都会の人間は、男か女か、よくわからんのが多いですからな」間違っても、ソフィアを息子だとは、明かしたくない様子だった。

ただし、母の代わりに家事の一切をこなしていくソフィアに対し、それなりに思うところはあったようだ。顔を合わせるたびに、「すまんな」だとか「悪いな」だとか、申し訳なさそうに言ってもきた。「いずれ、ちゃんとこの礼はするから……」

しかし父は、礼をせぬまま逝《い》ってしまった。母が抗がん剤治療を終え、一年ほどが過ぎた頃のことだ。家庭農園で農作業をしていたところ、心不全を起こし急逝した。享年は七十五。

東京から駆けつけたソフィアに対し、弟は、「母さんに先に逝かれるのが嫌で、自分からさっさと逝っちゃったんだろうなぁ」と、遠い目をして言っていた。「母さんがいないと、なんにも出来ない人だったからさ……」

そうかもしれない、とソフィアも思った。確かに母に残された父の姿というのは、想像するだけで物悲しく、一羽だけ北に戻り損ねた渡り鳥のように、いかんともし難い寂寥感があった。「だからまあ、これでよかったんだよな」そんな弟の呟きを、だからソフィアも否定はしなかった。

母が頻繁に東京へとやってくるようになったのはそれからだ。

「だって、いつ死ぬかわからないもの〜」というのが彼女の言い分で、歌舞伎観劇に大相撲観戦、皇居見学や国会議事堂見学、浅草寺参拝に東京タワー観光等々、彼女は半ば貪欲なほどに、東京見物に励んでいた。

ソフィアもその観光に決まって同行した。北海道の田舎町に住む母には、東京の道も電車も難しかろうと踏んだからだ。親孝行という側面も、もちろんあった。あとは何より、夫を突然亡くした彼女を、放ってはおけないという気持ちも強かった。それで、あそこに行きたいここが見たい、という母の言葉に耳を傾け、仕事の都合をどうにかつけては、ちゃんと案内をしてやっていた。

途中からは、「箱根に行ってみた〜い」だとか、「大阪で食い倒れてみた〜い」だとか、「沖縄っていいところなんだってね？」などとも言われるようになった。それは東京案内より、少々ハードルの高い要求ではあったのだが、しかし長年家族のために尽くしてきた母の苦労を考えれば、この程度の願いは長子《ちょうし》として聞き入れるべきだろうと思い、ソフィアはそれらの手配も買って出て、全てに同行してやった。お母さん、ほとんど旅行なんて出来なかったんだろうし。このくらいは、ねぇ……？

そんな母を前に、弟の翔太はしみじみ言っていたほどだ。「女は強いよな。親父が死んだっていうのに、あんなに元気いっぱいだなんて……」翔太の話によると、実家のほうも母のひとり暮らしに合わせ、どんどんリフォームしているらしい。「親父との、思い出の家なのにさ。割り切りがいいっていうか、順応性が高いっていうか……」

遠い目をして言う翔太に、「ひとりになって、しょぼくれちゃうより、ずっといいじゃない」とソフィアは背中を叩いてやったが、しかし母の順応性の高さに関しては、ひそかに同意してしまっていた。

何せ母は、冗談なのかと思うほどの躊躇いのなさでもって、ソフィアを娘扱いしてくるのである。ふたりで旅行に出かけた際には、出会った人々にソフィアを「娘です」と紹介してしまうし、温泉地でも「一緒に大浴場行きましょ」と言ってくる。それでソフィアが、かくかくしかじかと自らの体について説明すると、「あら、そうなの？」と不思議そうに首を傾げる。「でも、湯煙の中なら、わかんないと思うけどねぇ？」

ソフィアの家に泊まった際にも、風呂上がりは平然と半裸で部屋の中を闊歩《かっぽ》するし、ソフィアの化粧品をこっそり見ては、「使ってもいい？」と嬉しそうに訊いてもくる。「お母さんも、大ちゃんみたいにお化粧してみた～い」と言うのでしてやった時には、「持つべきものは娘ね～」などとも言いだした。「今どきのお化粧なんて、お母さんもうよくわからないから。大ちゃんに綺麗にしてもらえて、ホント嬉し～い」

最初は、気を遣ってくれているんだろうか？　とも思っていたが、それにしては若干度が過ぎているような感もある。

「大ちゃん、いい人はいないの？」そんな話題を振ってきた際には、気は確かなんだろうかと、ソフィアもギョッとしたほどだ。「またまた〜、大ちゃんったら。隠してるだけなんじゃないの〜？」

しかし母は、実に真剣に言ってくるのだった。「いい人がいるんなら、ちゃんと紹介しなさいね？」まるで、年頃の娘にそう言うように——。「そうだ！　あの人とはどうなってるの？　安田《やすだ》さん……、だっけ？」

月日というのは、人を変える。今の母は、まさしく自由な風そのものなのではないか、とソフィアはひそかに思いはじめている。

「お母さん、あの人はけっこういいと思うわよ？　真面目そうだし、浮気もしなそうだし。大ちゃんにも、ゾッコンって感じだったじゃない？　それに、警察にお勤めなんでしょ？　公務員だったら、将来安泰じゃな〜い？」

でなければ、そんなこと言えるはずがない。

「結婚相手はね、ちょっと物足らないなって人のほうが、うまくいったりするもんなのよ。だからお嫁に行くんなら、安田さんって断然オススメだと思うわ〜」

何せソフィアは今もなお、見た目はだいたい女性だが、戸籍は男性のままなのだ。

ハワイには、大所帯で向かうこととなった。

母と旅行に行くから、少し店を休むとお店の子たちに告げたところ、「ズル～イ！」「アタシも行きた～い！」の大合唱がはじまり、結果、お店なんかお休みにして、みんなでハワイに行っちゃおう！　イェイ！　という話になってしまったのだ。

その上、休業対策として、店の常連たちも旅行に誘うことになった。店の若い子たちが、冗談とも本気ともとれぬ様子で、そうするよう提案してきたからだ。「絶対うちらと一緒に行きたい人たちいますって～」「だよねぇ？　アイドルと一緒に行く海外ツアー的な！」「そう！　それそれ、そんな感じ～」

無論ソフィアとしては、そんな奇特な人なんているかしら？　という心境だったが、しかし世の中というのは底が知れないもので、参加者を募ったところ、実に十名以上の常連が参加すると手を挙げてきた。しかもその中には、旅行業関係者、並びに元ハワイ在住者などが含まれており、ソフィアが尽力するまでもなく、あっさり格安ハワイ旅行計画が立てられてしまった。

ハワイ行きに手を挙げた常連の中には、こだまの母親、水野《みずの》織絵《おりえ》もいた。曰く、「あたし、海外旅行って、行ったことないんですけどー。でもみなさんが一緒なら、心強いと思いましてー」とのこと。「こだまも中二だし、そろそろそういう経験も、させてあげたほうがいいのかなーって、気持ちもあったりしてー？」

そう語る織絵を、母、倫子も大いに歓迎した。「いいじゃな〜い。息子さん年頃だし、反抗期がきちゃったら、一緒に旅行なんて出来なくなるかもしれないもの。今のうちに、たっぷり一緒にいておいたほうがいいわよ〜」そうして自身も、息子、もとい、娘とのハワイ旅行に思いを寄せていた。「私も、大ちゃんと海外なんて初めてだから、ワクワクしてるの〜。しかも、初ハワイで初オーラ！　優しい娘を持ってよかったわ〜。大ちゃん、ありがとうね〜」

そうして向かったハワイ島は、ソフィアが想像していたのとずいぶん様子が違っていた。

ソフィアが思うハワイというのは、日本人あふれる買い物天国で、ビーチだっていかにもリゾート地といった風情の、割りに人でごった返した場所だったのだが、しかし実際目の当たりにしたハワイ島は、買い物する場所はそう多くもなく、日本人もさしておらず、というか人自体そう多くもなく、ビーチに出向いてみても、おそらく中国系の家族連れが、ポツンポツンと遊んでいるばかり——。

「なんか、思ってたのと、ちょっと違うわねぇ……」思わずソフィアがそうもらすと、旅行業関係者が「ハワイは、島によるんだよ」と教えてくれた。「ソフィアちゃんがイメージしてたハワイって、オアフ島っぽい感じだったんじゃないかな？　でも、ハワイ島やマウイ島は、けっこうのんびりしてるんだ」どうも、そういうことらしい。

ただし、ビーチの景色や空気感は、写真で見ていたハワイそのものだった。いや、それ以上と言っていいかもしれない。作り物かと思うような白い砂浜に、海は絵の具を溶かしたのではないかと見紛うばかりのエメラルドグリーン。空は青く、空気は透明過ぎるほど透明で、太陽の光も日本のそれより、ずっと濃いもののように感じられる。

なんていうか、空気がもう、普通じゃない感じだものねぇ……。ホテルのプライベートビーチに設《しつら》えられたビーチチェアに座りながら、ソフィアはしみじみそう感じ入ったほどだ。ひと呼吸ごとに、体が浄化される気がするっていうか……。薄汚れた心や気持ちが、じゃんじゃんばりばり、洗い流されていく感じっていうか……？

「……」

そのせいか、あまり長くここにいてはいけないような気にもなった。だって、ずっとこんなところにいたら、アタシの過去も狡《ずる》さもぜーんぶ、綺麗さっぱり洗い流されそうな気がするんだもの。そんなことになったら、アタシがアタシでなくなっちゃうっていうか――。

仲間たちは波打ち際で、キャッキャッと水遊びに興じている。あの子たちは、アタシが考えてるみたいなこと、思わないのかしら？　そう首を傾げながら、ソフィアはテーブルに置かれたマラサダにかじりつく。

「ん、む……」

マラサダは、丸いふわふわの揚げパンに、大量の砂糖をまぶしたハワイ名物だ。ハワイにやって来た当日に、ソフィアはその味の虜《とりこ》となり、以来手近なところに常備している。ひと口目は、さっくりとした歯ごたえなのに、咀嚼《そしゃく》していくほどに、ふわふわの生地感がやってくる。一見すると過剰な砂糖も、嚙むごとに口の中で溶けていくようでたまらない。頭に快楽をもたらす、扇情的なほどの味わいだ。

「ん～、おいしぃ～ん……」

ソフィアはうっとりとマラサダを嚙みしめつつ、美しいビーチの景色に目を細くする。

ああ～、もう～。景色は最高だし、マラサダは美味しいし、なんかもう、幸せしかなくて怖いくらいなんですけど～。

「――あれま、自棄《やけ》食い？」

夢見心地でビーチチェアに寄りかかっていたソフィアに、水着を着たサングラス姿の男が声をかけてくる。おかげでソフィアは現実に引き戻され、思わず姿勢を正してしまう。

「べ、別に。ただおいしく、いただいてるだけだわよ」

すると男は、「ふうん」と、どうでもよさそうに頷きつつ、当然のようにソフィアの隣のビーチチェアへと腰をおろす。手にはホテルのビーチカクテル。ふたつ持っているあたり、ひとつはソフィアへの貢物なのだろう。

案の定、男は右手に持っていた青色のカクテルのほうをソフィアに差し出し、白い歯を見せ言ってきた。「はい、ブルーハワイ。確かゆうべもこれだっただろ?」

それでソフィアが受け取ると、彼はサングラスをサッと外し、左手に持ったピンク色のカクテルを右手に持ち直し、悠然と口をつけた。

「みんなと遊ばなくていいの?　さっきから、ずっとひとりでマラサダなんか食っちゃってさ」そう言う彼のほうは、すでにビーチでしこたま遊んだようだ。何せ肌がいい具合に焼けている。しかしソフィアは、ブルーハワイを口に運びつつ、フンと軽く鼻を鳴らして返す。「いいの〜。日焼けは美容の大敵だから〜」受けて男は破顔《はがん》する。「そっかそっか〜。ソフィアさん、いい年だもんな〜」だからソフィアは、盛大に舌打ちをしてやった。「うっさいわね!　アンタこそ小僧のクセに、昼間っから酒なんかのんでんじゃないわよ！」

そう、男は小僧だった。一見するとただのナンパ野郎のようだが、しかしその実態は、織絵と一緒にハワイ旅行に参加している、中学二年生の水野こだま。彼の成長はごく早く、身長はすでに百七十センチに達している。母、織絵が言うことには、まだまだ伸びているという話だから、そのうちソフィアの身長も、追い越されてしまうかもしれない。

そんな絶賛成長期のこだまは、内面的にもおそろしく成長してしまい、現在クソ生意気な口をきくようになっている。今日も今日とて生意気盛りな彼は、ピンク色のカクテルを口に運びつつ、不敵な笑みを浮かべ言ってきたのだった。

「やだなぁ、ソフィアさん。これはただのピーチジュースだよ。いくら大人っぽく見えたところで、俺だってしょせん東洋人なわけだし。アメリカじゃ、ちゃーんと年齢チェックされちゃうって」しかし彼が手にしたピーチジュースは、やはり酒のようにしか見えない。「バーの女の子を口説いたって、お酒なんて出してもらえませんよ。いくら口のうまい俺でも、多分、ね？」

その言い草に、ソフィアは思わず顔を引きつらせる。昔は、天使みたいにかわいい子だったのに、何がどうしてこんなふうになってしまったのか――。

しかしその点に関しては、すでにこだまも公言ずみだ。「あの父親に、あの母親で、しかもあの兄までついてきて、それで真っ直ぐすくすく育ったら、それこそどうかしてるヤバいヤツじゃん？　だから、このくらいの歪みは、まあ妥当なところだと思ってくださいよ」

　なんとも曲がった物言いである。であるがしかし、ソフィアにはそれなりの正論のようにも思えている。

　何せこだまの生い立ちというのは、実際のところ中々に複雑で、今でこそ家族もそれなりに機能はしているが、彼が幼かった頃などは、母親は極度の情緒不安定、父親は傍《ぼう》若無人《じゃくぶじん》な人でなし、腹違いの兄も、大胆不敵な変わり者という、いかんともし難い機能不全家族であったのだ。それなのにその状況下で、真っ直ぐ育てと言うほうが、土台《どだい》無理な話なのかもしれない。

　現在こだまは、ソフィアの前で、中二病全開な発言を口にすることが多い。あとは、弘基や斑目、兄の美作孝太郎《みまさかこうたろう》に対しても、同様の物言いをしているようだ。

　ただし、父親である美作医師や、母親の織絵、そして希実や暮林あたりの前では、昔のような無邪気なこだまを延々演じている。「その差のつけ方はなんなのよ？」とソフィアが問うても、「別に～。なんとなくだよ～ん」と返してくるばかりで、真意のほうはまるで見えない。あるいはこだま本人にも、自分の基準がわかっていないのかもしれない。何せソフィアにも、なぜ自分がそんな仕打ちを受けているのか、皆目見当《かいもく》がつかないのだ。

しっかし、織絵も難儀よねぇ。当人は知らないとはいえ、息子がこんな育ちっぷりだなんて……。この子が小さい頃は、優しい子になって欲しいって、それだけでいいなんて言ってたのに……。その結果が、コレだなんて――。

「――そういや、安田っちは日本でお留守番なんだねぇ」

今日も今日とて堕天使こだまは、思わせぶりな笑みをたたえつつ、ソフィアにちょっかいをかけてくる。

「ソフィアさん主催のハワイ旅行だっていうから、てっきり安田っちも一緒だと思ってたのに。なんかヘンな感じだなぁ」明らかに意味深な物言いだ。だからソフィアはまた舌打ちで返す。「こだま……。アンタ、知ってて言ってるんでしょ？」

するとこだまは、おどけたように ペロリと舌を出し、わざとらしく肩をすくめてみせたのだった。「あ！　そっかそっか。そういえばソフィアさん、安田っちとまた別れたんだったたっけ？」

受けてソフィアは、ギロリとこだまを睨《にら》み吐き捨てる。「または余計よ！」しかしこだまは余裕のすまし顔で、ピーチジュースを口に運びつつ言葉を続ける。「ああ、そうだった、そうだった。そういや俺、安田っちに泣きつかれたんだったわ。もういよいよ終わりだって。きっともう、元には戻れない、なんつってさ」

ソフィアが新しいマラサダに手を伸ばし、勢いよくそれをかじりはじめたのはその段だ。おそらくこだまは、全てを知っている。そのことがはっきりとわかったからだ。

「……」

安田がこだまに泣きついたという話は、十中八九事実なのだろう。そうであれば、ソフィアに反論の余地などなかった。だったらもう、甘美な味を口に含んで、こだまの小憎らしいからかいを、甘んじて受けるしかないと腹を決めた。

こだまはビーチチェアに身を横たえ、伸びをしながら楽しげに話を続ける。

「ソフィアさん、こっぴどく安田っちのこと振ったらしいじゃん？　あの人、マジで傷ついてたよ？　元々青い顔してたけど、もっとドス青い顔になっちゃってさぁ」

眼前に広がっているのは、極楽浄土のような景色。白い砂浜には、波の音と楽しげな笑い声しか響いていない。

「安田っち、もう二度と恋なんて出来ないかもねぇ。下手したら、一生立ち直れないかも。あれはそれくらい、傷ついてる感じだったなぁ。ソフィアさんは、それで本望なわけ？　長く付き合った恋人と、そーんな別れ方しちゃって」

口の中に、ざりざりと甘い砂糖の味が広がる。頭の芯を、突き抜けていくような甘美な味わいだ。その味に溺れるように、ソフィアはマラサダを口に運ぶ。そんなソフィアに、こだまはすっと笑みを消し去り畳み掛けてくる。

「昔から思ってたけど、大人ってやっぱヘンだよね。どうでもいいヤツには、そこそこ優しかったりするクセに……」

子供のくせに、いやに大人びたことを言ってのける。

「――一番大事にしなきゃいけない人には、呆れるほど冷たかったりするんだからさ」


ソフィアはこの五年間で、安田光《ひかる》と三回付き合い、三回別れた。

だからこだまは安田をして、長く付き合った恋人、などと評したのだろうが、それは違うとソフィアは思う。だって光くんとの交際期間は、トータルしたら二年足らずよ？その程度じゃ、そう長い付き合いとは言えなくない？

ただしこだまが言った通り、三度目の安田との別れは、確かに、そーんな別れ方ではあった。安田が傷ついているのも、落ち込んでいるのも本当だろう。そして自分が、呆れるほど冷たい真似をしたのも、事実といえば事実であった。

もっとうまくやれなかったものか、と今でも少し思ってしまう。そもそもソフィアは別れ上手で、かつて付き合った男たちとだって、わだかまりなく後腐れなく、笑顔で別れた実績があったのだ。仮に彼らと街でばったり出くわしても、笑って思い出話が出来ることだろう。それなのに、安田光との場合はだいぶ勝手が違っていた。これはいったい、どういう類いのミスだったのか――。

ソフィアにとって、安田光という男は、そもそも恋愛対象ではなかった。ソフィアの好みは年上の世慣れたタイプで、普段は明るいのに少し陰があって、時々享楽的な、そしてわずかに破滅的な、ヒヤッとするような一面をのぞかせる。どうもそういうタイプの男に、ソフィアは惹《ひ》かれる傾向があった。

しかし安田光はといえば、八つも年下だった上、特に世慣れてもいないタイプ。見た目や取っ付きはどんよりと暗いのに、しかし根っこはカラリと明るく、長く一緒にいればいるほど、あんがい陽気な男だとわかってもくる。

その上真面目で勤勉で、悪く言えば面白みがない。あとは頑固で、融通も利かない。一度こうと決めてしまうと、痛い目をみるまで考え方を改められないのだ。そして何より、女慣れというか、恋愛慣れをしていなかった。そんな男が、自分のような存在を、果たしてまともに受け入れられるのか――。ソフィアとしては、そんな疑念を抱かずにいられなかった。

だって、好きだなんだって言ったところで、実際問題付き合えるかどうかって言ったら、それはまたちょっと、違う話になってくるっていうか、ねぇ……？

けれど、けっきょく付き合いはじめた。

「あなたの心が、あなただけのものだなんて、思わないでください」いつだったか、安田はソフィアにそう言った。「あなたがそんな勝手に、傷ついたり悲しんだりしたら、あなたを思ってる人間はどうしたらいいんですか？」

その言葉が、決定打と言えば決定打だったのかもしれない。幸せなんて分不相応。ちょっと不幸なくらいがちょうどいい。そんな思考に取り憑かれていたソフィアにとって、あの時の安田のあの言葉は、起き抜けに頭を殴られたような、砂漠で洪水に巻き込まれたような、とてつもないほどの衝撃を与えた。

ソフィアは、ずっと思っていた。きっと自分は、報われない人生を、ただ積み上げていくだけなのだろう、と。誰かを思って尽くしても、けっきょくは徒労に終わってしまう。アタシのような女なら、きっと最期はひとりだろう。

それでいいと思っていたし、それしかないような気もしていた。だってアタシは、間違った人生を、生きてしまっているんだから。その言葉に、ささやかな希望も願いの類いも、全てのみ込まれていたようにも思う。

仕方がない。アタシなんて。不幸なくらいがちょうどいい。それらは多分、自分にかけた、おそろしい呪いの言葉でもあった。あるいはそう思うことで、許されようとしていたのかもしれない。幸せにはならない。だから、アタシがアタシでいることだけは、どうか許してやってください。他には何も、何もいらないから――。

けれどあの時、希実にも言われてしまったのだった。「アタシには何もないなんて、言わないでよ。私たちが、傍にいるんだから……。もう、言わないで」

自分のことを大切にしたいと思えたのは、その時が初めてだったように思う。何も望まないことが、正しい選択であるとは限らない。アタシの心が、アタシだけのものじゃないなら、もう少し、優しくしてやってもいい。そんなふうに、考えを改めたと言うべきか。幸せになっても、別にいいんじゃないかとも思った。だって、ちょっと不幸なくらいがちょうどいいだなんて、傍にいてくれてる人たちにも、やっぱりだいぶ失礼な話だし、ねぇ……？

安田と付き合いはじめたきっかけは、直截的《ちょくせつてき》に言ってしまえば酔った勢いだった。ブランジェリークレバヤシでたらふくパンを食べたのち、ちょっとだけのもうと立ち寄ったバーで、強い酒をパカパカあおった安田が、泥酔《でいすい》手前で突如言い出したのだ。「ソソソ、ソ、ソフィアさん！　よければ俺と、おお、お付き合いを、ししし、していただけませんでしょうかっ?」

いっぽうソフィアも、安田と同じだけ酒をのんでいたせいもあり、前後不覚の一歩手前というところだった。「え〜? オツキアイ〜?」おかげで深くも考えられず、あっさり笑顔で返してしまった。「ん〜、いいわよ〜ん! もう一杯、お酒おごってくれたら……」安田が手を挙げたのはその瞬間で、彼はカウンターのマスターに向かい、すぐに勢いよく叫んでみせた。「マスター! チンザノロックもう一杯!」安田の世間慣れしていない真面目さと、ソフィアのやや行き過ぎた大人の余裕が、うまくマッチングした結果とも言える。「やっだ〜。光くん、仕事はや〜い」「こ、これは、いいい、祝い酒ということで、いいのですよねっ!?」「は〜い、ラブかんぱ〜い」「きょ、恐縮です!」若干いい加減なはじまり方ではあったが、しかしそれでも、はじまりには違いなかった。しかも付き合いそのものは、思いがけないほど順調に進んでいった。

食べものの好みが、思いのほか似ているというのが、まず良かった。ソフィアも安田も、ちょっとクセのあるおいしいものが好きで、あのお店に行ってみよう、だとか、このお店がおいしいらしい、などと、あちこち気兼ねなく足を運べた。たとえばパクチー、ブルーチーズにシェーブルチーズ、セロリに奈良漬け、ジビエ料理、ワインならバローロ、ロックでのむならチンザノ、ズブロッカ。相手の好き嫌いを気にせずに、そんなものが気兼ねなく頼めてしまう安田とのデートを、ソフィアは存外楽しんだ。あとは、お互い仕事が不規則なため、深夜や早朝に待ち合わせが出来るのも、かなりポイントが高かった。遅刻もドタキャンも、それぞれ相応に発生していたため、またアタシばっかり……、だとか、なんであなたばっかり？　だとか、そういった罪悪感や不満もほとんど抱かずにすんでいた。

早朝の待ち合わせには、ブランジェリークレバヤシが役に立った。まだほの暗い街の中を、手をつないで歩くのが、ソフィアはことのほか好きだった。ひと気のない明け方の大通りに、ふたりの薄い影だけが並んでは重なる。ただそれだけのことが、ソフィアにはひどく楽しく感じられた。アタシって、普通のコト、多分ぜーんぜんしてなかったのねぇ、と思い知らされた一件でもある。だから光くんが、きっとこんなにも新鮮なんだわ。

家で一緒に鍋をしたり、起き抜けに、どうでもいいようなワイドショーを延々見たり、寝るのを忘れてゲームに熱中したり。そんなことをしたのも、安田とが初めてだったはずだ。それが心地良かったり、ぼんやりと幸せだったり、そんなふうに感じるなんてことも、それまでソフィアは知らなかった。何せかつての恋人たちは、デートもプレゼントも非日常的で、滅多やたらと豪奢だったのだ。時代もちょっと、あったんでしょうねえ……。年上の人たちって、だいたいバブルな人たちだったから……。

松山千春《まつやまちはる》の大ファンで、流行にごく疎《うと》い安田とは、世代差もさして感じなかったが、しかしパソコンやスマホの扱いに長けているあたりには、やっぱり今どきの人なんだなと感じ入ることもしばしばあった。

あとは、部屋に虫が出た際に、全力で逃げる姿などには、草食男子めいた気弱さも、少なからず感じてしまった。安田は本当に虫が苦手で、ひどい時などはソフィアの後ろに回り込み、「や、やっつけてくださいぃ！」と懇願してくることすらあったのだ。光くん、一般的な女の子にそれ言ったら、多分キレられるところだわよ？　雑誌を武器に虫と対峙しながら、内心そう呆れた記憶もある。

そこらへんは、都会っ子っていうか、現代っ子って感じだったわよね～。それがソフィアの雑感だ。年上の男たちは、もう少し自分に見栄を張って、男らしくしていたような気もするが、安田は割りにあっけらかんと、弱さもみっともなさも晒してきた。甘い言葉も吐いてこなかったし、世慣れたような悟ったような、教訓めいたことも言ってこなかった。もちろん、駆け引きめいたやり取りや、よそ見や浮気の心配も皆無。

これって、恋愛なのかしら？　とソフィアは時おり思ったほどだ。どっちかっていうと、友だちと一緒にいるみたいな、家族とワイワイやってるような、なんか、そんな感じなんだけど――。

けれど、四十路近い身空には、そんな交際があんがい心地よかったのも事実だった。母の言葉ではないが、ちょっと物足らない印象のあった安田は、長く一緒にいる相手としては、そう悪くもなかったということなのだろう。

こんな付き合い方も、あったのねぇ。明け方の大通りや、昼下がりのテレビの前で、ソフィアはしみじみ思ったりもした。ドキドキしないし、特にときめくこともないけど、でも、なんか、妙に落ち着くっていうか……？

でも、別れた。トータルで言えば、三回も。二度あることは三度あるとは、まったくよく言ったもんよねぇ、とソフィアはひそかに感じ入ったほどだ。やっぱり二度やってみてダメだったことは、三度目に挑んでみたところで、うまくいくはずがないっていうか……？　昔の人って、そのへんよ～くわかってたのねぇ。

ただし諺《ことわざ》には、三度目の正直、なるものもあるわけだから、単にソフィアと安田の両名が、二度の失敗を生かせなかっただけの話なのかもしれない。あるいは敵が、ソフィアや安田よりずっと、頑強だったと言うべきか。

別れの理由は、全て安田の母親の妨害にあった。ひとり息子の安田光が、とにもかくにもかわいくて仕方がない彼女は、ソフィアと安田との交際を、頑として受け入れなかったのだ。

　おそらく安田の母の目には、ソフィアが悪魔か何かに映っていたのだろう。安田の話によると、どこからかお浄めの水を買ってきて、帰りしな安田に浴びせかけてきたこともあったらしいし、謎の団体にふたりの破局を祈願して、少なからぬお布施《ふせ》をしたこともあったようだ。確か一時期安田の部屋に、謎のお札がこっそりと貼ってあったが、それもおそらく安田母の仕業なのだろう。もしかしたらソフィアのことを、悪霊や妖怪の類いだと、思っていたのかもしれない。

　一度目と二度目の妨害は、主にソフィアの店に押しかけて、延々ソフィアを説教するというものだったが、しかし三度目ともなると、無言電話や不幸の手紙など、やや昭和めいた嫌がらせまで行なわれるようになった。無論、昭和の女性なので、仕方がない話ではあるが、それにしても大時代的だなと、ソフィアも若干感心してしまったほどだった。なんていうか、大映《だいえい》ドラマ的な……?

　その上ソフィアの母、倫子にまで、手紙を送るなどという手段にも出てきた。「なんか、安田奈保子《なおこ》とかいう人から、お手紙頂いて……。安田さんの、お母さんみたいなんだけど……」手紙を受け取った母は、怪訝そうに言っていた。「ただ、達筆過ぎて、ほとんど何が書いてあるのかわからなくて……。とりあえずお母さんには、お手紙ありがとうございましたって、伝えといてもらえるかしら？」効果のほどはごく薄いようだったが、しかしソフィアにしてみれば、安田母の本気度合が、よくよく伝わってくる一件ではあった。要するに、このまま息子と別れなければ、あなたの親族を巻き込みますよ、という彼女なりの決意表明だったのだろう。

けど、まあ、けっきょくのところ、当然と言えば当然の反応だったわよねぇ、と今ではソフィアも思っている。だってアタシと光くんじゃ、普通に結婚して、普通の家庭を築いて、普通に子供を作って、ご両親に孫の顔を見せに行って、多少嫁姑のギクシャクした会話なんかも繰り広げちゃって、帰り道では、あなたって実家に帰ると、ホント何もしてくれなくなるわよね、なーんて嫌みを言ったりもして——、みたいなこと、絶対に出来ないわけだもんねぇ。

けれど安田の母親は、そんな未来を望んでいて、そしてソフィアはといえば、それを叶える一切を持ち合わせていなかった。

今さら戸籍を変えようにも、ソフィアには相当な手順と努力が必要だった。時間もかかるし、肉体的にも精神的にも、多大なる負担を強いられる。何よりソフィアは、今の体と心のままで、生きて行こうと決めていたのだ。そうと決めるまでには、相当なる葛《かっ》藤《とう》と、やはりそれ相応の逡巡があった。それをここで覆すのは、これまでの自分の人生を、否定することにも等しかった。それを自分は選べるのか、安田もそこまで望んでいるのか――。ソフィアにはもう、よくわからなかったという側面もある。

さらに言えば、仮に戸籍を変更してみたところで、十中八九安田の母親は、自分を認めないであろうこともわかっていた。彼女が望んでいるのは、あくまで努力を要さない女性だったのだ。普通の人生を、普通に息子に与えられる、普通の女性。

おそらく彼女は自分の息子に、自分と同じような人生を歩ませたかったのだろう。自分がかつて得た喜びを、築きあげてきた幸せを、息子にちゃんと与えたかった。そのためには、普通の女性が必要だった。普通の幸せを、普通に享受できる女性が――。そういう意味では彼女もまた、長く傷ついてきた人だったのかもしれない。


三度目の別れのキッカケになったのは、安田の母の妨害プラス、安田の父親の登場だった。突然ソフィアの店に現れた彼は、ごく申し訳なさそうに言ってきた。

「――申し訳ない。妻がうかがうと、冷静に話が出来ないと思いまして」

安田の父親は、白髪の紳士だった。父親というよりは、祖父のように見える容貌でもあった。亡くなったソフィアの父親と同世代か、それより少し上に見えた。安田はソフィアの八つ年下であるにもかかわらず、だ。

それでソフィアは、少なからず面喰らった。何せ安田の父ならば、もう少し若いはずだと思っていたのだ。だって、アタシだって、けっこう遅くに出来た子だから、周りに比べたら父も母も、年がいってたはずなのに……。そう首を傾げながら、しかしその疑念はおくびにも出さず、安田父の応対にあたったのだった。「いえいえ、お会い出来て光栄で～す。にしてもお父様、ダンディでいらっしゃるわ～」

妻だと冷静に話が出来ないと言うだけあって、彼はごく落ち着いた様子でもって、ソフィアが案内する席についた。女の子がいる類いのお店にも、それなりに慣れているのだろう。のみものを頼むのも、ヘルプでついた女の子たちに席を外させるのも、どこか堂に入っていた。息子と違って父親のほうは、だいぶ世慣れた人のように見えた。

「しかし息子が、これほど面食いだとは思いませんでした」安田の父は笑顔で言って、水割りを口に運びながら、白い眉をあげてみせた。「アレも舞いあがるわけだ。あなたを見て、納得してしまいましたよ。あ、妻には内緒にしてくださいね？」

くだけた調子で話しだした安田父は、それからしばらく、他愛もないような世間話をし続けた。今日もまた雨でしたね、だとか、今年の梅雨は長いですよねぇだとか、この時期はどうも関節が痛んで、だとか、昔ラグビーをやってましてね、だとか、そんな話だ。そうして彼は、まるで世間話の続きをするように、ごく淡々と切り出してきたのだった。

「アレは、遅くに出来た子供で。そのせいもあるのか、妻も子離れが出来ませんでね。もういい年の息子相手に、光、光、光、とまあ、執着し過ぎているようなところもありまして……」

そうして安田父は、小さく笑い言い継いだ。

「私たち夫婦は、なかなか子供に恵まれず、若い頃はそのことで、だいぶ苦労もしました。特に妻は、辛かったんだろうと思います。相当、思い詰めているようでした。それで、もうダメなんだと諦めかけた頃に、やっと光を授かって……」

子供の名前には、親の願いが大抵にじむ。安田がその名を付けられたことに、だからソフィアは合点《がてん》がいった。

ああ、そうか。

あの人は、この人たちの、希望の光だったのね。

「ですから我々も、光にはどうしても、普通に幸せになって欲しいと願ってしまう。我々が感じた喜びを、光にも、と——。それがどんなに差別的な願いなのか、私もそれなりにわかってはいるつもりです。あなたを傷つけることも、わかっている。ただ、それでも願ってしまう。愚かな親で、申し訳ないことです……」

頭を下げた安田の父の頭には、白いつむじが見えていた。それは、ソフィアがかつて見た、亡き父のつむじとよく似ていた。

「私は、息子とあなたの交際を、反対することまではしません」と、安田父は少し神妙な様子で言ってきた。「息子の人生は、息子が決めるものだ。妻にも、それは言い聞かせます。決めるのは、光と、あなただ」

老いたこの人に、アタシは何を言わせているんだろう、とその時ソフィアは思ってしまった。

「もしあなたが、息子との人生を選ぶとおっしゃるなら、私も、協力します。色んなものと、戦おうと思う」

普通の日常の中に光を見出し、普通の日々を重ねてきたこの人に、アタシは――。アタシはこの人に、いったい何と、戦わせるの――？

そんなことがあってもなお、安田はソフィアと別れることを拒んでいた。父親がソフィアの店にやって来たと知るや、「父さんまでそんなことするなんて信じられない」と憤慨していたし、「父が何を言ったか知らないけど、そんなのは無視してくれていいから」と吐き捨ててもみせた。「もしこれ以上何か言ってくるなら、親子の縁を切ってもいいって、俺は思ってるから……」

そうして彼はその数日後、不動産屋から間取り図をかき集めてきたのだった。「部屋を選ぼう、ソフィアさん」どこか吹っ切れた様子で、安田はソフィアに告げてきた。「不動産屋を当たってきたんだ。審査の類いは、俺だけで通るものを選んできた。今さらだけど、公務員やっててよかったよ」その口ぶりは、若干毅然としていたほどだ。「だから、ソフィアさん。俺と一緒に暮らしてください。強行突破すれば、親も諦めるか、折れるかすると思うから」

彼が、強い決意を示していることは、ソフィアにもわかった。住まいをひとつにすることは、自分たちにとってやはりそれなりの区切りにはなる。

「……」

だからソフィアは、ストンと思ってしまったのだった。もう、十分だわ。そんな思いを嚙みしめながら、どこか晴れやかな気持ちになってもいた。もう、十分よ、光くん。その言葉だけで、その覚悟だけで、アタシはもう十分。

「……」

そしてそこからは、別れ上手なソフィアさんの、笑顔の登場となるはずだった。

「……あのね、光くん」

アタシたち、もう別れましょう？　そう、微笑んで言えばいいはずだった。これ以上は、もう無理だわ。あなたは親を捨てられないし、アタシもあなたに、親を捨てて欲しくない。ご両親のことだって、これ以上傷つけたくはないの。人を傷つけるって、自分を傷つけるってことでもあるじゃない？　少なくともアタシはそうだし、光くんだってそういうタイプなはずでしょう？　だから、これ以上はもう無理。もう、十分幸せだった。このまま、幸せなまま、終わりにしましょう？　とかなんとか——。そんなふうに、穏当な言葉を並べ連ねて、安田をなだめることだって出来たように思う。

それなのに、言ってしまった。

「……それで、アタシが喜ぶと思った？」

彼の決意を、わざわざ踏みにじりにかかってしまった。

「アタシのせいで、ご両親と縁を切って、ご両親を傷つけて、光くんはそれで満足なの？」

アタシのせい、という部分に、力を込めてソフィアは言った。

「勝手過ぎない？　ご両親が反対するなんて、最初からわかってたことでしょ？　なのに強行突破？　そんなことしたら、アタシ、余計光くんのご両親に憎まれるのよ？　ただでさえはじかれやすい人間だから、精一杯いい人ぶって生きてるのに、もう勘弁して欲しいわよ」

ソフィアのその言葉に、安田は戸惑ったような表情を浮かべた。おそらく、そんなふうに否定されるとは、みじんも思っていなかったのだろう。それでもソフィアは言い募った。

「アタシ、わかっちゃった。光くんといても、こんなことの繰り返しになるだけなのよね。アタシが、罪を背負うだけなんだわ。光くんが、普通の人生を生きられなくなることも、けっきょくぜーんぶ、アタシのせいになっちゃう」

ソフィアの言葉に、安田は少し、ショックを受けたような顔をしていた。だからそれだけで、もう十分だったはずだ。それなのに、ソフィアはダメ押しをしてしまった。

「……幸せになりたいと思って、光くんと付き合ってみたけど、逆だったみたい。アタシ、前よりずっと不幸になってるもの。つらいし、悩むことも増えたし、傷ついてばっかり……。もう、バカみたい」

安田は、少し驚いた様子で目を見開いた。思いもかけない言葉だったのかもしれない。心外だったのかもしれない。あるいは多少なりとも、心当たりがあった可能性もある。ただ、彼が傷ついていることはわかった。決意を前に、それをぶち壊されたのだから、仕方のないと言えば仕方のない話ではあるが——。

「別れましょう？　これ以上光くんといても、苦しいだけだわ」

言い切ったソフィアを前に、安田は呆然と言葉を失くしていた。

「——あなたと一緒にいても、けっきょくアタシは普通じゃないんだって、思わされるばっかりだもの」

母、倫子念願の、オーラが見えるという火山は、キラウエア火山と言うらしい。なんでもハワイ島屈指の観光スポットで、多くの旅行者が集まってくる場所なんだとか。

ソフィアたちはその火山に、ハワイ滞在三日目で訪れた。

案内役は、常連客の旅行業関係者が手配してくれた現地人ガイドさんだった。プロのガイドだという彼は、大所帯のソフィアら一行のため、ちゃんとバスも用意してくれた上、火山見学は暗くなってからがベストだからと、昼間のうちは滝やら渓谷やらの、別の観光スポットへも案内してくれた。

だからキラウエア火山に向かいはじめたのは、午後四時を過ぎたあたりだった。バスの中でソフィアは、窓から見える連なった街路樹のヤシの木々を横目に、いつの間にかうつらうつらしてしまっていた。どうもハワイ三日目にして、旅行疲れが出てきたらしい。それで半分眠りに落ちた状態で、シートにもたれかかっていたのである。

そんなソフィアの隣の席で、しかし母は元気いっぱいだった。彼女は通路を挟んだ隣の席のこだまに、延々と楽しげに喋り続けていた。「でね、そこではオーラが見えるらしいの」何せこだまは人前で、きっちりといい子ちゃんを演じる仮面少年。だからおそらくソフィアの母を、無視したりなおざりにしたり出来なかったのだろう。「わかる？オーラ。人の体から出てる、霊的エネルギーのことなんだけど……」

母の突飛な言説を前に、こだまは若干戸惑った様子で、「は、はあ」「へえ……」「ほ、ほう」とぎこちなく相槌を打っている。無理もない。中二男子には、苦行に近い雑談と言えるだろう。けれどソフィアは助け船を出さない。いい子ちゃんヅラをしているのは、こだまの意志なので、存分に苦行を楽しみなさい、と心置きなくまどろみ続ける。すやー。

夢見心地のソフィアの隣で、母の放言はさらに続く。「テレビでやってたの。タレントさんが、こう、手をかざして……。そうしたら別のタレントさんが、すご～い！ 見える～！ って叫んで……」ハワイ旅行も三日目だというのに、彼女に疲れの色はない。むしろ絶好調な様子で、こだまにオーラの説明をし続ける。「でもね、テレビにはな～んにも映ってないの。その場にいないとわからないみたい。けどタレントさんには、ちゃ～んとそのオーラが見えてたみたいでね？」

受けてこだまは、若干の間ののち、「う、うわ～。そりゃ、すごいやぁ」とやや平坦な声で言って返す。「じゃあ、キラウエア火山に行けば、そういうオーラ的なものが、見えるようになるってこと……？」すると母は鼻息荒く、「うん！　そうなの！」と言い切った。「見えるのよ！　とってもすごいでしょう？」だからソフィアは、言い切っちゃうんだ……、とまどろみながらもひそかに息をのむ。そこはもう少し、疑いの眼差しを持ったほうが……。ていうかお母さん、いつからそんな、スピリチュアルおばさんになったんだろ……？

しかし母を前にしているこだまのほうは、「へ、へぇ……。そっかぁ……」と戸惑いの色をにじませながらも、一応肯定の意を示してみせていた。「それは、なんていうか……。すごい、火山なんだねぇ……」さすが長らく、仮面少年をやっているだけのことはある。

おかげで母も気兼ねなく、存分に話を続けられたのだろう。「そうなのよ。なんでも、すごいパワースポットらしくてね？　火山の近くに行くと、オーラが見えるようになったり、力がみなぎってきたり、不思議な力を感じたり、色んな経験が出来るらしいの。すごいでしょう？」しかもこだまがちゃんと話を聞いてやるせいか、相当に興が乗っているようでもあった。「人のオーラ自体も、ずいぶんと、強くなるらしいわよ？　パワースポットだから、パワーがとってもアップするのね。霊感も強くなるらしいわ。もしかするとこだまくんも、色々と見えるかもしれないわよ？　オーラとか、前世とか、妖精とか、守護霊とか……」

そのあたりでこだまが、じっと自分を見詰めていることにソフィアは気が付いた。起きているならさっさと助けろ。あの絶妙に鋭い目つきには、おそらくそういう意味合いが込められているのだろう。

しかしソフィアは薄目を開けたまま、しれっとたぬき寝入りを決め込んだ。何せオーラの話なら、母から何度も聞いていたのだ。だからもういいだろうという思いもあった。

「……」

ちなみに、前世だの守護霊だのという話に関しては、まったくの初耳ではあったのだが、しかしその手の話には、あまり関わりたくないという思いが出てしまった。オーラも霊感も前世も妖精も、他人と話すぶんにはまあ笑って話せそうだが、しかし実の母が語るその手の話題には、いったいどう対応すればいいものなのか、わからなかったというのもある。なんか、他の人が話してくるより、ちょっと、いや、だいぶ引いちゃう気がするっていうか……？

それですやすやたぬき寝息をたてていると、こだまも諦めたのかスッとソフィアから視線を外し、母に向かって天使のような作り笑いを浮かべてみせた。どうやら彼も彼なりに、なんらかの覚悟を決めた模様。

「そっか。おばさんは、その……、スピリチュアル的なことに、興味があるほうなんだね」「ううん。そんなこともないわよ」「え？　でも今、前世とか妖精とか守護霊とかって……」「だって、見えたら面白くない？」「まあ、面白……くは、あるかもしれないけど……」「でしょう？　私、そういうのぜんっぜん見えないから、一度くらい見てみたいのよね～」「つまりそういう類いのことを、信じてるってこと？」「え？　類いって？」「いや、だから、そういうのが本当に見えるって……」「だって、実際見える人もいるのよ？」「つっても、あんなの自己申告制じゃん？」

そのあたりで、チラリと馬脚を露わしてしまったこだまは、しかし母が、キョトンとした表情を浮かべたことに、すぐに気が付いたのだろう。その口調も内容も、咄嗟に軌道修正してみせた。「いや、でも！　見えたらすげー楽しいよね！　俺、妖精見てみたいなー。子供の頃から、一度彼らに会ってみたかったんだー」

中二男子が、妖精って……、とソフィアは色んな意味で感心したが、母はこだまの作為になど気付くこともなく、再び明るく話しはじめた。「あら素敵～。座敷童子《ざしきわらし》とか、小豆洗い《あずきあらい》とか？」いや、それは妖怪。しかし、今の母は自由な風。妖精を見たいというこだまの言葉に、呼応するようにあっけらかんと言いだした。

「――おばさんはね、オーラも見たいんだけど。亡くなった人と、交信が出来たらな～とも思ってるの」

その言葉に、こだまが黙り込んだのは言うまでもない。ソフィアだって寝たふりをしたまま、しかし一気に眠気が吹き飛んでしまった。な、何を言っているの？　お母さん――。当然のように、そう思ってしまったのだ。まさか、守護霊交信とか、そういう類いのこと……？　ホントにちょっと、色んな意味で大丈夫……？

軽く肝《きも》を冷やすソフィアをよそに、しかし母はごく陽気に話を続ける。「霊感が強くなれば、そういうのも出来ると思うのよね。ほら、イタコさんも、恐山にいるじゃない？　山ってなんか、そういう力があるんじゃないかしら？　平地より空に近いし……」

ちなみにこだまのほうも、頓狂なことを嬉々と言い続ける母を前に、しばしの沈黙に入ってしまっていた。何言ってんだ？　このおばさん――。おそらくそんなふうに思っていたのだろう。しかしそこは、仮面少年。少しすると再び作り笑いを浮かべ、彼女との語らいを律儀に続ける。

「へ、へえ、そうなんだ。誰か、もう一度会いたい人がいるってこと？」そんなこだまの問いかけに、母は笑って首を横に振る。「会うなんて、そんな大そうなことはしなくていいの。ただちょっと、謝りたいっていうか。そういう気持ちが、伝えられたらなーっていうか？」受けてこだまは、「ふうん？」とわずかに首を傾げ、「もしかして、亡くなったご主人とか？」と水を向ける。「確か何年か前に、亡くなったって……」

しかし母は、こだまのその言葉を、カハッと笑って一蹴《いっしゅう》したのだった。「そんなの、ぜんっぜんよ！　あの人のことは、ちゃーんとお葬式で送り出したし、お仏壇だってお墓だって拝んでるし。生きてるうちだって、とーってもお世話したし。謝ることなんて、なーんにもないわ！　みじんもない！」言い切る母に、ソフィアとしては若干感じ入る部分があったほどだ。まあ、その通りなんだろうけど。お父さんの、立場って――。

だが母は、そんなソフィアの思いなど知らず、笑顔のまま話を続けた。「おばさんが謝りたいのは、別の人よ。夫と違って、ちゃんと送ってあげられなかった人。実はおばさん、ずーっと昔、お葬式から逃げ出しちゃったことがあってねぇ」

その内容に関しては、ソフィアも聞いたことがなかったので、若干興味深く聞き耳をたててしまった。

「まだおばさんが、小学校にあがる前のことだったかしら……。うん、そうね。保育園に通ってた頃だったと思うわ」

母の幼少期の話自体、聞くのは初めてだったかもしれない。

「うちの近所に、まだ赤ちゃんみたいな子がいてね。ユッコって、おばさんは呼んでたんだけど。おばさん、末っ子だったから、そのユッコが妹みたいで、もうとにかくかわいくてねぇ……」

母が子供の頃だというのなら、もう七十年近く前のことだろうか。しかし母は、まるでついこの間の話をするように、ユッコちゃんなる人物との思い出話をはじめる。

「おばさん、よくユッコの面倒を見てたの。保育園から帰ってきたら、その足でユッコのおうちに行って。ユッコのお母さんに、私が見てるからって言って、ユッコのこと貸してもらってね。あやしたり、おぶって散歩に連れて行ったり……。おむつも替えてあげたわ。食べものもね、軟らかくしたの、食べさせてあげたりして……」

その光景は、ソフィアにもなんとなくイメージが出来た。母という人には、そういう屈託のない母性のようなものが、今も割りにある気がするのだ。

「もう、ホンットにかわいい子でね。ユッコって呼ぶと、にこーって笑うのよ。そうするとおばさんも、もう胸のあたりが、キューンってなっちゃって……」

そんな話を聞きながら、しかしソフィアは若干不安にもなっていた。この話、こだまに通じてるのかしら？　そう思わずにはいられなかったのだ。無論、ソフィアの感覚からすれば、小学生にも満たない年頃の子供が、自分よりさらに小さな子供の面倒を見るという構図も、割りになんなく想像出来る。

しかし平成生まれの中二男子に、その情景が伝わるのか、少々疑問に思ってしまった。だって今どきだったら、ネグレクトとか言われちゃう光景じゃない？　未就学児童が、赤ん坊を背負って、街の中をうろつくなんて……。

しかも母は、ソフィアの不安などどこ吹く風で、さらなる衝撃発言をしてみせた。

「――でも、ユッコ、死んじゃってね」

いやだから、平成生まれに、そんなヘヴィーな話は――。静かに息をのむソフィアの傍らで、母はごく淡々と語り続ける。

「ジフテリアっていう病気で。もう、あっという間だったわ。いつもみたいにユッコの家に行ったら、ユッコのお母さんに、ごめんねー、風邪引いちゃってるのよー、って言われて。だから、そっか、じゃあまたねー、って帰ったんだけど。その二日後には、あの子、亡くなっちゃって。もう、びっくりだったわよ」

受けてこだまは、やはり相当面喰らっているのか、「はあ……」と小さく呟くように返す。「それは、まあ、確かに……」

するとミもうやうやしく頷き、わずかに眉をあげて言い継いだ。「昔、流行ったの。ジフテリア。今と違って、かかる子も死んじゃう子も多くてねぇ」

遠い目をしながら、母は淡々とそう言った。昭和で言えば、二十年代あたりのことだろうか。母の年齢を鑑《かんが》みるに、おそらくそのあたりの出来事だったのだろうと思われる。ソフィアからしても、ずいぶんと遠い昔の話だ。イメージすると、不思議とモノクロの映像になってしまうほど、その情景は古めかしい。

そんな遠い昔の話が、平成生まれのこだまに伝わることを、なんとなく不思議に思いながら、ソフィアは寝たふりをしたまま話に聞き入る。

「それでおばさん、ユッコのお葬式に行くことになったのよ」

母が逃げ出したというのは、どうもそのお葬式だったようだ。

「ユッコのお母さんが、ぜひ来てって、うちの親に言ったみたい。ユッコのこと、すごく可愛がってくれてたからって。最後のお別れをしてやってちょうだいって……。それで黒い服を着せられて、父に手を引かれて、お寺に連れて行かれてね……」

そう語る母からは、笑顔はさすがに消えていた。お葬式の話なのだから、無理もないが——。母はどこかぼんやりとした目で、淡々とその時のことを説明した。

お寺は、家からほど近い、山の中腹《ちゆうふく》にあったそうだ。割りに大きなお寺で、その境内は、普段子供たちの遊び場になっていたのだという。もちろん母も例に漏れず、ユッコちゃんを連れて、よくそこに行っていたとのこと。

「でも、その日は、喪服を着た大人の人たちで、ごった返しててね……」

普段は閉まっている本堂の扉も開いていて、中からは木魚《もくぎょ》を叩く音と、お経を読む低い声が聞こえてきたそうだ。

「人でいっぱいの中、父に手を引かれて、ちょっとずつ前に進んでいって……。みんな、気の毒だとか、かわいそうだとか、色々と小声で言ってたわ。それで本堂に入ったら、お線香のにおいがうわーっとしてきて、一番前のほうで、ユッコのお母さんが泣いてるのが見えてきて……」

七十年も前の話なのに、母の記憶にはどうも鮮明に残っているようだった。

「それで父が、前に行けって言ってきたの。ユッコちゃんにお別れ言って来いって。グイって、私の手を引っ張って……」

母が逃げたのは、そのタイミングだったらしい。

「私、ヤダって叫んで、父の手を振り払っちゃったの。私、ユッコなんか嫌いだったたって、だからお別れなんてしないって言って……」

それで母は、ひとり本堂から駆け出し、そのまま山のほうへと、走って行ってしまったらしい。

「おかげでそのあと、父に張り倒されちゃった。なんてこと言ったんだ！　ユッコちゃんちに行って謝ってこい！　って」

当時を思い出すように、母は頰を押さえつつ言った。

「でも私、謝らなかったの。私は悪くないって。悪いのはユッコだって、ずーっと言い張って……」

ただし母はしばらくの間、どうして自分がそんなことをしたのか、よくわからないままだったのだという。ユッコのことは、大好きでかわいくて仕方がなかったはずなのに、なぜそんなことを言ってしまったのか――。

よくわからないまま、しかしそのことに思いを寄せると、自動的に父に張り倒された記憶まで蘇るので、深く考えることはやめてしまった。ただ、嫌なことがあったという心象程度で、その記憶を放置しておいたという。

だから自分の行動について合点がいったのは、だいぶ年を取ってからなのだそうだ。目まぐるしい娘時代や、結婚生活、子育て介護期を経て、気付けば周囲の人々も、ひとり、またひとりと亡くなっていく状況になっていた。お葬式に参列する機会も増え、死というものの輪郭《りんかく》が、ぼんやりと見えてきたのもその頃だったという。

そしてその中で、幼かった頃のあのお葬式を、よくよく思い出すようになったのだそうだ。それである時、ああ、そういうことだったのか、とぱらりとページがめくれるように思い至った。

「多分、そうでもしないと、ユッコが死んだことを、受け止めきれなかったんだと思うわ」

息をつくように、母は鈍い笑みを浮かべて言った。

「ユッコなんか嫌い、お別れなんかしないって、そういうことにでもしておかないと、あの子の死を、乗り越えられなかったんじゃないかって……」

子供なりに自分を守ろうとした結果なのではないか、と母は語った。あのまま彼女の死を受け止めたら、そのまま心が壊れてしまうと、幼心に判断したのではないか、と。

「そのくらい、かわいかったの。あの子のことが――」

けれど、たくさんの人を見送るようになるうちに、細かな後悔の澱《おり》のようなものが、じわりじわりと積もってもいったのだという。

「仕方ないとは、思ってるんだけどね。私もまだ、子供だったし……。でもやっぱり、思い出すたびに、悪いことしたなーって思っちゃうの。ちゃんと見送ってあげなかったこと、嫌いだったなんて言っちゃったこと……」

薄く苦笑いを浮かべながら、母はポツリと言い継ぐ。

「……あんなにユッコのこと、大好きだったのに」

だからキラウエア火山のテレビ番組を見て、ふと思い立ってしまったのだそうだ。もしかしたら、ああいう場所でなら、私の霊感も強くなる？　強くなれば、ユッコに何か伝えられる——？　それでハワイ旅行を、娘のソフィアに所望した。

「うまくいけば、あの子に謝れるかもって、思ってねぇ……」

そこまで言って、彼女はハッと何かに気付いたように、そっと口元に手を当てた。

「あらら、ヤダヤダ～。おばさん、なんか、ちょっとヘンな話しちゃったわね～」

誤魔化すように笑う母に、しかしこだまは粛然《しゅくぜん》と首を振って返す。「ううん、全然。ちっともヘンな話じゃなかったよ」受けて母は、「そう？」とおどけたような笑みを浮かべる。それでもこだまは笑わないまま、静かに頷いてみせたのだった。

「……見えるといいね。オーラとか、前世とか、妖精とか守護霊とか……、ユッコちゃんとか」

すると母も、一瞬笑顔を消したものの、すぐにニッと笑い「そうね」と頷いた。「火山のパワーが、力を貸してくれるといいんだけど」

火山ガイドはまず、キラウエア火山付近にある、スチームベントへとソフィアらを案内した。「ココ！　ココ！」といっても、そこは単なる駐車場でしかなかったのだが

――。

しかし舗装された道の脇から、白い水蒸気が立ちのぼっている様子を前にすると、一同は目を丸くしてうなりはじめた。「ほほう、これは……」そうして少し歩いた先の草むらで、あちこちからモワモワと水蒸気がのぼっている光景を前にすると、みな若干の恐怖心を抱いたのか、怪訝そうに眉根を寄せはじめた。「これ、本当に大丈夫なの？」「急に爆発とかしない？」「地面の下、グッツグツなんじゃ……？」母もソフィアの傍らで、じっとつま先立ちをしていたほどだ。「あんまり体重かけると、爆発するかもしれないし……」どうも本気で言っていた。「ここは、静かに動こうね？　大ちゃん」

続いて一同は、溶岩原へと向かった。そこはキラウエア火山の溶岩が、流れ出し固まったという地帯で、あたりは一面、ゴツゴツとした岩肌の、灰色の大地と化していた。ただしそのすき間から、いくらか植物も顔を出しており、中には赤い花を咲かせているものもあった。「オヒアレフア、ネ」とガイドは笑顔で花を指さし言った。どうもハワイでは有名な花らしい。「岩から生えてくるなんて、すごい生命力ですねー」と嬉しそうに言っていたのは織絵だ。「逞しーい」とその赤い花に、ずいぶんと目を細くもしていた。

そのあとは洞窟へと連れて行かれた。ガイドによると、火山活動によって出来た洞窟なのだそうだ。それは丸いトンネルのようで、ソフィアたちは感心したように、岩肌に目をやりながら、「こんなのが、自然にできちゃうもんなのね～」などと口々に感想を述べた。「鍾乳洞《しょうにゅうどう》とは、また違うのね……」「あんな寒くないですしね……」

火口に向かったのは、薄暗くなりはじめてからだ。ミュージアムに入り、キラウエア火山についてレクチャーを受けたのち、「ソロソロ、火口ガ、赤クナッテクル頃」とガイドが腕時計を見て切り出してきた。「噴火スルト、楽シイネ」笑顔で言うガイドに、ソフィアたちは揃って似たような苦笑いを返した。おそらくみんな、いや、そこまでは望んでいません、とそれぞれ思っていたのだろう。

夕方とは、また違う溶岩原をソフィアたちは進んでいった。陽はすでに落ちていて、空は群青色《ぐんじょういろ》に染まっていた。先ほどまで灰色に見えていた溶岩原は、まるで闇に舐《な》め回されたかのように、ぬらぬらとした漆黒《しっこく》の大地に変わっている。辺りはとても静かで、厳粛な雰囲気すら感じさせる。足を踏み出すたびに、ゴツゴツとした溶岩石の感触が、靴越しに伝わってくる。風はぬるいが、どこか神聖だ。溶岩の上を吹き抜けていくだけで、何か大きな力のようなものを、そこはかとなく感じてしまう。

黒い溶岩台地の向こうに、わずかに見えている濃い藍色は海だ。水平線を描くように、丸くそれは伸びている。空と海と大地の境界は、ぼんやりとひどく曖昧で、深くぬるく青い世界が、どこまでも広がっているようにすら見える。

「――アレガ、火口デス」

ガイドが指さすほうに目を向けると、濃い青の世界の中に、真っ赤なもやが見えてきた。立ちのぼっている蒸気に、火口のマグマが反射して赤く染まって見えるらしい。火口の奥ではマグマが、おそらく蠢《うごめ》いているのだろう。赤い色はゆらゆら揺れながら、時おり黄色い光を放つ。それはどこか幻想的な光景で、ソフィアはその赤い光に、ぼうっとしばし見とれてしまう。

「……」

静謐なほどの青い世界は、それでも内ではマグマをたぎらせ、じりじりとその大地を広げていっているのだろう。そのことが少し不思議で、しかしひどく腑に落ちるようでもあり、なんとはなしに圧倒されてしまう。

母もソフィアの傍らで、じっとその景色に見入っていた。まるで少女のように、目を輝かせながら。そうして時おり、ひとり言のように言っていた。「すごいわねぇ」その目には、赤い光が小さく映っていた。「地球って、生きてるのねぇ……」

そんな母が、「はあぁっ!」と声をあげたのは、キラウエア火山の見学を終え、次はマウナケア山で星空観測をしようと、バスに乗り込んですぐのことだった。

「――オーラ！　そういえばオーラ……！　大ちゃんは、見えた？　みなさんは、どうでした？　オーラ、見えましたかっ？」

どうやら観光そのものに夢中になって、オーラを見るという当初の目標を、完全に失念してしまっていたようだ。

ただし、同乗していたみなさんは、オーラの一件に関しては初耳で、「え？　オーラ？」「なんの話？」と怪訝な顔をするばかりだった。「キラウエア火山って、そんなもの見える場所だったの？」「マジで〜？　すごくな〜い？」無論、ガイドもキツネにつままれたような顔をしていた。「オウ、ラ……？」

だからソフィアは苦笑いで、急ぎ母をたしなめた。「まあまあ、お母さん、落ち着いて。みなさんに急に、そんなこと言ったって、困らせるだけだから……」

しかし母は納得いかないようで、盛大に眉を八の字にして肩を落とす。「え〜？　でも〜、見えた人には、見えたんじゃないの……？」そうして周りを見回したが、しかし同乗者は、一同不思議そうな表情を浮かべるばかりだった。

それで彼女も、あらかた察しはついていたのだろう。「じゃあ、みんな、見えなかったってこと……？　オーラも、妖精も、前世も守護霊も……？」そうして彼女はがっくりとうなだれて、「そう……、見えなかったの……」とひどく気落ちした様子で言い連ねた。「霊感がない人でも、見えるって話だったのに……。すごい場所だって、言ってたのに……。そうかぁ……。見えなかったのかぁ……」

おかげでガイドは、怪訝そうに目をしばたたいていたほどだ。「レイ、カン……？」いくらハワイ島に精通していても、現地の方に「霊感」を理解しろというのは無理な話だろう。それでソフィアは作り笑いを浮かべ、「ごめんなさ〜い、こっちの話です〜」とにこやかに誤魔化した。「ほら、お母さんも。みんな、充分に火口見学楽しんだんだから、水を差すようなこと言わないの」受けて母は不満そうに、「それはそうだけど……」と口を尖らせる。「でも、お母さん、オーラが……」そうしてまるで子供のように、俯《うつむ》きうなるように小さく呟く。「オーラっていうか、交信が……」

こだまがぐいと身を乗り出してきたのは、そのタイミングだった。彼は母の顔をのぞき込むようにして、いやにきっぱりと言い切ってみせた。

「——大丈夫だよ、おばさん」

その言葉に、母はふっと顔をあげる。するとこだまは、屈託のない笑みを浮かべ、ごく明るく言い継いだのだった。

「あの火山、なんか、すげー不思議な雰囲気あったし。絶対どっかと繋がってた！　霊感パワーも、めっちゃ強くなってた！　俺、感じたもん！」

こだまの言葉に、母はキョトンとした表情を浮かべる。彼の言葉の意味を、測りかねていたのだろう。しかしこだまは、臆することなく言い続けた。

「だから、ユッコちゃんには、伝わったと思う。おばさんの気持ち」

その言葉に、母はギュッと唇を噛んだ。そうしてしばし黙り込むと、そのままわずかに眉根を寄せ、噛みしめるように言ったのだった。

「そう、かしら……？」

受けてこだまは、ニッと笑い、「そうだよ、絶対に大丈夫！」と母の腕をポンポンと叩いた。そうして柔らかく、けれど確信めいた様子で言葉を続けた。

「それに、そんなにずっと長いこと覚えててもらえて、ユッコちゃんだって嬉しかったと思うよ？」

それは、仮面少年らしからぬ、本音の言葉のようでもあった。

「……俺だったら、すっげー嬉しいと思うもん。そんなずっと、忘れないでいてくれるなんて――」

母の顔からは、いつの間にか強張りが抜け落ちていた。こだまはそんな彼女に、さらに畳み掛けるように断言する。「だから大丈夫だよ！　気持ちはちゃんと届いてる。ユッコちゃん、きっと喜んでるって！」

母が白い歯を見せたのは、その段だった。「そう、かな……」口元をほころばせた母に、こだまも得意げに言い継いでみせる。「うん！　絶対そう！　俺の勘ってけっこう当たるし！」「そうなの？」「うん！　信じてよ！」「そう……」そうして母は小さく笑い、静かに、噛みしめるように、頷いた。

「じゃあ、おばさん、そう思うことにする」

それはとても、穏やかな笑顔だった。

「……ありがとうね、こだまくん」

その日の眠りは浅かった。移動中のバスの中で、何度か熟睡してしまったせいだろう。ひたひたとやってくる薄い睡魔に、そっと身を預けようとしてみても、けっきょく覚醒に引き戻され、すぐに意識が戻ってしまう。明け方近くなってくると、いよいよ目が冴えてきてしまって、これはもう無理だなと、ソフィアはベッドを抜け出した。

隣のベッドでは母が熟睡中だったので、邪魔をしては悪いなと、そのまま部屋も出ることにした。スマートフォンと、買い置きしておいたマラサダだけを持参して。

早朝のホテルは、シンと静まり返っていた。まだライトアップされたままのプールサイドにも、当然のように人の姿はなかった。だからソフィアは心置きなく、一番よく海が望めるビーチチェアに座り、そのまま明るくなっていく空を見詰めはじめた。

「……」

スマホの時計は、四時五十分を示していた。今日の夜にはハワイを発つ予定だが、日本への到着は明後日になるはずだ。ハワイと日本の時差は十九時間。今頃日本は、もう今日の夜になっている。そんなことを考えながら、ソフィアは指折り時間をかぞえはじめる。あれ？　違う？　もしかして日本は、そろそろ明日になっちゃう頃……？

そうしてもう片方の手で、マラサダを摑み口に運びはじめる。口に広がるマラサダの味は、今日も甘くほどけていくようだ。おかげでほどよい多幸感《たこうかん》が、ソフィアを優しく柔らかく包む。

「……ん～、ま」

ソフィアは小さく呟いて、そのまま再び海に視線を戻す。まだ薄暗い早朝の海は、のっぺりしたような藍色だ。わずかに聞こえてくる波の音だけが、その動きをかすかに感じさせてくれる。ザザザ……。ザザザ……。

なんとも心地のいい色と音だ。その光景にひたりながら、ソフィアはしみじみ思ってしまう。なんか、よくわかんないまま来ちゃったみたいなハワイ旅行だったけど――。でも、悪かなかったわねぇ。さすが世間の女子たちが、ハワイハワイ言ってるだけあるわ〜。

そうして海に見入っていると、隣のビーチチェアに何者かがドッカリと腰を下ろした。

「——まーたマラサダ食ってんの？」

やって来たのは、やはりと言うべきかこだまだった。ボサボサの寝ぐせ頭をした彼は、寝起きなのかやや腫れぼったいような目をこすりつつ、そのままビーチチェアの上で胡坐《あぐら》をかいてみせた。「そんな甘いもんばっか食ってると、マジでそのうち太るぞ？」どうも声も眠そうだ。おかげでソフィアは少々訝しく思ってしまう。そんな眠そうな顔をして、こんな時間にこんな場所に、いったいこの子は何しに来たわけ？

しかし、昨日の一件があったため、彼女は努めて笑顔で返した。「アタシの場合、ちょっとくらい太っても大丈夫なの〜。それにこれ、ホントおいしいのよ？　こだまも食べてみなさいよ」そうしてサイドテーブルの上のマラサダに視線をやったのだが、こだまは嫌そうに顔をしかめ、「起き抜けに、甘いもんなんか食えるかよ」などと、小生意気なことを言ってきた。「ガキじゃあるめぇし……」そうしてTシャツの中に手を突っ込んで、お腹のあたりをぼりぼりとかきはじめた。どうにもオヤジ臭い。あるいは、背伸びがしたいお年頃ということなのか。

しかしソフィアは、そんなこだまに悪態はつかず、ごく穏やかに言ったのだった。

「……昨日は、ありがとうね」

こだまは腹をぼりぼりやりながら、「ん〜?」と首を傾げてみせる。だからソフィアは小さく笑い、こだまのすねをペチンと叩いた。「うちの母に、優しいこと言ってくれて、ありがとうって言ってんの〜」するとこだまは、眉をあげて、「あー」と、どうということもなさそうに肩をすくめた。「べ〜つ〜に〜……。そう思ったから、そう言っただけだよ。あれは……」

しかし裸足のその指は、もぞもぞとくすぐったそうに動いていた。つまり素っ気ない口ぶりは、おそらく照れ臭さの表れなのだろう。そんな仕草に、ソフィアはひそかに笑ってしまう。そこらへんは、まだ子供よねぇ。そう思いながら、さらに言葉を重ねてみせる。「それでも、ありがとう。きっとうちの母、すごく救われたと思うわ」するとこだまはそっぽを向いて、「別に……」といつかの若手女優のごとく呟いた。「つーか、ソフィアさんには関係ないじゃん……」

それでソフィアはにまにましながら、マラサダをさらに口に運んだのだった。仮面少年のかわいいところを、久々に垣間見たようで嬉しくもあったのだ。

しかしこだまもこだまで、ただ照れているばかりではなかった。彼はすぐに気持ちを立て直し、再び小生意気な口をきいてきた。

「つーか、ソフィアさんさぁ。めっちゃお母さん似だったのな？　今回一緒に旅行してみて、よーくよーくわかったよ」

それでソフィアは、首を傾げて言い返す。

「え〜？　どこが〜？　アタシ、どっちかって言ったら、父親似だって言われてきたクチだけど……」

するとこだまは、「はあ〜？　よく似てんじゃ〜ん」と不敵に笑い、ソフィアと母の相似点をあげ連ねていった。

「妙に明るいとことか。話に夢中になると、周りが見えなくなるとことか。色々ほいほい騙されやすそうなとことか。喋りかたもけっこう似てるんだよな。ね〜、とか、わ〜、とか、言葉の最後伸ばしがちだし。そのへん、全然自覚なかった？」

得々と言ってくるこだまは、やはりどうにも小生意気だった。それでソフィアが、「親子なんだから仕方ないでしょ」と顔をしかめると、彼はしてやったりという表情を浮かべ、「だよな？」と高みに立ったかのように言い継いだ。

「ホ〜ントよく似てるよ。赤の他人の子供の世話焼いちゃうあたりも、そっくりっつーかなんつーか……」

ただしそこで、ソフィアは、ん？　と目をしばたたいてしまった。他人の、子供の世話って……？　ユッコちゃんのこと……？　その点には思い至ったのだが、しかし自分のほうはさっぱりだった。ていうか、アタシ他人の子の世話なんか、焼いたことあったかしら……？　お店の子の世話なら、確かにけっこう焼いてるけど——。

それで、それどういう意味？　と訊き返しそうになったのだが、しかしそれより一瞬早く、こだまがさらっと正解を口にした。

「ソフィアさんも昔、俺のお母さんになってくれたことあったじゃんか」

ソフィアの中に、遠い昔の記憶が蘇ったのはそのタイミングだった。ああ、そういえば……。そう思い至り、思わず大きく頷いてしまう。「あったわねぇ、そんなこと……」

確かまだ、こだまが小学生だった頃のことだ。当時、家にひとりこだまを置いて、家出をしてしまっていた織絵に代わり、ソフィアがこだまの母親として、学校の家庭訪問に臨んだ。

今となっては、よくあんな無謀な真似をしたものだと思ってしまうが、しかしどういう成り行きでか、こだまの母親役を引き受けてしまった。そういう意味ではソフィアもまた、他人の子供の世話を焼いたと言えなくもなかった。まあ、母ほどじゃないけど、確かに、やったことはやったわねぇ。

そう納得するソフィアを前に、こだまは当時のことを思い出したのか、肩を揺らしながら語りだす。

「しっかし、いい大人たちが、よくあんなことしたもんだよなぁ？」

まるでひどく楽しかったことを、思い出しているかのようだった。

「誰か止めるヤツはいなかったのかっつー話だよ。クレさんも弘基も斑目っちも、みんないい年だったはずなのに。常識がねぇっつーかなんつーか……」

そんなこだまの物言いに、だからソフィアも笑ってしまった。「確かにねぇ……」何しろあれは、本当に無謀な挑戦だったのだ。いくら自分の外観が、パッと見女に見えるからと言って、動けばそこそこボロも出てしまう。しかし彼らはどういうわけか、ソフィアに母親役を請うてきたのである。

もうちょっと探せば、もっと普通の女の人もいたでしょうに。今となっても、ソフィアとしてはそう思えてならない。よりによってアタシに頼むあたり、やっぱりみんな、常識が欠落してたんだわねぇ。

話すうちにあれこれ思い出すのか、こだまもさらにあれこれ言いはじめる。

「あん時、みんなでうちの掃除もしたよな？　ちゃんとした家庭生活を送ってる家に見えるようにしなきゃって、ソフィアさんが言ってさ。庭の草むしりとか、屋根の修理とかも、クレさんと弘基が、ヒーヒー言いながらやって。そんで希実ちゃんは、小間使いみたいに、そこがまだ汚い、ここがまだ散らかってるって、ソフィアさんに超顎《あご》で使われて……」

その思い出話には、ソフィアも思わず噴き出してしまった。「やだ～？　アタシそんなふうに希実ちゃんのこと、こき使ってた～？」受けてこだまは、キシシ、と笑い声をたて、「めっちゃ使ってたって～」と返してくる。「なんかスゲーって、俺思ってたもん。この人たち、おかしな大人だな～って」

そう笑うこだまからは、いつもの小生意気さが消えていた。あの当時と、さほど変わっていないようにすら見えた。背も伸びたし、体つきもがっしりしてきたし、顔だちもすっかり大人になっているが、けれど根っこのところは、昔のままのようにも見える。あるいは昔の話をしているから、余計、そう見えるだけなのだろうか。こだまは、どこか眩しそうな目をして言ってくる。

「覚えてる？　家庭訪問の時にボロが出ないように、俺、ソフィアさんのこと、お母さんって呼ぶ練習までしたんだよ？」「覚えてるわよ～。あん時のこだま、かわいくってね～」「つーか、こっちはだいぶヘンな気分だったんだぜ？」「あらそうなの？」「そらそうだよ。見ず知らずの人のこと、いきなりお母さんだなんて……」「でもこだま、すんなりアタシのことお母さんって呼んでたわよ？」「そりゃまあ、織絵ちゃんのことは、織絵ちゃんとしか呼んだことなかったから……」「でしょ？　そう抵抗があるようには見えなかったけど……」

するとこだまは、若干バツが悪そうに肩をすくめてみせた。

「それは、だから、アレだよ……」

そうして、やや声を小さくして言い継いだ。

「言っとくけど俺だって、ソフィアさんじゃなかったら、お母さんなんてきっと呼べなかったからな？」

思いがけないこだまの言葉に、ソフィアは「えっ？」と目を丸くしてしまう。しかしこだまは、若干誤魔化すように明るく言ってみせた。

「まあ、アレだ。みんながみんな、常識はずれで助かったって話だよ。みんなが普通じゃなくて、ホントによかった。少なくとも、俺にとってはそうだった。おかしな大人がいっぱいいで、だから救われたっつーか？」

そんなこだまの言葉に、ソフィアは少し、胸を詰まらせた。まったく、なんてことかしら。そんなふうに思ってしまったのだ。あんな馬鹿げたおかしなことが、この子を救っていただなんて――。

「……」

そして同時に、チラリと思ってもしまった。本当だったら、そんなことに、救われなくていいはずなのにね。それはソフィアの、率直な思いでもあった。この子は少し、早く大人になり過ぎてるのかもしれない。だって、救われただなんて、そんなこと、この若さで思うようなことじゃないもの。

黙り込むソフィアの傍らで、しかしこだまは笑顔のまま話を続ける。

「それに、アレだ。ソフィアさんのお母さんが、ユッコちゃんの葬式から逃げたって話を聞いて、なるほどなーとも思ったんだよ。やっぱソフィアさんと似てんなーっつーか？　この母にして、この子ありっつーか……？」

こだまのそんな発言に、ソフィアは「え？　そう？」と首を傾げる。何せその部分には、思い当たる節がなかったのだ。それで首をひねりながら言い継いだ。「けどアタシ、お葬式から逃げたことなんてないわよ？　むしろアタシって、そういうのには律儀に参列してるほうだし」

受けてこだまは、片方の眉だけあげ、にまーっと意地悪く笑ってきた。「俺が言ってるのは、葬式の話じゃないの。もっと、精神論的なこと」だからソフィアは眉根を寄せて、「はあ？」と言って返してしまった。「なあに？　それ。お葬式から、逃げた精神……？」

するとこだまはパチンと指を鳴らし、「そう！　そこそこ！」とソフィアに指をさしてみせた。「もしかしてソフィアさん、割りと自覚あったりして？」それでソフィアはさらに顔をしかめ、「ぜんっぜん、わかんない」と強く首を横に振ったのだった。「言っとくけどアタシ、お葬式から逃げたことだって、一度もないわよ？」

こだまがしたり顔で言ってきたのはその段だ。

「そこじゃなくて、逃げ方だよ。ソフィアさんのお母さんも言ってたじゃん？　ユッコちゃんなんか嫌いだったたって言って、葬式から逃げ出したって。そういうところが、よーく似てるって言ってんの。そうでもしなきゃ乗り越えられなかったたって、まんまソフィアさんのメンタリティじゃん？」

ただしソフィアのほうはと言えば、こだまの発言の意図が見えず、「はあ？」とまたも眉根を寄せてしまった。「何よそれ？　アタシ、そんなひどいこと言って逃げたことなんて、一度も……」しかしそう口にした瞬間、あ、れ……？　とくだんの記憶が脳裏をかすめた。いや、あるかも……？　アタシ、ひどいこと言って、逃げたこと――。

するとこだまは、そんなソフィアの様子を察したのか、勝ち誇ったかのように言ってきた。

「似てるよねぇ？　安田っちに、ひどいこと言って振って逃げたあたり、よーく似てる。

さっすが親子だよ」

そんなこだまの見解に、ソフィアはぐっと言葉を詰まらせる。しかしこだまはお構いなしで、嬉々として高らかに持論を述べ続ける。

「安田っちのこと、コテンパンに傷つけなきゃ、別れられないと思ったんだろ？　そうでもしなきゃ、自分の中での踏ん切りがつかないって。それって、お母さんの思考とまんま一緒だよ？」

受けてソフィアは、そ、そんなことないわよ、と言い返そうとする。そんなの、こじつけだわ。ていうか、アタシが光くんに、なんて言って別れたかなんて、知りもしないくせに――。しかしこだまはそれより早く、畳み掛けてきた。

「気持ちはわかるよ。そのくらい、安田っちのことが大事だったんだろ？　もう二度と戻れないようにしとかないと、別れられないって思ってたんだろ？　だから安田っちのこと、メタクソに傷つけたんだろ？　否定出来るんならしてみ？　そうじゃないって。あんな人、別に大して好きでもなかったって、言えるんならホレ、言ってみ？」

それでソフィアは、息をつき唇を噛んだのだった。仕方なかった。何せ反論のしようがなかったのだ。

こだまの言い分は、おおむね当たっていた。中二男子に、大人の心の機微《きび》の何がわかるのよ？　と思う部分もあるにはあったが、しかし言語化してしまえば、確かにこだまの言うとおりではあった。

ひどい言葉で安田を傷つけて、もうふたりに未来はないのだと、彼に思ってもらわなければ、きっと自分たちは別れられないと思っていた。そのくらいのことをして、安田に罪悪感を持たなければ、自分も自分の気持ちを、ちゃんと断ち切れないような気がしていた。

そしてそうでもしなければ、ずるずると関係は続いてしまう。そうなったら、安田の人生は、普通のものから遠ざかってしまう。彼の両親が望んでいたような、普通で、でもかけがえのない幸せは、ソフィアには絶対に与えることが出来ない。だからもう、絶対に別れなければならないのだ。もう、手段は選んでいられない。そんな思いが、なかったと言えば嘘になる。

「……」

そういう意味では、こだまの見立ては、やはりある程度核心をついていた。だからソフィアは、苦く思ってしまったのだった。

まったく、この子ったら……。嫌なところにまで気付いちゃうんだから……。そんなふうだと、将来苦労することになるわよ？　だいたい人間なんて、鈍感なくらいのほうが、あんがい楽に生きていけるってのに――。

そんなことを思いながらソフィアが黙り込んでいると、こだまは小さく息をつき、肩をすくめ宙を仰いだ。そうしてソフィアの手から、そっとマラサダを奪い取ると、さらりとすまし顔で語りはじめた。

「マラサダはね、ソフィアさん。ハワイ名物だけど、実はポルトガル発祥《はっしょう》の食べものなんだ。ハワイに渡ってきたポルトガル移民たちが、故郷の食べものとして作ってたものらしい。彼らはこれを食べて、遠い故郷を思ってたのかもしれないね。もう見られない風景や、別れてしまった人たちを思いながら、口にするにはうってつけの食べものだから」

そうしてこだまは、マラサダをパクリとひと口頬張り、「う、甘……」などと顔をしかめる。苦手なら食べなきゃいいのに――。とソフィアは思うが、こだまはゆっくりと咀嚼をはじめる。

「甘い味は、脳に快楽物質をもたらすんだ。だから食べると、幸せな気持ちになるってわけ。つまり喪失感を埋めるには、ちょうどいい食べものなんだ。悲しさや寂しさを、そこそこ紛らわせてくれるから」

こだまのそんな説明に、ソフィアはなんとも言えないバツの悪さを覚える。彼の言い分が真実なら、ここ数日のマラサダ食いは、寂しさの表れと言えなくもない。

いっぽうこだまは、ソフィアの様子など気にも留めず、いやに淡々とした様子で言ってきた。

「けど、食い過ぎはよくないよ。俺、ソフィアさんには、そんなふうに現実の幸せから逃げて欲しくない」

そうして残りのマラサダも、口の中に放り込み言い継いだ。

「普通じゃなくたって、別にいいじゃん。言っとくけど、俺はそれに救われたんだぜ？　安田っちだって、似たようなもんだったと思うよ。だからソフィアさんのこと、懲りもせず追いかけ続けてたんじゃねぇの？」

言いながら、パンパンと手を打って、指についていた砂糖を手早く払う。

「……俺は、そう思うけど――」

ソフィアの足元にあったスマホが震えだしたのは、その瞬間だった。同時にディスプレイもパッと明るくなり、発信者の名前を表示してみせる。

それでソフィアは、急ぎスマホを手に取ろうとしたのだが、しかしこだまがそれより早く、ソフィアのスマホをサッと奪った。奪って、勝手に出てしまった。

「――はいっ、もっしもーし！　安田っち？　うん、俺こだまー。うん、ソフィアさんも一緒。ホテルのプールから海見てるとこ。うん、うん、オッケー。んじゃ、電話かわるわ〜」

そう言ってこだまは、「ん！」とスマホをソフィアへと差し出してくる。「ん！」だからソフィアは息をつき、半ば仕方なしにそれを受け取ったのだった。

「……もしもし？」

低くそう呟くと、スマホから耳慣れた声が届く。

「あ……。お久し、ぶり、です……」

少し前まで、毎日のように耳にしていた声。その声は、しかし少しぎこちなく、それでも一生懸命に、どうにか言葉を継いでいく。

「せっかくのバカンス中に、すみません。そっちは、明け方ですか？　こっちはちょうど、夜中の十二時で……。それで俺、今、ブランジェリークレバヤシに来てて……。希実ちゃんと話してたら、なんかソフィアさんに、ハワイみやげのリクエストがあるって言われて……。だから、あの、その……」

その段でソフィアは、ハッとしてこだまを見た。しかしこだまはそっぽをむいて、わざとらしく口笛なんかをふいている。ピーピピーピーピー。だからソフィアはなんとなく、ある程度のことを察したのだった。

このタイミングで、この電話。しかも、アタシの隣にはこだまがいて、光くんの隣には希実ちゃんがいる。それってつまり……。つまり、そういうことよねぇ？

それでソフィアは、ジッとこだまを見ていたのだが、当のこだまは決してソフィアとは目を合わそうとしなかった。どうも徹底して、しらばっくれるつもりのようだ。ピーピピピーピー。

まるで、いたずらが見つかった子供のようだと、ソフィアは内心笑いそうになってしまう。そうしておそらく、電話の向こうの希実のほうも、似たような態度に出ているのだろうと思い至る。知ってる。この子たちって、そういう子たちなのよねぇ。いちいち人の気持ちに、気付いちゃうっていうか――。

「……」

だからソフィアは、静かに深呼吸をして、たどたどしいその言葉に応えたのだった。

「で、なあに？　希実ちゃんがお望みのハワイみやげは」

受けて安田は、「あ、ちょっと待ってください」と言い、傍らにいるらしい希実に話しかける。「何がいいの？　おみやげ。え？　俺もよく知らないんだけど……。マトリヨーシカはロシアじゃない？　いや、姫達磨《ひめだるま》は、普通に日本だと……」そうしてごにょごにょ話し続けたのち、自信なさそうに言ってきた。

「――えーっと……？　マカダミアナッツ？」

　おかげでソフィアも、声をたてないまま笑ってしまった。何それ？　ハワイの連想クイズ？　いっぽう安田も、ソフィアの気配を感じたのか、かすかに笑ったような息をもらした。そうして、やや申し訳なさそうに告げてきた。「……という、口実をもらったので、電話をしてしまいました。すみません……」

　おかげでソフィアは、今度こそ小さく笑ってしまった。言わなくてもいいのに、この人ったら。そんなふうに、思ってしまったのだ。こんな時まで、けっきょくバカ正直なんだから――。

　いっぽう電話の向こうの安田は、黙ったままのソフィアに慌てたのか、やや早口で言ってくる。「あのやっぱり迷惑、でしたか……？」その言葉に、ソフィアも少しだけ、ぎこちなく返してしまう。「別に、そんなことは、ないけど……」

　隣のビーチチェアに座っていたこだまは、スッと立ち上がりぺたぺた海のほうへと歩きだす。彼が望む海は、もう朝の光を含んでいた。海面は鱗《うろこ》のような光を揺らし、朝の訪れを告げている。水平線は、とても穏やかな薄紅色だ。

「……あの、ソフィアさん？」

　柔らかな幸福感が、ソフィアを包む。マラサダを口にしたわけでもないのに、その感覚がやってくる。

「あの、俺——」

二度あることは三度あって、四度目ならばどうなのだろう？　とソフィアは考える。けっきょく、同じことの繰り返しだろうか？　それともさらなる、苦難の幕開けとなってしまうのか。あるいは、それとも——？

きらめく海を望みながら、こだまは大きく伸びをする。真夜中の夜道を、ひとり歩いていた小さな男の子は、こんなにも大きくなったのかと、ソフィアはわずかばかり胸を詰まらせる。まるで朝日に手を伸ばすように、彼は伸びをし続けている。あるいはやってきた朝を摑んで、次の場所へと投げて渡そうとしているかのようだ。

「……」

朝というのはそうやって、次へ次へと、渡されていくものなのかもしれない。

「——おみやげ、買っていくわ」

その言葉に、こだまがわずかばかりソフィアのほうを振り返る。逆光の中でも、彼が少しだけ微笑んだのがわかる。そのことにソフィアは、やはり少しだけ安堵する。

「だから、なんていうか……」

向こうの夜の中にいるあの子も、笑ってくれていたらいいな、と祈りを込めてソフィアはそう口にする。あの子の隣にいるはずの、ひどく顔色の悪い男も、ちゃんと笑顔でいてくれたら、と——。

「……ブランジェリークレバヤシで、また会いましょ？」

電話の向こうで、安田が感極まったような声をあげはじめる。希実のはしゃいだような声も、わずかながら聞こえてくる。ついでに、暮林や斑目の声も。もしかしたら日本では、一同勢揃いの状態でもって、電話に聞き耳を立てていたのかもしれない。

夜が明けていく。まつ毛に七色の光が映る。ハワイの朝陽は濃厚だ。帰ったら、そんな話を、みんなにしようとソフィアは思う。

キラウエア火山のこと、マウナケア山の星空観測、ビーチで見た海亀や、母が話したユッコちゃんのこと。渡されていくかのように感じられた、眩しい朝の光の話も。

Tourage & Façonnage

——折り込み&成形——

運命なるものについて、柳弘基はしみじみと考えていた。あー……。なんで俺、こんなことになってんだ?

背中には、ひんやりとしたステンレスの感触。手首は結束《けっそく》バンドが食いこんでいて、少々痛い。しかしそれより、もっと痛いのは左頬だ。先ほどしたたかに殴られたため、ズキズキとひどく痛んでいる。血の味がするから、口の中が切れてしまっているのだろう。まったくもって最悪至極。だから、思わずにいられなかった。いったい全体なんの因果で、俺がこんな目に遭わなきゃなんねーんだよ? 罰が当たるようなことでもしたっつーのか? それともこういう運命なのか? あるいは巡り合わせっていうヤツか?

なんにせよ、これじゃあ折り返しの電話も出来やしねぇ。

彼がいるのは、閉店後のビストロの厨房《ちゅうぼう》内だった。仕事終わりによく立ち寄る、店の近所の小さなビストロ。店のパンを卸している縁で顔を出して以来、料理が気に入りそのまま常連客になってしまった。

店内もごく小ぢんまりとしていて、客席も大よそ二十席ほど。しかしシェフは、かつてどこぞの名店でシェフをやっていたという名コックで、その腕前は確かだ。パテもブイヤベースも、アリゴもエスカルゴもいちいち美味い。そんな名コックが、なぜこんな小さな店にいるかと言えば、年齢を理由にその名店を退《しりぞ》いたからだ。それで一旦は優雅なリタイヤ生活を送ろうとしたのだが、穏やかな生活が性に合わず、けっきょくこのビストロで、日々腕を振るうようになったとのこと。

その老シェフは、弘基と同じくやはり厨房にいた。姿は見えないが、おそらく作業台の奥のほうで、スーシェフの女の子とレジ係の女の子と三人で、一緒にいるものと思われる。

なぜ姿が見えないかと言えば、互いに身動きが取れない状態にあるからだ。それでも弘基の見立てでは、老シェフたちは十中八九、作業台の奥のほうで、揃って縛り上げられているはずだった。

そう断言できるのは、弘基も弘基で、同様の目に遭っていたからに他ならない。彼は老シェフたちの反対側、つまり作業台の手前のほうで、きっちり縛り上げられていた。後ろに組まされた両手首を結束バンドで縛られた上、流し台の脚の部分にガムテープで手首ごと括られ、立ち上がることもままならない。足もガムテープでぐるぐる巻きにされているため、暴れることも困難だ。一応、縛り上げられている最中《さなか》、頭突きで応戦してはみたのだが、しかしあっさり殴り返され、あれよという間に流し台に繋がれた。力で敵《かな》う相手ではなさそうだと、はっきり悟った瞬間でもあった。

もっと早く、電話に気付いてりゃなぁ……。左頬の痛みを痛感しつつ、弘基はぼんやりとそんなことを考える。そうすりゃメシなんかさっさと切り上げて、この店からも出てたんだろうに。

しかし、弘基は閉店ギリギリまで店にいて、会計をする際になって、ようやく着信に気付いたのだった。支払いのため、ポケットからお札を出したのと同時に、携帯もポケットから取り出すこととなり、そこでやっと着信の表示に目がいった。それでレジ係の女の子に金を渡すなり、折り返しの電話を入れようと試みたのだが、遺憾ながらそれより早く、店のドアが勢いよく開き、ヤバそうな連中が乱入してきてしまった。

彼らは作業着のような服を着た、三人組の男たちだった。年の頃は二十代から三十代といったところ。一様に上背があって体格がごくよかった。ひとりはハゲで、ひとりはもじゃ頭のもじゃ髭《ひげ》、もうひとりは頭にバンダナを装着。個々の特徴と言えばそんなところだったが、おそらく主導権はバンダナにあるのだろう。彼はレジ係の女の子を羽交い締めにするなり、そのこめかみに銃を突きつけ、片言のフランス語で告げてきた。

「――動くな」

映画のワンシーンの様なその出来事に、だから弘基は、ドッキリ動画の撮影か何かかと、一瞬疑ってしまったほどだった。しかしバンダナは、ごく大真面目に言葉を続けた。

「騒いだら、殺す」

たとえドッキリ撮影だとしても、銃と殺すなどという言葉を前に、抵抗を試みるほど弘基も向こう見ずではなかった。だから彼らの指示に従い、早々に結束バンドで両手を縛られた上、厨房へと移動させられたのである。

頭突きをしてみたのは、足をぐるぐる巻きにされる直前のことで、厨房にバンダナの姿がなかったのをこれ幸いと、髭とハゲのそれぞれにかましてみたのだが、先に述べた通りあっさり殴り返されて、すぐに流し台へと繋がれてしまった。

喧嘩らしい喧嘩なんて、もうずいぶんしてなかったからなぁ。頬に熱を感じながら、弘基はしみじみ思ったほどだ。俺も鈍ったっつーか、老いたっつーか……。しかし殴られた段階で確信はした。これは誰かのイタズラでも、もちろんドッキリ動画の撮影などというお遊びでもない。でなきゃこんなふうに、マジでタコ殴りにされるわけがねぇ。

「……彼ら、テロリストかしら？」

弘基の一メートルほど先で、やはり縛り上げられ作業台に繋がれていたエマが、不安げにそう言ってきた。彼女がそう言うのも無理はなかった。このところこの街では、不穏な空気がどこか漂っている。昔はもう少し大らかな印象だったが、しかしこのところは人も車も建物も、はっきりと強張っているように感じられる。エマもその空気を、当然ながら感じ取っているのだろう。「……私たち、殺されるのかしら？」

絶望したような表情でそう語る彼女は、しかしきっちり美しくもあった。乱れた髪も、縛り上げられたその姿も、妙に絵になっている。まるでサスペンス映画のポスターのようだ。弘基を見詰める大きな目も、気は確かかと見紛うほどうるんでいる。「ねぇ、ヒロキ。もしここで死んでも、私たちの愛は――」

そんなエマの言葉を遮ったのは、弘基の正面、二メートルほど先で、同じく縛り上げられ、棚の脚に括られている美作孝太郎だった。

「テロリストではないんじゃない？　訓練されてる様子がないし、武器もピストル一挺《ちょう》ぽっきりだ。そんなの彼らにとっちゃ、非武装でいるのと同然だもの。つまり現状、僕らを拘束しているのは、単なる押し込み強盗あたりと見るのが妥当かと……」

ただしエマも、愛の確認作業を邪魔されカチンときたのか、孝太郎の話に割り込むように言いだした。「押し込み強盗ですって？　こんな小さなビストロに？　お金目当ての連中なら、もっと違うお店を狙うわよ」馬鹿にした様子でエマは言ったが、しかし孝太郎は特に動じた様子もなく、作業台の向こうの老シェフに向かい声をかけた。

「シェフ！　厨房の奥に、小部屋とかありませんか？」どうやらエマの指摘など、彼の耳には入らなかったようだ。「たとえば金庫室とか、事務室とか……」すると向こうから、しゃがれた声が返ってきた。「ああ、確かに事務所があるが――」

瞬間エマは顔をしかめ、孝太郎のほうは笑みを浮かべた。つまりは孝太郎の見立てのほうに、分があったということだ。

「ありがとう！　参考になりました！」孝太郎は老シェフにそう返すと、「ね？　やっぱりでしょ？」としたり顔で弘基に告げてきた。「ハゲと髭が僕らをここに押し込めようとしてる時、バンダナはひとり店の奥へ向かって行ったんだよ。多分速攻で、その事務所とやらに向かったんじゃないかな？　縛られてる間も物音がしてたし」

そんな孝太郎の推理に、弘基はそれなりに納得して返す。「なるほど。奴らの目的は、その事務所にあるってことか？」すると孝太郎は、嬉々として頷いた。「そういうこと！　ハゲと髭も、今は事務所のほうに行ってるんじゃないかな？　多分三人で、事務所荒らしてるんだよ」どうも孝太郎、この状況を楽しんでいるようだ。「何か裏でもあるんじゃない？　この店」そんなことを言いながら、ほとんど満面の笑みをたたえている。「実は薬物の取引をしてるとか、武器の密輸をしてるとか、あるいは臓器売買とか、人身売買とか……！」

だから弘基は「あるわけねぇだろ。バッカじゃねぇの？」と冷たく返したものの、ひとまず考えを巡らせてみたのだった。裏？　この店に……？　そうしてふと思い至る。そういやオーナーが、けっこうな有名人とか、聞いたような気もするな。けど有名人だったら、そんなヤバい橋なんてむしろ渡らねぇか？　つーか、何関係の有名人だったっけ？　金？　店？　悪行？　女……？

しかし向かいの孝太郎は、弘基の思案顔などものともせず、ケロリと持論を展開しはじめた。彼にはそういう、ひどくマイペースなところがある。

「ま、だから多分大丈夫だよ。連中も、さっさと見つけてズラかろうとか言ってたし。盗るもん盗ったら、僕らなんてこのまま置いていくと思うよ？」

彼のその発言に、弘基は思わず目を見開く。

「は？　お前、アイツらが何喋ってんのかわかってたのかよ？」

すると孝太郎は、特に悪びれる様子もなく返してきた。

「うん、大体ベラルーシ語で、時々ロシア語。僕から奪ったアンジェリカも、高く売れそうな人形だから、車に積んどこうぜって言ってたのわかったし」

おかげで弘基は、わずかに顔を引きつらせてしまった。コ、コイツ——。そう思わずにはいられなかった。わかってんだったら、さっさとそのこと言えっつーの！　おかげでこっちは、まるで状況が見えなかったっつーのに……！

そう。弘基には三人組が話す言葉が、まるで理解出来ていなかった。バンダナが喋るフランス語は、かろうじて聞きとれてはいたものの、しかしそれはあくまで片言だったため、彼らが交わしていた会話のほうには、まったく理解が及んでいなかった。それで状況がまるで見えず、焦っていた部分も多分にあったというのに――。なのに、この野郎……。さっきまで、僕も何言われてるのか全然わかりませーん、みてぇな顔してやがってたクセに……。実は聞きとれてたってどういうことだよ？

それで思わず孝太郎を睨みつけてしまったのだが、しかし当の孝太郎のほうは、弘基の険しい表情などどこ吹く風で、しれっと言葉を続けてみせた。

「でも、アンジェリカは、どうにかして奪い返したいなぁ。彼女は僕のソウルメイトだし。アンジェリカのいない人生なんて、言葉を失くした人生も同然だから――」

エマが孝太郎の話をぶった切ったのはそのタイミングだ。「ふたりだけで、日本語で話すのはもうやめて！」彼女は不機嫌そうなふくれっ面をし、フランス語でそう告げてきた。「内緒話されてるみたいで気分が悪いわ。いったいなんの話をしてるの？　私にもちゃんと教えてちょうだい」

エマの発言は、ごもっともなものではあった。弘基と孝太郎は、ふたりでの会話になると、ついつい日本語で話をはじめてしまう傾向があるのだ。

だから弘基と孝太郎は、チラッと顔を見合わせたのち、代わる代わるに説明をはじめた。「別に、大した話じゃねぇよ。俺らを襲った三人組は、奥の事務所で何か探し物してんじゃないかって、コイツが……」「彼らの目的は多分それだから、見つけ次第出て行くはずだって話」無論、フランス語でだ。「だからまあ、この世の終わりみたいな顔しなさんなってことさ」「そうそう。悲劇のヒロインみたいな気分に浸ってると、後で恥ずかしい思いするだけだよ〜ってね？」

そしてそこからは、孝太郎が笑顔で言い足した。

「——ま、探し物が見つからなかった場合は、長居されちゃうかもしれないけどね？ あんまり気のいい人たちじゃなさそうだから、その場合はこっちにも、それ相応の覚悟が必要になってくるんじゃ……」

厨房のドアが乱暴に開けられたのはその瞬間だった。やって来たのはもちろん犯人グループで、今度は銃を所持したバンダナも一緒になって、三人揃って厨房の中へと足を踏み入れて来た。

「オーナーは、どこだ？」

片言のフランス語でバンダナが言った。だからその段で、弘基はげんなりと息をついてしまったのだった。クッソ……。この口調にこの様子――。長居されるパターンなんじゃ……？　それで正面の孝太郎に目を向けると、彼も苦笑いで肩をすくめてみせていた。どうも孝太郎のほうも、長居されるパターンのほうに、状況が切り替わったと認識した模様。

「オーナーは南仏にいる。バカンス中なんだ。連絡先は、私の携帯に……」作業台の後ろから聞こえてきた老シェフの声に、バンダナたちはコソコソ何やら耳打ちしあい、再び厨房をあとにする。おそらく縛り上げた際に取り上げた、携帯を確認しに行ったのだろう。

ホッとしたような脱力したような気分で、弘基はまた小さく息をつく。瞬間、殴られた頬が、ズキンと痛む。

「く……」

こういう痛みには、覚えがある。力があるから力を振るう、ごくシンプルな暴力の痛みだ。悪意や残虐性はさしてない。ただ手段として、暴力を振るう。髭もハゲもそういうノリで、躊躇なく弘基を殴りつけてきた。だからバンダナも必要とあらば、逡巡せず銃の引き金を引くだろう。それは手段に過ぎないから、罪悪感も躊躇いもありはしないのだ。こういう輩《やから》は場合によると、思想のある連中より性質《たち》が悪い。

ヤベェのに当たっちまったなぁ……。口の端についていた血を舌の先で舐めながら、弘基はわずかに顔をしかめる。薄い鉄のような味が口の中に広がって、ついでに痛みも、またじんわりと左頬に広がっていく。

これも運命ってヤツなのか？　血の味を感じながら、弘基はぼんやりとそんなことを考える。深夜のビストロ。そこにピンポイントで押し入ってきた三人組。ほとんどとばっちりで、監禁されてしまった自分たち。おかげで弘基個人としては、電話が折り返せず難儀《なんぎ》している。しかも殴られた左頬は痛むし、冷たいコンクリートの床の上の尻も、徐々に痺《しび》れてきてしまっている。つーか、運命ってことにでもしねぇと、まるでのみこめねぇ状況なんだけどよ。マジでいったい、なんの因果で――。

戸口の壁にかけられた時計の針は、十一時四十分を指していた。日本とフランスの時差は八時間だから、日本は現在、朝の七時四十分ということになる。

傍のエマは涙目で、「これが運命なら、私、受け入れるわ」などと声を震わせ言っている。「最期の時を、ヒロキと一緒に過ごせること……。私、神様に感謝する」だから弘基はため息をついて、「運命ねぇ……」と日本語で呟く。そうして、憮然《ぶぜん》と思ってしまう。

つーか俺の運命って――。

いったい何がどうなって、こんなことになってんだよ？

弘基がブランジェリークレバヤシを辞めたのは、今から一年半ほど前のことだ。とはいえ、待遇に不満があったわけでも、暮林との関係が悪くなったわけでもない。ただ単に、遠方で暮らしていた両親が借金をこしらえ、その返済を息子である弘基が肩代わりすることになり、結果退職を選ぶことになっただけの話だ。

弘基の両親は十年ほど前、東京での暮らしに見切りをつけ、母の故郷へと身を寄せた。そしてそこで親類縁者の力を借りつつ、嘱託《しょくたく》で働いたり畑仕事をしたりと、ささやかながらも平穏な毎日を送っていた。弘基との関係も、東京で暮らしていた頃より、だいぶ穏当なものになっていたはずだ。連絡もそれなりに取り合っていたし、畑で作ったという野菜や小麦を、家や店に送ってくれることもままあった。

しかし実際のところ、その頃にはもう、つまずきの種はまかれていたのだった。聞けば両親は数年前、母の親類が経営しているという会社の保証人に、すでになってしまっていたのだという。保証人って、なんでそんなもんにホイホイと……、と弘基は呆れたが、しかし住まいから仕事から、果ては地元の人間関係まで、まとめて面倒を見てくれていた親類からの頼みだったため、断ることが出来なかったらしい。

それに保証人になったところで、当面の間はなんの問題もなく、平穏無事に暮らせていたというのだから、別に騙されたというわけでもないようだった。ただ、うまく回っていたものが、どうにも立ち行かなくなってしまっただけの話。よくある話と言えば、まあよくある話で、しかしそれだけの話で、彼らはやっと住み慣れた土地から、またも追われそうになっていた。

だから弘基が、被るしかなかった。少なくとも、母から相談を持ちかけられた際、弘基はそう考えてしまった。まあ、仕方ねぇわなぁ。何せ彼はひとり息子で、今現在両親が頼れるのは、自分しかいないのだという自覚もあった。なんだかんだ言ったって、親の借金には違いねぇんだし。俺にはそれなりに、稼ぐ手立てだってあんだから……。

弘基には以前から、引き抜きの話が多く来ていた。以前働いていた店からも、戻って来て欲しいと打診されていたし、新しく店を作るから、そこのシェフブランジェに納まって欲しいという話もいくつかあった。

しかし彼はそんな誘いを、長らく蹴ってしまっていた。まあ、俺、天才ブランジェだかんなぁ。他所《よそ》の店が俺を欲しがるのも、当然っちゃあ当然っつーか？　そんなふうに、引き抜き話自体を軽く見ていたし、金に対してもどこか無頓着なところがあった。別に俺は、金のために働いてるわけじゃねぇし。美和子《みわこ》さんが残してったこの店で、思うように働けてりゃそれでいいんだよなぁ。何より新しい店出すんなら、ブランジェリークレバヤシの、二号店三号店だっつー話だよ。他店はパスパス。

けれど先の理由により、急遽《きゆうきよ》大金が必要になり、その引き抜き話に耳を傾けることとなった次第。

暮林は、「なんやったら、うちで融通《ゆうずう》してもええんやで?」などと言ってきたが、それは店の資金ではなく、単なる暮林の預貯金だとわかっていた。だから彼の申し出はすぐに辞した。親の不始末を暮林に頼るのは、さすがに筋違いだろうという思いが強かったし、他店が提示してきた年俸を鑑みれば、借金返済もそう難しい話ではないはずだと少々高を括ってもいた。まあここは、天才ブランジェの腕の見せどころっつーか? 稼げる店で、普通に荒稼ぐだけだわなぁ。

それで一番高い年俸を提示してきた店へと、彼は職場を変えることにしたのである。条件は、年俸三年分の一括払い。それで借金はチャラに出来たし、残った分と預貯金分で、三年程度ならしのげるというのが、当初の弘基の目論みだった。

誤算があったとすれば、新しい職場オーナーのワンマンぶりだろう。何せ彼はあろうことか、弘基が店を移って早々に、パリへ行けと命じてきたのだ。

「近々向こうで、新店舗を立ち上げる予定なんだ。君にはそこでシェフブランジェをやってもらう。立ち上げ自体にも一枚噛んでもらうつもりだから、一週間で向こうに発つ準備をしてもらえるかな？」聞けば本場に店舗を構えることで、日本店に箔《はく》をつけるつもりであるとのこと。

もちろん弘基は、「そんなん聞いてねぇし！　つーか！　んなことしなくても、俺がいるだけで十分箔はつくっつーの！」と抵抗したが、「でもそれが僕のプランだから」とあっさり笑顔で一蹴された。「それに君には、もう三年分の給料を支払ってるわけだし。命令は聞いてもらわないと、ね？」

あるいはそれだけなら、弘基もさらなる抵抗を試みたところだろう。しかし続いた彼の言葉に、ついフランス行きを承諾してしまった。「向こうにはバゲットコンクールがあるじゃない？　それで賞を取ってくれれば、すぐに日本に戻してあげるから。君の実力をもってすれば、すぐに出来るはずでしょ？」

そんなことを言われ、引き下がることなど弘基には出来なかった。「当たりめぇだろ！　そんなもん、すぐに取ってやるよ！」つまりはオーナーの、作戦勝ちだったというべきか。「賞のひとつやふたつやみっつやよっつ！　バンバン取って、すぐ日本に帰ってきてやっからな！」

かくして弘基はフランスへと渡った。そうして自ら、シェフブランジェを務める新店舗の立ち上げに取りかかり、オーナーの指示通り、渡仏して約三カ月で新店舗の開店まで漕ぎつけた。それだけでもかなりのハイスピードだったのだが、しかし弘基はさらなる早業に出てみせた。店をオープンして半年ちょっとで、早々にバゲットコンクールに出場したのだ。勝算はあった。何せ彼は自称天才。うまくそこで賞を取れば、早速日本に帰れると踏んでいた。

しかし、結果は六位という大惨敗。周囲の人々や地元メディアは、出店《しゅってん》間もないパン屋がいきなりの出場で六位の快挙！　と騒ぎ立てたし、おかげで店もずいぶんと賑わうようになったが、しかし弘基本人としては、不甲斐《ふがい》ない結果に終わったとしか言いようがなかった。クッソ……。これで一年は帰れねぇわけか……。

弘基がオーナーの企みに気付いたのはその段だった。つーか、コンクールは年に一度だから、このチャンスを逃した以上、次に日本に帰れるチャンスが巡ってくるのは、けっきょく来年……？　てことは、もしかしたら三年なんて、あっちゅう間に過ぎちまうんじゃ……？

しかしそれに気付いたところで、時すでに遅し。弘基としては来年のコンクールに備えつつ、日々の仕事をこなしていくより道はなかった。あのクソオーナー……！　なんで俺が、こんな目に――！

しかも不運はさらに続いた。なぜか美作孝太郎が、弘基のアパートに転がり込んできたのである。

「――どうも！　実は僕、九月からこっちの大学に通うことになりまして！　でも泊まるところがないから、弘基さんのトコに来ちゃいました！　そういうわけで、しばらくお世話になりまーす！　あ、寝袋は持参しましたので、ベッドの用意は無用でーす」

無論弘基としては、いったい何がそういうわけなのか、まるで理解が出来なかったが、以来孝太郎は弘基の部屋に寝泊まりし続けている。大学もそこから通っており、時々友だちも連れて帰って来ている始末。「あ、お帰りなさーい、弘基さん。こちら、大学の友達のアレクサンダーとイレーヌでーす」

彼の父親である美作医師に、「どういうつもりなんですかね？　お宅の息子」と電話を入れてみても「アレが考えていることなど、私にわかると思うかね？」と鼻で笑われただけだったし、弟である水野こだまに、「お前の兄貴どうなってんだよ？」と同じく電話を入れた際にも、「俺の知ったことかよ」と舌打ち付きで言い返された。「兄貴がどうかしてんのは、今にはじまったことじゃねぇし」ただし、その後こだまのほうは、不承不承といった様子で言葉を続けた。

「けど、まあ……。兄貴も傷心のあまり、また部屋に閉じこもって、ずーっと呆けてたわけだからさ。場所はどうあれ復学してくれたことに、俺もホッとしてるところなんだよ。だから弘基も、あんまり無下《むげ》にしないでやってくれよ。な？」

受けて弘基は、「はあっ？　傷心って、何がだよっ？」と声を荒らげたが、しかしこだまはそれ以上深くは語らず、「とにかく、住まわせてやるくらい、別にいいじゃん」と兄の肩を持ってみせた。「金が問題なら、親父に言えば普通に払うと思うし。何より、兄貴が弘基のトコにいるのは、多分金銭的な理由じゃないからさ。なんていうか、簡単には追い払えない生きものだと思って、しばらくの間諦めてよ。ね？」

はあ？　なんだそれ？　お前の兄貴は、ダニか小バエか回虫かよ？　と弘基は憤ったが、しかし二十歳を過ぎた兄の愚行について、弱冠十四歳のこだまを責めるのも憚られ、けっきょく美作孝太郎を、大きなダニとして受け入れてしまっているのが現状だ。

ダニは日々元気よく、弘基が作った料理を食べ、弘基が洗濯をしたシャツを着て学校に通っている。俺はお前のお母さんか？　と時おり脱力しそうになるが、しかし孝太郎は悪びれた様子もまるでなく、相棒である腹話術人形のアンジェリカと、日々嬉々として言い合っている。「弘基クンッテ、ホント家庭的〜」「ねぇ？　女の子がほっとかないわけだよ」「イケメンデ、料理モ上手クテ、仕事モデキチャウッテ、最高ジャナイ？」

「だよねぇ。彼を狙ってる女の子が、びっくりするほど多いわけだよ」「ネ〜？　ファンッテイウカ、ストーカーッテイウカ、ソーユー人達デ、イッパイダモ〜ン」

つーかそれ、ほぼほぼテメェのせいだろうが？　と弘基はひそかに憤っているのだが、しかし当の孝太郎には、その自覚はあまりないようだ。だが実際問題として、弘基がこしばらく、見ず知らずの女の子や青年らに、声をかけられたり後をつけられたり、写真を撮られたり靴や衣服を盗まれたり、その引き換えなのか靴や衣服をプレゼントされたりしているのは、まず間違いなく孝太郎のせいだ。

なぜなら、そのような行動に出てくる彼女ら彼らの多くは、孝太郎の友達だったり、その友達の友達だったり、知り合いだったりしているのだ。どうも孝太郎、弘基の個人情報を、ぺらぺら周囲に喋っているらしく、そのおかげなのかなんなのか、そこからストーカーまがいの学生たちが、続々と発生してしまっているのである。

「俺の個人情報は、絶対に他所で喋んなよっ？」と弘基も釘を刺してはいるが、孝太郎がその言いつけを、ちゃんと守っているかは定かではない。最近も帽子と靴が送りつけられてきたし、店の回りをうろついている学生も見かけるから、また孝太郎がどこかしらで、ストーカーを生み出している可能性は大いにある。

つーか！　服や帽子や靴ばっか送りつけてくるってどういうことだよ？　俺のセンスが悪《わり》ぃとでも言いてぇのかよ？　クソストーカー共がっ……！

そんな厄介事に見舞われているせいか、弘基としては孝太郎が、このパリ暮らしに災厄を運んできているような印象も強い。自分ひとりでの暮らしだったら、もっと仕事に集中して、来年のバゲットコンクールに向けて、意識を高めていけるような気もするのだが、しかし孝太郎が傍にいることで、明らかに家事やストーカー関連の面倒事が増え、仕事一辺倒というわけにいかなくなっている。

本当なら今日だって、仕事帰りに軽くビストロで夕食をとって、すぐにアパートに帰るつもりだった。それなのに孝太郎が、「僕もお腹減ってるんで、お店行きま〜す」と、弘基の許可をとるでもなくビストロに合流。おかげでエマも、「コータローがいるなら、私だって行っていいでしょ？」とやはり店にやって来て、けっきょく三人でテーブルを囲むことになってしまった。

しかもエマはのみはじめると長く、「もう帰るぞ」と弘基が言っても、「あともう一杯だけ」を繰り返すのが常で、いつも食事は長丁場になってしまう。無論今日も同様で、彼女が「もうちょっとだけ」を連発したため、結果閉店間際まで、このビストロに居座ることになってしまった。「だってヒロキ、明日はお店お休みでしょ？」

そこだけ見れば、エマに非があるような気もするが、しかしそもそもの原因は、やはり孝太郎にある気がしてならない。

コイツが、店になんて来なければ……。目の前で縛られた孝太郎を見詰めつつ、弘基はやはりそう思い至ってしまう。いや、そもそもコイツが、俺んとこに転がり込んできたりしなけりゃ、俺はけっこう平穏なパリ暮らしが送れてたんじゃないか？　今日だって、とっくにアパートに帰って、さっさと風呂入って寝られてたんじゃ？　少なくとも、こんな数奇な目に遭うなんてことは、きっと絶対なかっただろうに――。

だから言ってしまったというのもある。

「……なあ、孝太郎。まさかとは思うけど、今回のこの事件……。裏でお前が絡んだりはしてねぇよな？」

すると孝太郎は、キョトンとした顔で、「へ？　なんでですか？」と問うてきた。「僕に、ベラルーシ語を話す知り合いはいませんよ？」

屈託のないその物言いに、弘基は少々イラつきながら返す。「知り合いはいなくても、知り合いの知り合いにはいるかもしれねぇだろ。そもそもお前には、ストーカーを量産してきた前科があるからな」受けて孝太郎は、さも心外そうに言ってきた。「何それー、ひっどーい。僕の友達が弘基さんのストーカーになったのは、弘基さんのせいでしょ？　弘基さんが誰にでもいい顔するから……」

その物言いには、弘基も当然カチンときた。「はあ？　俺がいつどこで、誰にいい顔したっつーんだよっ？」しかし孝太郎も鼻で笑って返してきた。「あれ？　もしかして自覚ない？　弘基さん、顔が整い過ぎてるんですよ。だからどんな顔してたって、けっきょくいい顔になっちゃうんです」そうして、少々小馬鹿にしたように言い足した。「ていうか、そこがわかってないから、これまでもストーカー量産してきたんじゃないですかぁ？」どうも互いに拘束されているため、弘基も手を出してこられないと踏み、気が大きくなっているようだ。「あ〜、嫌だ嫌だ。無自覚な美形って、これだからタチが悪いんだよなぁ」それで弘基も、語気を荒らげてしまった。

「テメェ、自分がしてきたこと棚に上げて、よくもまあ……！」しかし孝太郎も悪びれなかった。「友達にあれこれ喋ったのは、僕じゃなくてアンジェリカです〜」などと弘基を更に挑発してくる始末。「あのクソ人形を喋らせてんのはテメェだろうが！」「クソとか言わないで！　彼女は僕のソウルメイトなんだから！」「ソウルもなにも、単なるお前の人形だろバカ！」「バカって言う人は自分がバカなんです！　知らないの？」「知るかバカ！」

その不毛な言い合いを止めたのは、やはりエマだった。彼女はまたもふくれっ面で、「日本語はやめてって言ってるでしょ！」と言ってきたのだ。「コータローは別にいいけど、ヒロキがわからない言葉を喋ってるのは寂しい。私にもわかる言葉で話して」

うるんだ目で言うエマを前に、弘基はげんなりと息をついてしまう。いっぽう孝太郎は、片方の口の端をあげ、意地悪そうに日本語で言葉を続けてきた。

「……大体、僕がパリに来る前から、けっきょく弘基さん、彼女に付きまとわれてたじゃないですか。僕だけがストーカー量産してたみたいな、妙な言いがかりはやめてください」

その言葉には、弘基もうまく反論できず黙り込んだ。一応、それは事実に違いなかったのだ。弘基がフランスにやって来て約一年半。エマはずっと、弘基の周りをウロチョロし続けているのである。

「コータローが何を言っているのかわからないけど、気にしないで、ヒロキ。私はヒロキの味方よ。私たち、きっとここから無事抜け出せるわ。これは神様が、私たちに与えた試練なのよ。乗り越えた先には、ふたりの明るい未来が待ってるはず」

目をうるませながら大真面目に告げてくるエマを前に、孝太郎がヒュ〜、と囃すような口笛を吹いてくる。だから弘基は小さく舌打ちをして、我慢強くエマに応えてみせた。

「――いいか、エマ。この状況は、確かに試練に違いねぇ。信じがたいほど不幸な出来事だ。けど、これを乗り越えた先にあるのは、それぞれの未来だ。ふたりの未来じゃない。何度も言ってると思うが、俺には心に決めた人が……」

しかしエマは弘基の言葉を遮り、「いいの」と笑顔で言ってのけた。それは普段通りの、彼女の反応でもあった。「私はヒロキを待ってるから。心に決めた人とダメになった時、私に振り向いてくれればそれでいいから」

ったく、話の通じねぇ女だなぁ、と初めは思ったが、しかしそのメンタリティには、妙な既視感があった。それでよくよく考えたら、自分の思考回路と似ているのだと気付かされた。コイツの行動、コイツの言い分――。俺が美和子さんに対して、やってたことや思ってたことと、さして変わりがねぇんだよなぁ……。だから弘基としても、無下に出来ないところもあった。

「……あ、そう」

エマは弘基を、運命の人、と呼ぶ。ちげーよ、バカ、と弘基は一応思っているが、しかし彼女が自分のことを、そう呼ぶ理由も理解は出来た。まあ、エマから見りゃあ、俺はそういう存在に、なっちまうっていうか……。なあ……？

弘基がエマと初めて会ったのは、かれこれ十年以上前にさかのぼる。当時弘基はまだ十代で、パリのパン屋でブランジェ修業をしていた。変わり者のパン屋店主、アシルが、どこの馬の骨とも知れない日本人を、「お前、筋がいいな」と大胆にも雇ってくれたのだ。「技術の継承も、ブランジェの大事な仕事でな。お前になら、全部を完璧に渡せそうだから、俺の弟子にしてやるよ」

言葉通り彼は、たくさんのことを弘基に教えてくれた。パンの作り方はもちろん、ブランジェとしての生きかた、仕事とどう向き合っていくか、あるいはハードワークに慣れてしまったのも、あの頃の修業の賜物と言える。当時弘基は、早朝から深夜まで、店の仕事に追われていた上、パン作りの練習も、閉店後にひとりこなしていたのだ。そんな弘基の姿をして、アシルは「ヒロキは見事な変人だよ」と評していた。「そこまで人生をパンに捧げられるんだ。お前は、間違いなくいいブランジェになれる」

ごく大胆なアシルは、弘基が練習用に作ったパンであっても、「この程度なら大丈夫」と店に出してしまうこともままあった。「形はイマイチだが、味は問題ない。だったら充分売り物になるさ」それでも半分ほどは、弘基に食料として持ち帰らせてくれた。「自分のパンの味を確かめるのも、ブランジェの仕事ではあるからな」おかげでそのパンは、当時の貴重な栄養源になってくれていた。あの頃の弘基の体は、ほとんど小麦で出来ていたと言っていい。

しかしその栄養源を、弘基は時おり、街の子供たちにもくれてやっていたのだった。もちろん、誰かれ構わずというわけではない。有閑《ゆうかん》マダムが連れたご子息に、見ず知らずの東洋人がパンを差し出したら、睨まれるか逃げられるのが関の山だ。

だからまあ、それなりに人選はしていたのだろうと思う。当時は無意識だったが、しかし今思い返せばなんとはなしに、かつての自分に似た子供たちに、それを渡していたような気もする。着古したようなダボダボの服を着た、髪を梳《と》かしてもいないふうの子供たち。不満げに道行く人を物色していたり、無気力そうな目で石段に座り込んでいたり。観光客に付きまとっては、煩《わずら》わしそうに追い払われている子供も散見《さんけん》された。スリをしようとしている者が多かったから、当たり前と言えば当たり前の話だが――。そんな子供たちに、弘基はほとんど思いつきのようにパンを渡していた。

寒い日が多かったと思う。焼きたてのパンは温かく、かじかんだ手に渡すには、ちょうどいいもののように思えたし、作りたてのパンというのは、素人が作ったものでも大抵美味い。だからまあ、いいかと思って差し出した。

子供たちはキョトンとしたり、むくれたり、睨みつけてきたりしながら、しかしたいていパンを受け取った。焼きたてのパンの匂いというのは、人の心を丸くさせてしまう。彼らにパンを渡しながら、弘基はそんなことを知ったように思う。彼らは怪訝な顔をしていても、最後は口の端を持ち上げて、パンの包みを持ち帰るのが常だった。

そしてその子供たちの中に、まだ幼かったエマが交ざっていたというわけだ。とはいえ弘基のほうは、エマのことなど微塵《みじん》も覚えていなかったのだが――。しかし彼女は、鮮烈に弘基を覚えていたようで、弘基の姿を目にするなり、「やっと会えた！」と唐突なるハグをかましてきたのだった。「ずっと捜してたの！　私の、運命の人！」

新規店舗の開店準備のため、弘基が現場に向かっていた道すがらでのことだ。彼女は周りの目など一切気にすることなく、泣き出す手前のような表情でもって、弘基に抱きついたままその喜びを口にしてみせた。「私よ！　エマよ！　覚えてない？　冬の寒い日、あなたからパンをもらったの。焼きたてのクロワッサンオザマンドを……！」

無論弘基としては、当初彼女を詐欺かスリかと警戒したが、しかしあれこれ話すうちに、ああ、あの時の、と合点がいって、エマの説明をのみ込んだ。「どこのどいつかは覚えてねぇけど……。まあ、よく育ったもんだなぁ……」何しろ彼女は、本当に大きくなっていたのだ。弘基の身長より、十センチ近く上背があって、聞けばモデルのような仕事をしているんだとか。そんなエマは涙をこぼし、「そうなの。私、育ったの」と笑みを浮かべた。「あなたのおかげよ。ありがとう――」そうして以来、エマは弘基の周りを、臆面《おくめん》もなくウロチョロし続けているのである。

「だってヒロキは、私の運命の人なんだもの」それがエマの言い分で、彼女は店にもアパートにも、しれっと顔を出してみせる。連絡先も、店の従業員から聞きだしたようで、しょっちゅうメールが届くし、電話も三日に一度はかかってくる。「ヒロキがパンをくれたおかげで、私は生きたいと思うことが出来た。世界は温かいんだって、信じることが出来たから――。だからあなたは、私の命の恩人。私の、運命の人なのよ」

たかがパンで？　と時おり弘基は思ってしまうが、自分だって美和子に対し、似たような感情を抱いていた過去があったため、エマの言い分をないがしろにも出来なかった。まあ、そういう解釈も、あると言えばあるわなぁ……。

自分の意思とは関係なく、人生の行く先を変えていく大きな流れ。そんなものが弘基の人生にも、確かに幾度か訪れた。そのうねりの中で出会った人や物事を、何がしかの運命と呼ぶのなら、その通りだろうと弘基も思う。彼にとっては暮林美和子、もとい久《く》瀬《ぜ》美和子こそが、間違いなく運命の人だった。彼女がいなければ自分の人生は、まるで違うものになっていただろうと、弘基は今でも思っている。

美和子がいなければブランジェにはなっていなかったし、フランス語だって覚えていなかった。つまりは稼ぐ手段も得られていなかったし、親の借金を肩代わりすることだって、きっと出来ていなかったはずだ。

あるいはその手段があったとしても、親を助けようなどとは思わなかったかもしれない。俺の知ったことかよ。さっさとくたばれよ、クソ野郎どもが――。そんなふうに吐き捨てて、彼らを切り捨てていた可能性だってある。結果そのことで自分が傷ついたとしても、そう思うことをやめられなかったのではないか。誰かを憎むこと、過去を呪うこと、世界を恨むこと。そんなことを生きる意味にすり替えて、今も、生き続けていたのではないか――。

そういう意味でも、美和子との出会いが、彼を大きく変えたのは事実だった。美和子が死んで、もう七年という月日が経つが、しかし弘基の人生には、彼女の生きた証のようなものが、今でもはっきりと残っている。世界は、そう捨てたもんじゃない。今現在そう思えているのは、間違いなく、あの頃美和子が傍にいてくれたからだ。

そしてそんな実感があるからこそ、エマを強く拒めずにもいるのだった。まあ、コイツの気持ちも、わかんなくはねぇっつーかなぁ……？ 美和子さんも、俺を無下にはしなかったわけだし。そのことに俺も、救われてたっちゃあ救われてたし……？

しかしひとりの男として、気のない女に気を持たせるのはどうかという思いも、弘基の中には強くあった。だからキチンと一線は引くよう、常に心がけてもいた。たとえば彼女が運命を持ち出した際などには、しっかりと言い含めるのが弘基の定石だった。

「……けどな、エマ」

だから今日もちゃんと言った。不審者に拘束され、おそらく普段より気持ちが高ぶっているであろうエマに、しかつめらしく淡々と告げてやった。

「いくらお前が運命云々《うんぬん》言ったところで、俺の気持ちはまず変わんねぇからよ。お前のしつこさは察してるつもりだけど、俺もこう見えて相当しつこい人間だから。お前の運命とやらに、付き合ってやることは出来ねぇんだわ」

ただしエマも、弘基のその手の発言には、だいぶ慣れてきているらしく、最近ではあまり動じた様子を見せない。今日もやはり同様で、彼女は満面の笑みを浮かべ、「わかってるわよ」とまるでわかっていない様子で言ってきたのだった。

「ヒロキには、ちゃんと大切な人がいる。その人のことを、ずっと大事にしようと思ってる。さっきだって、彼女に電話しようとしてたんでしょ？　私、ちゃんと気付いていたのよ？」

しかし言っていることは事実だったので、弘基も大きく頷き、「そう。そういうことだよ」と断言した。「電話がかかってきたら、速攻で折り返そうとするくらい、俺たちはアツアツのカップルなんだ。つまりお前の入る隙はない。だからさっさと諦めろ」

受けてエマは、どこか気の毒そうな笑みを浮かべ、小さく首を振ってみせた。「それは無理。だってアツアツだと思ってるのは、ヒロキのほうだけなんだもの」

おかげで弘基は、「はあ？」と思わずガラの悪い対応をしてしまう。「んだよ？　それ……」あるいは図星を指され、少し動揺したと言うべきか。そして続いたエマの言葉に、彼はぐっと息をのんでしまったのだ。

「だってヒロキ、彼女からメールの返信がなくて、ずっとイライラしてたじゃない？　私、知ってるんだからね？　電話をかけても繋がらなくて、携帯持って壁蹴ってたのだって、私こっそり見てたんだから」

瞬間、孝太郎がブッと噴き出す。その反応に、弘基はイラッときて舌打ちをする。しかしエマは孝太郎など見向きもせず、鼻息荒くさらに言い募ったのだった。

「彼女はヒロキのこと、そんなに思ってないと思う。だってヒロキと同じくらい、ヒロキのことを大切に思ってたら、もっとちゃんと連絡くらいしてくるはずでしょう？」

エマの言い分は半ば事実で、だから弘基は、無言のまま顔を引きつらせてしまう。そりゃ、まあ、そうかもしんねぇけどよ……。けどお前、そういう、身も蓋《ふた》もないことをだな……。しかしエマは、身を乗り出すようにして、ごく毅然と言い継いだのだった。

「私が入る隙はあるわ。私のほうがノゾミより、ずっとヒロキのことを思ってる」

弘基がエマに希実の存在を明かしたのは、彼女と再会してすぐのことだ。運命だの愛だの永遠だのと、春の嵐のごとく告げてくるエマに対し、「まあ、落ち着けって」と弘基は取り急ぎ明かしたのである。

「悪ぃけど俺には恋人がいるんだわ。つまりお前の運命の相手にはなり得ねぇ。そういうわけだから俺のことは諦めてさっさと次行け。パンおじさんからの優しい助言だ。わかったな？」

その説明に、エマは相当なショックを受けたらしく、ポカンと目を見開いたのち、「嘘……」とその場に座り込んだ。そうして「信じられない……」とさめざめ泣き出した挙句、しかし一応弘基の説明はのみ込んで、「でも、わかった……」と引き下がった。「正直に話してくれてありがとう。運命の人が、誠実な人でよかったわ」

けれどそれから約一カ月後、彼女は再び弘基の前に現れ、納得のいかない様子で詰め寄ってきた。「恋人がいるなんて嘘でしょ？　あなたの周りには、女の人なんていないじゃない！」どうやらその一カ月で、彼女は弘基の身辺を、彼女なりに調べあげたらしい。「ヒロキは、お店とアパートの往復をしてるだけ！　職場には男の人しかいないし、職場の男の人もみんな家庭持ちだし、恋人の影なんてこれっぽっちも……！」

だから弘基も仕方なく、事情を細かに説明したのだった。「それは、遠距離恋愛だからだよ」なぜかつてパンをくれてやっただけの小娘に、こんな長ったらしい説明をしなければならんのか、と思いつつ、それでも我慢強く言い含めてやった。「ご覧の通り俺は日本人で、パリには出稼ぎで来てるだけの身だ。恋人は日本にいて、日本での暮らしを続けてる。けど、ちゃんと付き合ってるし、多分ソイツと別れることはねぇから。だからお前に分はねぇ。諦めろ。わかったな？」

するとエマは、また引き下がった。涙目になって唇を震わせ、「わかったわ……」としおしお帰って行った。しかしその三日後には、気持ちを立て直したのか、再び弘基の前に現れたのである。「――やっぱり、諦められない」その粘り腰には、弘基としても若干の親近感を覚えたほどだ。「本当に恋人がいるなら、その証明をしてみせて。彼女こそがヒロキの運命の相手だって、私に思い知らせてよ」

それで弘基は少し考え、エマの前で希実にメールをしてみせた。自分と希実とのやり取りを見れば、さすがにエマも諦めるだろうと思ったし、新店舗の開店準備で忙しい最中、これ以上エマに付きまとわれるのも、いい加減面倒だという思いも強かった。

電話にしなかったのは、日本語ではエマに会話が聞きとれないためだ。しかしメールなら、翻訳アプリで大よその内容は伝えられる。だから弘基は揚々と、ノロケにならねぇ程度にな、などと自制しつつ、「俺らって、付き合ってるよな？」と文字を打った。無論エマは、「恋人なのにまずその確認？」と眉をひそめていたが、「そらまあ、まずはそこだろ？」と、とりあえずその内容で希実にメールを送った。

返事はすぐにきた。ただしそれは、弘基も一瞬黙ってしまうほどの、ごく短い返信だった。「うん」だからかエマも釈然としない表情を浮かべ、「……素っ気ないわね」と感想を漏らした。「ヒロキへの愛が感じられない」

それで弘基は仕方なく、と続けてメールを打ってやった。そんな言葉を送れば、さすがに何か反応してくるだろうと踏んだのだ。それなのにやってきた返事は、「悪いものでも食べた？」などという、弘基としてはやや想定外の内容だった。

エマの表情もさらに曇り、けっきょく弘基は、「ちなみに、俺はお前のこと好きなんだけどさ」という、なぜ人前でこんなメールを打たねばならないのか？　と首を傾げざるを得ない内容のメールを送るに至った。だがそこまでしても尚、希実はつれない態度を崩さなかった。「やっぱ具合悪いんでしょ？」

エマが、「私のほうがノゾミより――」などと言いだす所以は、そういった過去の実績にあった。「だって彼女、ヒロキに会いにきたこともないじゃない！　電話だってしょっちゅう留守電だし！　折り返しもないし！」しかも余計な伏兵がいるせいで、エマの不信感はますます募っているのである。「コータローも言ってたわよ？　彼女から、メールの返事も中々もらえてないみたいだって！」

しかし弘基にしてみれば、エマの発言はいちいちごもっともというか、んなことお前に言われなくても、俺が一番痛感してるっつーの！　という内容ばかりで、強くは反論出来ないのだった。アイツが尋常じゃなく素っ気ないのも、メールや電話の返事がやたら遅いのも、本当に俺と付き合ってる自覚があるのかあやしいのも、俺が一番よくわかってるわ。なんせアイツ、俺のことを好きだなんだって、一度も言ったことねぇからな。

そんな素振りだって、ただの一度だって見せたことがねぇんだし――。

無論、そんなことを口にしたら、エマにつけ込まれるだけだから絶対に明かせないが、しかし実際問題弘基としては、希実の気持ちがよくわかっていないというのが正直なところだった。まあ、俺を嫌ってはいねぇだろうし、多分、付き合ってもいる気なんだろうけど……。けど、なんつーか……。なあ……？

弘基が希実と付き合いはじめたのは、親の借金問題が発生してすぐのことだ。弘基が暮林と希実に、ブランジェリークレバヤシを辞める旨を告げた翌々日。朝食後にふたりで洗い物をしている最中、希実が思いがけないことを言ってきたのが、キッカケといえばキッカケだった。

「――弘基がお店辞めちゃったら、もう朝ごはん作ってもらえなくなるんだね」

別に、意味深な口ぶりではなかった。ただ事実を、事実として告げているような言い方で、それでもわずかばかり、しょんぼりしているようにも見えた。「なんか……、ちょっと、嫌だな。もっと、ずっと食べてたかったのに……」

だから弘基は、鼻で笑って返してやったのだ。からかうような口調で、ごく軽く。

「んだよ？　もしかして、俺がいなくなるのが寂しいのか？」

すると希実は、「うん」と、驚くほどあっさり頷いてきた。「寂しい」今思えば、その寂しいは、口寂しいという意味だったのかもしれないと思うほどだが、しかしあの時、確かに希実は言ったのだった。「……すごく、寂しい」

それでしばしの沈黙後、弘基も思わず言ってしまったというのもある。「……じゃあ、俺と付き合ってみっか？」

今日は寒いから、おでんにすっか？　そのくらいの気軽さでもって、さり気なく、しかし実のところ、ずいぶんと大胆なことを告げてみた。

「うまくいきゃあ、そのまま一緒になって、毎日俺のメシが食えるようになるかもしんねぇぜ？」

希実がその時、どんな顔をしていたのか弘基は知らない。言いながら彼は洗い物のほうに目を落とし、希実の顔など見ていなかったからだ。いや、見られなかったというのが正確な表現だろう。

自分がずいぶんなことを言っている自覚はそれなりにあって、その言葉に希実のほうが、どんな反応をしてみせるのか、内心戦々恐々としているところもあった。それでどういうこともなさそうな顔で、食器を洗い続けたのだ。

いっぽう希実のほうはといえば、弘基が洗った皿を拭きながら、何やらしばらく考えているようだった。とはいえ時間にしたら、そう長かったわけでもない。おそらく三十秒ほどか、あるいは十秒も経っていなかったかもしれない。そのくらいのスピード感でもって、希実はごくあっさり返してきた。

「うん、いいよ。付き合おう」

あんな言葉で　交際を提案してみた自分も自分だが、それに応えた希実も希実だと、弘基はひそかに思ったほどだ。つーかアイツ、俺が作るメシに、つられただけなんじゃ……？　まあ、俺の言い方にも、かなり問題があった気はするけどよ……。

なぜ自分が、あの時希実に対しそんな言葉を吐いたのか、実のところ弘基にもよくわかっていない。ただ覆水盆に返らずとはよく言ったもので、互いに口に出してしまった言葉は、純然たる事実として残り続け、現在もふたりは交際中ということになっている。お互いそう認識しているつもりだし、周囲もそう受け止めている。受け止めていないのは、おそらくエマくらいのものだ。

けどまあ、エマが不審がるのも無理はねぇんだよなぁ。それは弘基の、偽らざる実感だ。俺だって、どうしてこういうことになってんのか、いまいちピンときてねぇところもあるしよ……。なんかこう、勝手がわかんねぇっつーか、なんつーか——。

とはいえ弘基は、別に恋愛経験が乏しいわけでもない。美和子に出会う前はそれなりに、女の子をとっかえひっかえしていた過去もあるし、泣かれたり叩かれたり携帯を壊されたりと、ずいぶんな目にも遭ってきた。まああれは、全体的に、俺が悪かっただけだけどよ……。しかもどっちかっつーと、爛《ただ》れた関係ばっかだったし……。あんな破滅的な激情なんて、今の俺からは、どこを振っても叩いても、出てきそうもねぇっつーか……。かと言って、美和子さんの時とも、まるで違う感覚だしなぁ——。

そうなのだ。美和子の時は、何もかもがはっきりとしていた。彼女こそが自分の運命の人だと思っていたし、その気持ちに一点の迷いも揺らぎもありはしなかった。ずっと傍にいたいと思っていたし、傍にいられれば、それだけでいいとすら思っていた。俺のことを、思ってくれなんて望んじゃいない。ただ、傍にいさせて欲しい。ただ、愛させてくれればそれでいい——。ずっとそう思っていたし、実際そうして彼女の傍に居続けた。

けれど希実に対しては、そんな殊勝なことは思っていない。メールをしたら、さっさと返事をしろと思うし、電話をかけたら、その都度ちゃんと折り返してきやがれ、と腹が立つこともしばしばだ。愛させてくれればそれでいいなどとも思っていない。こっちの気持ちには、ちゃんと応えろと思っている。一方通行な関係など、どう考えたって納得がいかない。

希実の傍に居たい気持ちは一応あるが、だからと言って、仕事や親の借金を投げ出してまで、傍らに居続けるのは違うとも思っている。希実には希実の生活があるのだから、パリについて来て欲しいなどとも思っていない。むしろ、ちゃんと大学行けよ、とひそかに念じているほどだ。取るつもりだった資格も取れ。自分の人生は、お前がお前の手で組み立てろ。

それに何より、希実を運命の人だと思っているのかと問われれば、やはり言葉に詰まってしまう。運命の人……？　アイツが……？　いやー、そんな、強烈な存在かって言われたら、そうでもないような気が……。いや、大事だけどな？　大事だけど……。つーか、運命って、なんすかねぇ……？

こんなことなら、いっそ日記でもつけて、いつどこでどのように、希実を好きだと思うようになったのか、書き留めておけば良かったと思うほどだ。まあ、好きは、多分好きだけどよ……。でなきゃ、付き合おうなんて言うわけねぇし……。アイツが別の男とどうこうって話になったら、おいおい俺はどうなんだよ？　って思うし。誰のことより心配もしてるし、気にもかけてるし。何かありゃあ、やっぱアイツを、一番に守りたいと思うんだろうけど……。

そもそも弘基にとって希実は、あくまで美和子が置いていった、忘れ形見のような存在だった。遠い昔、美和子の引き合わせで、一度顔を合わせたことがある少女。そうしてその数年後、今度は美和子の偽の義妹として、ブランジェリークレバヤシに転がり込んできた女子高生。だから元より彼女のことは、それなりに大事にはしていたし、美和子が彼女を支えたいと、守りたいと、そう思っていたと知ってからは、それこそ自分が美和子に代わり、希実を守らねばと思うようにもなっていた。

その感覚に、変化の兆しがあったのは、希実が大学に行かなくなって、しばらくした頃だっただろうか――。

高三の冬、母親を亡くした希実は、それでも特に落ち込んだ様子も見せず、ずっと気丈に振る舞っていた。弘基からすると、少し拍子抜けがするほど希実は元気で、受験勉強もキッチリしていたし、第一志望の国立大学にもちゃんと合格した。もちろん本人も大喜びだったし、弘基も内心ずいぶんと安堵していた。店の常連も、一様に祝福してくれていたはずだ。彼らの言葉に、希実も笑顔で返していたし、抱負や野望もあれこれと語ってみせていた。

大学の入学式には、暮林と弘基と、希実の伯父にあたる門叶榊《とがのさかき》が揃って参加し、希実は照れ臭そうにしながらも、ずいぶんと嬉しそうにしていた記憶がある。「誰かが来てくれた入学式って、小学校以来かも……」そんなふうに言って、眩しそうに桜の花を見上げてもいた。

だから弘基は、思ってしまっていたのだ。希実はもう、母の死を乗り越えたのだろう、と。希望通りの進路に進めた。彼女の前にあるのは、洋々とした未来だけだ。その道を、きっと希実は進んでいく。苦労した分、泣いた分、たくさんの幸せを、これからはきっと摑んでいくはずだと、どこかで楽観もしてしまっていた。

しかし人の心というのは、そう単純に出来ているものではなかった。

大学に入ってしばらくは、希実も楽しそうに学校に通っていた。友達も出来ているようだったし、「あんまり行きたくはないんだけど」と言いながら、飲み会のようなものにも顔を出していたはずだ。「女子大生やなぁ」と暮林も笑っていたし、弘基も、これが女子大生か……、とひそかに感心していたほどだった。なんかちょっと、ふわふわした感じじってことか……?

それがゴールデンウィークを過ぎたあたりから、少々様子が変わっていった。食事時にぼんやりすることが増え、店の手伝いでもめずらしくミスをするようになった。学校での出来事を、ほとんど喋らなくなったのもその頃からだ。そしてそこからは坂を転がるように、朝になっても起きてこなかったり、学校に行っているのかと思いきや、ずっと部屋に閉じこもりっぱなしだったり、あろうことか食事を残すようにもなった。「別に……。」弘基が訊くと、希実は憮然と返すことが多かった。「お前、どうかしたのかよ？」しかし自分でも、自分の様子がおかしいことには、おそらく気付いていたのだろう。最終的には肩を落とし、謝りだすのが常だった。「でも、やっぱヘンだよね……。ごめん……」彼女自身、自分をどう処すればいいのかわからず、困惑しているようでもあった。「ホント、ごめん……」

ああ、コイツ、マジでヤベェな。と弘基が感じたのは、夕方出勤してきた際に、希実がドアの前で、ぼうっと立ち尽くしていた時のことだ。彼女は大学に行くために、カバンを肩から提げたまま、しかし外に出ることができなかったらしく、おそらく朝からずっとそこに突っ立っていた。それで弘基は取り急ぎ、彼女を部屋に連れて行ったのだ。「私、学校が……」とうわ言のように繰り返す希実を、「気にすんな、大丈夫だから」となだめて落ち着かせて寝かしつけた。

暮林がマンションを引き払い、ブランジェリークレバヤシに越してきたのは、弘基が希実のそんな様子を伝えた翌日のことだ。

「どうせ部屋はひとつ余っとるんやし。ここ俺の家なんやし。店はここにあるんやし？　こうするのがまあ、そもそも普通のことやったって言うかなぁ？」

そんなふうに暮林は説明し、希実の隣の物置部屋に、自室を構えてみせたのだった。

「――そういうわけやで。よろしくな、希実ちゃん」

今思えばあのスピードで、暮林があの判断をしなければ、希実はもっと深刻なことになっていたかもしれない。そういう意味では暮林の判断は、ごく妥当なものだったと言えよう。暮林がブランジェリークレバヤシに住まうようになってから、希実はぱったり大学に行かなくなって、部屋に閉じこもる時間も増えてしまったが、暮林は特に動じることもなく、それまで通りの鷹揚《おうよう》さでもって、気長に希実に接し続けた。

希実が学校に行かないことにも、部屋から出てこないことにも、暮林は特に言及しなかった。希実の部屋に入ろうとすることも、彼女を部屋から連れ出すようなことも皆無。けれど部屋のドアの前では、「おはよう」や「おやすみ」を繰り返していたし、「ごはんやでー」だとか「お風呂わいたでー」などという言葉も、いちいち希実の部屋に届くよう口にしていた。「ソフィアさんから差し入れもらったでー」「斑目さんが映画のチケットくれたけど、どうするー？」「こだまが花火持ってきたでー？」「多賀田くんからお手紙やー」「ちょっ！　店の前に、ハクビシンがおったで！　野良ハクビシン！」「窓の外見てみー？　月が綺麗やでー」

柔らかく温かく、彼は声をかけ続けた。希実が目の前にいるわけでもないのに、いつも笑みを浮かべながらそうしていた。

いっぽう弘基はといえば、暮林がブランジェリークレバヤシに越してすぐ、ほとんど自宅マンションには帰らず、店で寝泊まりするようになった。「家に帰んの、なんか面倒くさくなってよ。クレさんの部屋で寝るわ。別にいいだろ？」我ながら、だいぶ無理のある言い訳だなと思ってはいたが、しかし暮林はいつもの調子で、「そうか。ならそうすりゃええわー」とあっさり受け入れてくれた。

そうして弘基は、主に食事方面で、希実を部屋からおびき出すことに日々努めたのだった。たとえば比較的匂いの強い料理を選び調理して、希実の部屋の前にそっと置いておく。すると彼女はいつの間にか、その皿を空にしている。

そのことを確認した弘基と暮林は、これはひとつの打開策になるかもしれないと話し合い、今度は階段の上り口あたりでもって、皿に盛った料理をうちわでしばし扇ぐようにもなった。もちろん、カレーやソース焼きそば、鴨《かも》のスモーク、パンケーキや鰻のかば焼きなど、匂いが強めの料理を選んでだ。すると部屋にこもっていた希実が、若干のタイムラグはあるものの、時おりのそのそと階段を下りてくるようにもなった。だから弘基は、料理の腕を振るい続けた。

あるいは階段を下りてこずとも、部屋の前に置いておいた皿が空になっていれば、それなりに安心もしたし、そこに「ごちそうさまでした」のメモ紙があれば、ドアを叩いて、「おそまつさまでした！」と言ってやった。部屋の中から小さな声で、「いつも、ありがと……」そう聞こえてきた時には、少し、込み上げてくるものがあった。「なんか、ごめんね……」その言葉には、ドアに手をやって、返しておいた。「別にお前、悪ぃことなんてしてねぇだろ。バーカ」

そんな日々をいくらか重ねたのち、グラスの底に溜まっていた小さな気泡が、ポツンポツンと浮かびあがっていくように、希実は元々の明るさを、少しずつではあるが取り戻していった。

朝夕の、三人揃っての食事の時間には、必ず厨房に下りてくるようになったし、時々店の手伝いもするようになった。レジに立つのには時間がかかったが、それでもソフィアや斑目が店にいれば、自ら店のほうへと顔を出す回数が増えていった。

暮林が希実用のコックコートを用意した時は、ずいぶんと嬉しそうにしていた。「私が着ていいの？」と言いながら、実際それに袖を通すと、ガラス窓の前でくるくる回ってみせた。「似合うね。意外と……」そんな希実を、暮林は目を細くして見詰めていた。

「ああ、よう似合っとるよ」まるで懐かしい何かを見詰めるように、彼は静かに微笑み続けた。

「パンケーキ食べたい」「ハチミツベーコンサンド……」「フルーツサンドに旬ってあるの？」「寒くても、アイスデニッシュって食べたくなるね」「やっぱ弘基のミネストローネって殺人的に美味しいわ」そんなことも、気付けば希実は徐々に言うようになっていった。「ゴルゴンゾーラに、最初にハチミツかけた人、天才じゃない？」「フォカッチャをお皿にしちゃえばさ、大抵のものは惣菜《そうざい》パンになるんじゃないかな？　麻婆豆腐でもパスタでもお好み焼きでも、ホントなんでものせられるっていうか……」

何言ってやがんだか、この食いしん坊は——。そんなことを思いながらも、しかし弘基はがっつく希実を、気付けばいつも、笑って見てしまっていた。「フォカッチャ最強じゃない？　最強のお皿パンじゃない？」「つーか、お前は何をのせてぇんだよ？」「えー？　角煮《かくに》とか？」「中華かよ？」「ピータンも絶対いけるよ？」「前もそれ言ってたな」「ピータンと春雨サラダとか」「それは普通に皿に盛れよ」「でもパンなら、外でもどこでも食べられるじゃん。箸もフォークもいらないし……」

そんな希実を、かわいいと思いはじめたのはいつの頃だったか——。

最初は、あれ？　俺、疲れてんのかな？　と率直に思った。だって客観的に見て、コイツ、全然かわいくねぇし。どっちかってったらファニーフェイスだし。男か女かも、パッと見はっきりしねぇし？　それをかわいいって、大丈夫か？　俺……。

だからしばらくは、希少生物の餌付けに成功したような、達成感がわいているのだろうと考えていた。なんか、こう……、なかなか餌を食べない珍獣が、自分が作ったもんだけには、喜んでがっついてくる喜びっつーか？　これは多分、そういう感情なんだろうな、うん。

しかし希実が部屋から普通に出てくるようになり、たとえば孝太郎と店で何やら話し込んでいると、妙にざわざわしたものを感じるようにもなっていった。特に孝太郎が、自分たちを見ている弘基の視線に気づき、謎の微笑みを浮かべた際には、かなりカチンともきてしまった。

あ？　何だ？　あの野郎？　アイツ、あんなムカつくヤツだったたっけ？　そんなことを思いつつおやつを持って行ってやり、話の邪魔をしたこともしばしばあったほどだ。

「おら、孝太郎の好きな卵サンドだぜ～。さっさと食って、さっさと帰れ～」

ただしそこでも、自分が希実に好意を持っているなどとは、ゆめゆめ思っていなかった。それであれこれ自分の感情について考察した結果、妹を心配する、兄貴的な感じか……？　という理解に達した。うん、多分それだな。一緒に住んでて、家族感が出てきちまったんだろうな。うん、まあ、多分そういうこった。アイツを好きとかそういうことは、ないないないない、絶対ない。

それでも気持ちが揺らぐ日々は続いた。希実が以前の希実に戻っていくほど、弘基の心のバランスのほうは、じりじりと崩れていくようだった。なんなんだよ？　これ？　この、ざわざわした感じは——。

いっぽう希実は、一年留年してしまったものの、しかし翌年からはそれなりに学校にも通えるようになり、高校時代に言っていた通り、簿記《ぼき》資格取得のための勉強にも取りかかりはじめた。孝太郎がよく店にやって来ていたのはそのためで、彼は希実と大学も学部も違うというのに、「僕もその資格取りたくてー」などと言い、希実と一緒に勉強に励んでみせていたのだった。

おかげで弘基も、だいぶいら立ったように記憶している。テメェ、医学部生のクセになんでそんな資格取る必要があんだよ？　素直にそう思ったし、希実が孝太郎の勉強のノウハウを頼りにしているのにも、なぜか妙に腹が立った。なんであのトンチキ野郎に、いちいち質問してんだよ？　まずは参考書を読め、参考書を！

そしてそうこうしている間に、両親の借金問題が降りかかってきたというわけだ。だから弘基としても、割りにとっちらかった感情のまま、「俺と付き合ってみっか？」と希実に言ってしまった側面もあった。軽い物言いにしておいたのも、拒まれた時に「は？　なにマジにしてんの？　冗談に決まってんだろ、バーカ」とでも言える余地を、おそらく無意識のうちに、残していたからなのだろう。

姑息《こそく》だぜ、我ながら——、と思わないでもないが、しかし希実の返事はイエスで、だから弘基の混乱はさらに募ってしまったのだった。

え？　何？　コイツ今、いいよって、言った？　付き合おうって、言った？　言ったよな？　マジで？　つーか、なんで……？

おかげで洗い物の手は完全に止まり、蛇口から出てくる水は、ジャージャーと音をたてながら、ただシンクに落ち排水口へ流れていった。その音がいやに大きく聞こえていたのは、おそらくお互いに黙り込んでしまったからだろう。

「うん、いいよ。付き合おう」という希実の言葉の後に、「え？　いいの？」と弘基が返すと、希実も「うん、いいよ」とまた言い、「マジで？」と確認すると、「マジで」とおうむ返しをしてみせた。「ホントに？」「ホントに」そうして以降、ふたりは完全なる沈黙に落ちたのだ。ジャー、ジャー、ジャ——、ジャ————。

その水を止めたのは暮林だった。いつの間にか厨房にやってきていた彼は、いつも通りの笑顔でもって、「どうした、どうした？　水出しっぱなしにして」とキュッと蛇口をひねってみせた。「めずらしいな、エコやないで?」

それで弘基は動揺しつつ、しかし暮林の笑顔から察するに、彼には特に何も聞かれていないものと踏んで、急ぎ誤魔化しにかかったのだった。「いや、別に……。溜め洗い、的な……?」

暮林が弘基の肩にポンと手を乗せてきたのはその段で、彼はもう片方の手で眼鏡のブリッジをギュッと押さえ、若干声を低くして告げてきた。

「……それとな、弘基。よくよくわかっとると思うけど」

約三十センチの至近距離で見る暮林の目が、実は少しも笑っていないのに弘基は気付いた。そうして暮林は、ギューーッと弘基の肩を摑み言葉を続けたのである。

「希実ちゃんは門叶さんから預かっとる大事な娘さんやでな? 適当なことしたら、海に沈められるくらいの覚悟は持っとかんといかんで? な?」

それで弘基は理解したのだった。なるほど、クレさん……。全部まるっと聞いてやがったんだな……。そして暮林は、希実にも笑顔のまま言ってのけた。

「希実ちゃんも、弘基に嫌なことされたら、すぐに俺に言うんやで? なんにも抱え込むことはないんやでな? 俺は全面的に、希実ちゃんの味方やで。な?」

すると希実も、若干動揺していたのか、「あ、はい……」とぎこちなく返し、「あ、そうだ。私、学校行く準備しなきゃ……」とそそくさ厨房を出て行ってしまった。無論弘基としては、希実のヤツ、今日の授業は午後からだろうが……！　と焦ったが、しかし暮林は笑顔で希実を見送ると、空いていたほうの手も弘基の肩にポンと乗せ、さらに言ってきたのだった。

「あのなぁ、弘基……」

いつも通りの笑顔だったが、しかし眼鏡の向こうの目は、やはり笑っていないように弘基には見えた。それでわずかにのけ反ると、暮林は弘基の肩を、またギューッと強く摑み、初めて聞いたような低い声で告げてきたのだった。

「……長年、希実ちゃんの親代わりをしてきた身としては、清い交際を切望しとる次第です」

表情は笑顔のままだったが、その目は絶対に笑ってはいなかった。だから弘基は、なんだ？　この迫力――？　とたじろぎつつ、「わ、わかってます。わかってます」と、初めて彼に、敬語で返したのである。

「だ、大事に、しますから、どうかご安心を……」

そんな暮林の反応から、弘基はてっきり暮林が、自分たちの交際に反対の立場をとるのかと思ったが、しかしどうもそういうことではなかったらしい。何せふたりが付き合いはじめたという話は、けっきょく暮林によって、ブランジェリークレバヤシの常連たちへと伝えられたのだ。

「ええ～っ！　ちょっと～っ！　いつの間に～～～っ？」「いやー、実は俺、こうなるんじゃないかと思ってたんだよねぇ」「嘘っ！　どこでっ？　どのタイミングでっ？」「あー、実は俺も、そんな気がしてたんだわ……」「ええっ？　こだままでっ？　何？　アタシだけ鈍感ちゃんだったたってことっ？」「つーか、兄貴のヤツ、大丈夫かな……」

そんな彼らの反応を前に、暮林も笑顔で応えていた。「本当に若いもんは、どうなるかわからんもんですわ」その表情はいやに晴れやかで、眼鏡の向こうの目もちゃんと笑っているようだった。だから弘基としては、少々拍子抜けしてしまった。んだよ？　怒ってんのかと思ってたのに……。そういうわけじゃ、なかったのか……？

いっぽう希実も、あれこれ言ってくる常連たちに対し、特に普段の態度を崩すこともなく、「うん、そう。付き合うの」と堂々と言い切っていた。「おめでとう？　あ、そっか……。おめでたいのか……。うん、ありがとう！　なんか、頑張ります！」と、謎の宣言までしてみせていた。

だから弘基も、ってことは、やっぱそういうことでいいんだよな？　とひとりひそかに納得した。なんとなく咄嗟に告白して、思いがけない返事をもらって、勝手に話を広められ、現状に至ってしまった感もあったが、それでも悪い気はまったくしていなかった。どちらかといえばホッとしたような、収まるべき場所にやっと収まれたような、安堵感のほうが強かった。

これで、よかったんだよな？　傍らで笑う希実を見詰めながら、ひそかにそう実感してもいた。運命って感じは別にしねぇけど、こういう収まり方も、あるっつーか……。なぁ……？

ただしけっきょく希実とは、付き合いらしい付き合いもしないまま、離れ離れになってしまった。ブランジェリークレバヤシを辞め、新しい店へと移り、一週間でフランスに飛ばされたのだから、当たり前と言えば当たり前の話だが、ふたりの時間などというものは、まったくと言っていいほど持てなかった。

引っ越しの手伝いや空港での見送りには、一応希実も駆けつけてくれたが、しかしその傍らには、常に笑顔の暮林と門叶榊が控えており、恋人めいた甘いような言葉はもちろん、別れを惜しむ言葉すら、口にできるような雰囲気ではなかった。

空港の出発ロビーで、最後の最後に、榊、暮林、の順番で代わる代わる握手をし、最後に希実の手を取って、「じゃあな」と言葉をかけられたことが、せめてもの恋人らしい振る舞いだったと言えるだろうか。「……向こう着いたら、連絡するから」

すると希実は笑顔のまま、「うん！」といやに元気よく応えた。無論弘基としては、え？　そんな感じ？　と拍子抜けしないでもなかったが、しかし後ろに並んでいた人たちの手前、それ以上あれこれ言うこともできず、人の波に流されるような形でもって、慌ただしくセキュリティチェックのゲートをくぐるに至った。

後ろを振り返ると、希実はやはり笑顔で手を振っていた。だから弘基も、若干釈然《しゃくぜん》としないものを感じつつ、とりあえず手を振り返しそのまま出国審査へと向かった。そうして機上でしみじみと、延々と考えてしまったのである。

つーか、俺ら……。付き合ってるってことで、よかったんだよな？　勘違いとかじゃ、夢とかじゃねぇ、よなぁ……？

そんな馴れ初めであるがゆえに、エマに言われるまでもなく、弘基だって若干不安になることもあるのである。アイツ、マジでただ単に、俺が作るメシが食い続けたかっただけなんじゃ……？　いや、それでも別にいいけどよ……。いいけど、もう少し、こう、なんつーの……？

別に希実が、まったく連絡を返してこないわけではない。弘基が三通メールを送れば、一通は普通に返ってくるし、時間を置けば、残りの二通も返ってきている。電話も然りだ。要するに弘基に堪《こら》え性がなくて、希実が返事をしてくるよりも早く、連絡をしてしまうだけとも言える。

それに去年の年末、弘基が日本に帰った際には、鍋敷《なべし》きもくれた。「あの……。これ、遅れたけど、クリスマスプレゼント」なぜクリスマスに鍋敷きなのかは判然としなかったが、それでもあの希実が希実なりに、よかれと思って用意したものに違いないと思えば、やはりそれなりにありがたくも感じられた。俺にクリスマスプレゼントを渡そうっていう、意識があっただけでも……。なぁ……？

しかしその年末でも、ほとんどふたりの時間は持てなかった。ありがたいことにと言うべきか、ブランジェリークレバヤシの常連たちが、帰国した弘基を盛大に歓迎、連日にわたりもてなしをしてくれたおかげで、希実と一緒にいられることはいられたが、ふたりきりにはほとんどなれなかったのだ。そのことに、希実は不満そうな様子も見せなかったし、むしろ皆で一緒にいられることを、心から喜んでいるようだった。

別にそれは、悪いことではない。少し前まで、部屋に閉じこもりきりだった彼女が、人の輪の中で大きな口を開けて笑っていることに、弘基だって実のところホッとしていたし、それはそれで楽しい時間が過ごせたようにも思う。

思うがしかし、いい加減、ふたりで過ごす時間があってもいい頃じゃねぇか？

そう思い立ったのは一週間ほど前のことだ。オーナーが、今年のクリスマスはパリ店の視察がしたいなどと言い出したため、断固《だんこ》断ると弘基は宣言したのである。

「――こっちのクリスマスなんて、どこもみんな店じまいすんだよ。うちの店も当然休みだ。そんな時に来られても困る。絶対来んなよ、いいな？　わかったな？」

しかしオーナーは、「そんなわけないでしょ」と食い下がった。「俺、クリスマスのパリに行ったことあるもん。お店、普通にやってたよ？」だから弘基も言い返した。「それは観光客向けで、地元民のはどこも休みになるんだっつーの」しかしオーナーも当然引かなかった。「俺観光客だもの。うちの店行きたいもの」「ダメだ、来んな」「なんで？　俺、オーナーだよ？」「パンも作れねぇオーナーが、偉そうな口叩くんじゃねぇよ」「雇われでそういうこと言う？」「だったら解雇しろよ」「もうお金払ったのに？」

そんな押し問答の末、弘基は思わず言ってしまったのだ。

「いいか？　俺はアンタの命令で、嫌々パリにいるんだよ。日本に恋人残したまま、こっちで嫌々働いてんの。わかる？　わかったら、クリスマス休暇くらい取らせせろっつーのっ！　俺だっていい加減、ちゃんと恋人に会いてぇんだよっ！」

そうして弘基は、さっさと飛行機のチケットを手配したのだった。今年はさっさと日本に帰る。クリスマスも年末年始も日本で過ごす。そうすれば希実と、いくらかは一緒に過ごせるだろう。そう踏んで、彼女の携帯にメールも入れた。

しかしその返事は、「そうなんだ。でも私、今年のクリスマス頃は、短期の語学留学でアメリカに行ってる予定なんだけど」なるもので、弘基としては完全に出端《でばな》を挫《くじ》かれた気分だった。だからいら立ち、めずらしく厳しめに返してしまった。「つーか、なんでそれ、先に俺に言わねぇんだよ？」すると二晩置いて、「弘基が帰ってくるの、年末だと思ってたから」なる返事が届いた。それで、まあそりゃそうか、と思って返信をしないでいたら、思いがけず向こうから続けてメールが届いた。「怒ってる？」

別にその時はもう怒ってはいなかったが、仕事中だったので返事は後回しにした。それで仕事終わりに希実の携帯に電話を入れ、しかし留守電に切り替わったのでメッセージは残さず電話を切った。その折り返しがあったのが、ビストロで孝太郎やエマと食事をしていた最中のことで、けっきょく弘基は希実に電話を掛け直せないまま、携帯を取り上げられ、挙句の果てに縛り上げられた。

つーかこれ、タイミング最悪じゃね？　俺、怒ったままってことになってねぇ？　もしかしてアイツも、俺からの電話待ってたり——。待ったまま、ずっと起きてたり……は、してねぇか……？

そんなことを考えつつ、弘基は再び戸口の時計に目を向ける。時計の針は、ちょうど十二時を回ったところだ。日本時間にすると朝の八時。だから弘基は息をつく。時間から考えて、きっと希実は寝てしまっているだろう。それが今現在の、彼女の生活サイクルなのだ。夜はブランジェリークレバヤシを手伝って、朝方に眠り、昼過ぎに起きる。だから弘基は、また思ってしまう。なんでさっき、電話に気付けなかったんだろうなぁ。もしかしたら、あれが最後のチャンスだったのかもしれねぇっつーのに——。

「……」

この二十分間で、厨房内の緊張感は高まっていた。少し前から、髭とハゲが交互に厨房にやって来ては、作業台奥の老シェフに対し、何やらガミガミ言い募っているのだ。髭もハゲも、あまりフランス語に慣れていないようで、思うように言葉が通じないもどかしさからか、ほとんど怒鳴るような口ぶりであれこれ叫び、作業台をバンバン叩いたりもしている。

それでも聞きとれた話の内容からすると、彼らは店のオーナーの居場所を、老シェフに問いただしているようだった。ビストロ襲撃の目的は、どうやら完全にオーナー絡みである様相。

しかし老シェフも、オーナーがいったい今どこにいるのか、正確に把握しているわけではないらしく、厨房では不毛なやり取りが繰り返されるばかりだった。「この電話番号は繋がらない！」「私には、その連絡先しかわからないんだ」「わかるのは誰だ？」

「……わからない」老シェフの憔悴《しょうすい》した口ぶりから察するに、彼は本当に大して何も知らない様子だった。けれど髭とハゲにしてみても、手持ちのカードはこの厨房にいるメンバーのみで、だからどうにか情報を絞り出そうと追及を続ける。作業台を蹴り上げたり、おそらく老シェフを小突いたりしながら、「言え！」と言葉を繰り返す。「わかることを、言え！」

彼らが乱暴な行動に出るたび、厨房内にはガシャンッ！　という金属音が響き、エマは恐怖に引きつったような表情を浮かべ肩を震わせる。先ほどまで饒舌だった孝太郎も、黙ったまま作業台奥の様子を気にしているようだ。

「会計士のロワイエなら、何か知っているかも……」「カイケイシ？」「携帯に、番号が入っている。ロワイエ・ドラグランジュ」「ロワ……？」「R、O、Y、E――」

そんなやり取りを耳にしながら、弘基は命の重さについて思いを巡らす。

「……」

いつだったか日本の政治家が、人ひとりの命は地球よりも重いと言ったらしいが、それが詭弁であることは、おそらく周知の事実だろう。それほどに、人の命はごく軽い。時と場合によっては、一握りの砂の重さほどもない。

だから、どこにいるかが重要になってくるのだ。命の重さは変動制で、だから人は、場所を取り合ってもいる。ひんやりとした流し台にもたれながら、弘基はぼんやりとそんなことを考える。んでもって、ここはどうだ？　アイツらは、人ひとりの命を、どの程度に見積もってる？

　先ほどバンダナが手にしていた銃は、今では髭とハゲが交互に所持している。おそらくこちらを脅すために、わざわざ装備してきているのだろう。銃が本物かどうかはわからないが、孝太郎の見立てでは、おそらくマカロフだろうとのことだった。「あの手のは、モデルガンの場合も多いんだけどね。でも雰囲気的には、けっこう本物臭い感じかなぁ」

　だから弘基は息をついてしまったのだった。アレが本物だっつーんなら、命の重さは格段に軽くなるわなぁ……。

「……」

　電話、出来ねぇのかなぁ……。砂を噛むように、そう思う。マジでこのまま、終わっちまうのか――？

「ひとり、選べ」

　ハゲがそう告げてきたのは、十二時十分より少し前のことだった。「誰でもいい。六人の中からひとり、選べ。ひとりだけ、人質にして、連れて行く」そうして彼は、腕時計に目を落とし、「十分で選べ」と言い置き厨房をあとにした。

思いがけない展開ではあったが、その提案にひとまず弘基は安堵した。何せとりあえず、全員が犬死にをさせられるわけではないと理解したからだ。救われたなどとはとても思えないが、しかし不幸中の幸いと言えば幸いだろう。

しかも人質の選出も、割りにスムーズに進められた。作業台の向こうにいる女の子のひとりが、「どうやって選びますか?」と声をかけてきたのを機に、弘基と孝太郎は顔を見合わせた。そして瞬間、互いに小さく頷いたのだ。

こういう場合どうするべきかは、さすがにふたりとも理解していた。それで弘基が孝太郎に向かい、軽く顎をしゃくってみせると、孝太郎も大よそを察したようで、作業台の奥のほうに向かい言いだした。

「――女性やご年配の方を行かせるわけにはいかないので、こちらの男性二名で話し合いを持ちます。どうかご安心を」

おし、正解。孝太郎の発言を前に、弘基は心の中で手を叩く。美作孝太郎という青年は、一般常識が著しく欠如した男ではあるが、しかしそれなりの倫理観は持ち合わせていたようだ。

そこまでの所要時間は一分余り。だからふたりの話し合いは、それなりに余裕を持って行えそうだった。縛られた姿勢で向かい合った弘基と孝太郎は、お互いの顔をじっと見詰めつつ、合わせ鏡のように首を傾げる。

「……さあ、どうするよ？」

「うーん、どうしましょうねぇ？」

そうして見詰め合うこと数十秒。わずかばかりのその間に、しかし弘基は、数十分に匹敵するであろうほどの思考を巡らせていた。ここはひとつ、思い切ってやっちまうか？　いや、けど、それはあんまりか？　でも、この場合そうでもしねぇと……。確率はどうだ？　勝算はあんのか……？　ただし、ポーカーフェイスは崩さなかった。こちらが策を巡らしていると、孝太郎に悟られるべきではないと踏んだからだ。

いっぽうの孝太郎はといえば、すましたような表情のまま、ひょんと弘基を見詰め続けていた。悪だくみをしている様子は特にない。しかしながら彼は、食えない男であるのも確かだ。なんせコイツはその昔、父親をひでぇ目に遭わそうとしたことあったしな。無垢《むく》な顔しくさってるからって、油断は禁物だ。コイツのほうが、よっぽど腹黒いこと考えてやがる可能性は十二分にある——。

そんな膠着状態の中、先に口を開いたのは孝太郎だった。彼は何か覚悟を決めた様子で、小さく息をついたかと思うと、いやに爽やかな笑顔で告げてきたのだ。

「人質には、弘基さんがなるべきだと思います」

おかげで弘基は、思わず体勢を崩しそうになった。笑顔で言うことか？　それ？　と率直に呆れもした。普通はもう少し、遠慮がちに言うべきことじゃね？　しかし孝太郎は臆面もなく、嬉々とその根拠を語ってみせたのである。

「だって僕は非力だし、喧嘩の経験も皆無だし、暴力にもまったく慣れていないんですもん。そんな僕が人質になったら、九十九パーセント以上の確率で、自力での帰還は不可能だ。生存の可能性もグンと下がってしまう。その点弘基さんは、昔取った杵柄《きねづか》があるし、彼らみたいな人たちが相手でも、どうにかなると思うんですね。さっきだって頭突きしてたくらいだし。よって、人質に相応しいのは弘基さんです。弘基さん、どうぞ人質になってください」

立板に水で孝太郎は言い切って、僕、間違ってませんよね？　といった風情の笑みを浮かべてみせる。だから弘基は顔を引きつらせ、「お前なぁ」と小さくこぼしてしまったのだった。「お願いするなら、もっと言い方ってもんが……」しかしそう言いながらも、心のどこかで納得はしていた。

何せ確かに、孝太郎は非力なボンボンなのだ。子供の頃は病気がちだったと聞いているし、中学高校時代も長く引きこもっていたと、それは本人がよく口にしている事柄でもある。喧嘩の経験が皆無だというのも、おそらく本当のことだろう。現に彼には渡仏してすぐ、地下鉄で窃盗団に襲われて、身ぐるみをはがされたという実績もある。あの後孝太郎は、三日三晩弘基のアパートから一歩も外に出なかった。そんな彼が人質になったら、確かに彼の宣言通り、自力での脱出はまず不可能だろう。

そういう意味じゃ、確かに俺のほうが、人質には向いてんだよなぁ……。そんな自覚が、一応弘基にもあるにはあった。つっても、銃なんか持った人間相手に、大立ち回りしてみせる気概なんてもうねぇけどよ。けど、隙をついて逃げ出せる可能性なら、孝太郎よりは多分にあるはず——。

ただしいっぽうで、孝太郎をそう過小評価することはないような気もしていた。なんつーかコイツって、体はヤワだけどハートは異常に強ぇっつーか……。頭だって、べらぼうにいいんだしよ。このまま人質になっちまっても、溢れ出る悪知恵を駆使して、悪党の仲間に収まりそうな気もすんだよなぁ……。そんでそのうち、参謀に昇格するタイプっつーか……。そんなことを考えつつ、弘基は戸口の時計をチラリと見やる。

「……」

ハゲが去ってから、三分ほどが経過している。これ以上、熟考している猶予はない。

それで弘基は、覚悟を決めたのだった。まあ、仕方ねぇよな。こうなったら、もうやるしかねぇ。そうして孝太郎のほうに顔を向け、思い切って告げてみた。

「――なあ、孝太郎。賭けをしねぇか？」

瞬間、孝太郎がわずかに眉根を寄せた。「え？　賭け……？」不思議そうに口にしながら、彼はわずかに首を傾げる。「あのー、一応言っておきますけど……。これって、命にかかわるかもしれないことですよ？　それを、賭けなんかで決めちゃうんですか？」

だから弘基は肩をすくめ、「けど、話し合いじゃらちが明かねぇだろ？」と軽い調子で応えてやった。「どうせお互い、根っこのとこじゃ、助かりてぇと思ってんだしよ。だったらあれこれ話し合うより、運に任せちまったほうがいいんじゃねぇのって話だよ。そのほうが、わだかまりも少なくてすむっつーか？」

そんな弘基の言い分を受け、孝太郎はパチンと大きなまばたきをしてみせた。「ああ、なるほど……」どうも納得したようだ。「それは確かに、一理あるかも……？」しかしすぐにまた疑問がわいたらしく、ひょこんと首を傾げてきた。「でもこの状況で、何をどう賭けるんです？　コイントスをしようにも、僕ら手も足も使えませんよ？」

それで弘基は、わずかに身を乗り出し、賭けの内容を提案してみたのだった。「たとえば、こんなのはどうだ？」さりげなく、他意は特にないというていで、当たり障りなく、淡々と――。

「さっきから、ハゲと髭がひとりずつ、この厨房に顔を出してるだろ？　だから次も、きっとどっちかが、ひとりでここに来るはずだ。それを賭けにするんだよ。どっちが来るかで、人質を決める。そうすりゃ、恨みっこなしで人質が決められるだろ？」

弘基がそこまで言うと、孝太郎は頭の位置を元に戻し、「ほうほう、なるほど……」と頷きだした。「なるほど、そういう賭けかぁ……」ただし、またも疑問を抱いたらしく、質問を投げかけてきたのだが。

「でも、ハゲ氏と髭氏がひとりで来る保証はないですよね？　もしかしたらふたりで来るかもしれないし、あるいはさっきから姿の見えない、バンダナさんも一緒に来るかもしれない。バンダナひとりの可能性もある。そういう場合はどうするんです？」

だから弘基は少し考え、努めて鷹揚に答えてやった。

「そん時は、俺の負けってことでいいよ。つまり人質になる確率は……、お前が七分の一で、俺が七分の六か……？　ま、俺のほうが年上だし、確かに諸々の場数も踏んでっから、そのくらいのハンデはつけてやらあ」

すると孝太郎は盛大に眉をあげ、「わ〜お、意外と優しいんですね、弘基さん」などと言いだした。「七分の一と七分の六の差って、相当大きいと思うんですけど……」受けて弘基はフッと鼻で笑い、渋々といった様子で言ってのけた。「そこは、まあ、仕方ねぇトコだろ？　俺のほうが長く生きたわけだし。その分お前より、多分人生も楽しんだはずだし？　だから、仮にどうにかなっちまったとしても、お前よりは諦めがつくってもんよ」

　その言葉に孝太郎は、「へーえ」と目をぱちぱちさせる。「三十路って、そんな達観できるもんなんですかぁ」だから弘基は、片方の口の端だけあげ、軽口を叩いて返してやった。「そうだよ。オッサン舐めんな、青二才」

　弘基としてはそこまでは、かなりうまくやれていた自信があった。目の前の孝太郎は、特に疑いを持った様子もなく、目を伏せ俯き、賭けに乗るかどうかを逡巡している。「う～ん、そっかぁ……」あの調子ならまず間違いなく、賭けに乗ってくるだろう。弘基にはその確信があった。何せ時間は迫っている。話し合っている余裕はないし、賭けの方法も他にはない。

　沈黙は、十数秒ほど続いた。それに耐えられなかったのか、エマがまた、「日本語やめてって言ってるのに……」と涙目になりながら呟いた。「ふたりとも、何を話してるの……？　どっちが人質になるか、もう、決まったの……？」

その刹那《せつな》、孝太郎はフッと顔をあげ、「いいでしょう」と日本語で言ってきた。「その賭け、乗ります。そのくらいしか、決められる方法もなさそうだし」

だから弘基は内心ホッと息をつきつつ、しかしそのことを悟られぬよう表情を崩さないままで頷いたのだった。「よし。じゃあ、恨みっこなしでいこうぜ」

時計の針は、十二時十四分あたりを指していた。弘基と孝太郎はそのことを確認し、すぐにまた見詰め合う。見詰め合ったまま、互いの腹を探り合うようにして話しだす。

「……ハゲ氏と髭氏、どうやって選びます？」「……そこは、一応話し合うか？」「です、ね。じゃあ、そうしましょうか」「お前は、どっちを選びたい？」「僕ですか？　僕は、そうだなぁ……」

宙に視線を泳がせながら、孝太郎は思案顔で言葉を続ける。「さっきから、ハゲ氏と髭氏は、交互にここに来てましたよね？　最初がハゲ氏で、次が髭氏、その次がハゲ氏で、またその次が髭氏……。そして、最後がハゲ氏だった」

その順番については、弘基も同じように認識していたので、黙ったまま孝太郎の説明を聞き続けた。孝太郎は宙を見詰めたまま、「一応ちゃんと、規則性があるんだよなぁ……」と呟くように口にした。そうしてフッと弘基に視線を移し、彼の様子をうかがうようにしながら、さらに言葉を継いできた。

「その流れからすると、次にここに来るのは多分――、髭氏のほうですよねぇ？」

だから弘基も、ごく冷静に返してみせた。「素直に考えりゃあ、そうだわな」受けて孝太郎は顔をしかめ、「素直に、かぁ。僕の人生には、やや足りないものだなぁ」などと、嘆くような口ぶりで言う。「ちなみに弘基さんは、どっちがいいですか？　ハゲ氏ですか？　それとも素直に髭氏だったり？」

そのため弘基は、内心ひそかに舌打ちをしてしまっていた。んだよ？　コイツ……。まさか心理戦のつもりか？　そんなふうに思ったのだ。しかし、そう思ったことはおくびにも出さず、どうということもないふうに答えてやった。

「俺はハゲだな。俺の人生にこそ、素直さなんてありゃしねぇしよ」

そうして時計のほうに視線をやり、もう時間はないのだぞ、と目で訴えつつ言い足した。

「だからもう、俺がハゲってことでいいよ。お前は髭にしろ。それで賭けは成立だ。これ以上ごちゃごちゃ言ってたって、どの道すぐに、誰かが来ちまうんだから。お互い、さっさと腹を括っちまおうぜ」

受けて孝太郎は目を丸くして、ヒュ～と口笛をふいてみせる。「本気ですか？　弘基さん。順番から言ったら、次は髭氏が来る番ですよ？　それなのに、敢えてハゲ氏にいっちゃうんですか？　ホントの本気で？」その言葉に、弘基はフンと鼻を鳴らし答える。「いいんだよ。どうせ俺が髭っつったって、お前、ごちゃごちゃ言うだけだろ？」だが孝太郎は、納得がいかない様子でさらに言い募ってくる。「でもそれじゃあ、あんまりにこの賭けが、弘基さんにとって不利なものになっちゃいますよ？　ただでさえ、七分の一と七分の六なのに……。弘基さん、心が広過ぎます」

そんな孝太郎の口ぶりに、だから弘基はわずかな疑念を抱きはじめていた。コイツ、妙にしつけぇな……。もしかして、勘付いてやがるのか……？　それでも弘基は、ごく鷹揚に返してやったのだった。

「いいんだよ。さっきも言ったろ？　俺は達観した三十路のオッサンなんだ。俺はハゲでいい。髭はお前に譲ってやる」

孝太郎が眉尻を下げて、大きく首を振ってみせたのはその段だった。彼は嫌々をする子供のように、唇を尖らせ言ってきた。

「やっぱりダメですよ。それじゃあ僕の心が痛みますもん。ここはひとつ、僕がハゲ氏を選んだほうがいいんじゃないですかね？　そのほうが、公平だから……」

だから弘基は結束バンドを手首に食い込ませ、グッと身を乗り出した。「いいんだよ！　俺がハゲで！」若干強く言い過ぎてしまったかとも思ったが、しかしこれ以上話を長引かせたくなくて語気を強めた。「大体、さっさと決めねぇと、連中が来ちまうだろうが！　だから、俺がハゲで、お前が髭。それでいく、いいな？」弘基としては、それで賭けは成立するはずだった。

　しかし、孝太郎はそれを制した。

「――嫌ですよ。僕にもハゲを選ぶ権利がある」

　悠然と彼は言い、わずかばかり目を細くして言ってきた。

「ていうか、弘基さんおかしくないですか？　なんでそんなハゲに固執するんです？　どうして有利な条件をこっちに押しつけて、不利なほうをわざと選ぼうとするんですか？　おかしいでしょ？　そんなにハゲがいいだなんて」

　だから弘基は、ぐっと言葉をのんでしまったのだった。コイツ……。やっぱ、勘付いて……？　そう思って、次の一手を咄嗟に考える。どうする？　ここはひとまず、髭のほうに鞍替えするか？　それでどうにか言いくるめて、最後の最後でハゲに乗り換えれば――。いや、けど……、そんな悠長な心理戦やってる時間なんてねぇだろ？　ここはもう、ハゲで押し通すしか――。それで怒鳴りつけてやった。

「あー、もう！　ごちゃごちゃうっせぇな！　俺が先にハゲっつったんだから、俺がハゲなんだよ！　お前は髭だ！　これで賭けは成立！　いいな!?」だが孝太郎も、もちろんと言うべきか、すぐさま抵抗してみせた。「嫌ですよ！　そもそも早い者勝ちなんてルールはないんだし！」だから弘基もいら立ち声を荒らげ返してしまった。「だったら年功序列だ！　年長者に譲れ！　俺がハゲだ！」「嫌だってば！　こんな時ばっかり、年寄りヅラしないでください！　僕がハゲです！」「うっせぇ！　俺がハゲだっつったらハゲなんだよ！」「いや、僕がハゲだ！　絶対ハゲだ！」

言い合うふたりの間では、エマが胡乱《うろん》な表情を浮かべていた。言葉の意味はわかっていないはずだが、おそらくその響きだけで、これが無様な言い合いであることを、大よそ察しているのだろう。

しかし弘基には、譲ることが出来なかった。

何せこの賭けの勝利は、ハゲを選べたほうにあるのだ。

「クッソ……。物わかりの悪ィガキだな……」「そっちこそ！　達観してるなら、ハゲを僕に譲るべきでしょ？」「冗談じゃねぇよ！　なんでお前にハゲ譲らなきゃなんねぇんだよ！」「はあ？　言ってることめちゃくちゃですよ？　弘基さん——」

孝太郎の言い分は、まったくもってごもっともだった。弘基にもその自覚は十二分にあった。しかし、ハゲを譲るわけにはいかなかった。賭けに勝つためには、そうするしかなかったからだ。

「ったく……」

孝太郎には、縛られている位置からして確認出来ないのだろうが、しかし彼の頭越しに、厨房奥の事務所に続く廊下の様子が見えていた。背面の壁に、外の様子が見える小窓がついているためだ。

だから弘基には、実際のところわかってしまっていた。今現在その廊下で、ハゲがひとり厨房の様子を監視しているという事実が――。

「……うるせぇヤツだな」

髭とバンダナは、おそらく逃げる準備でもしているのだろう。すでに先ほどふたりして、店の外へと向かって行ったことも、弘基はちゃんと確認していた。だから店内に残っているのは、ハゲひとりだけであるはずなのだ。人質を連れに来るのも、十中八九、ハゲひとりで間違いない。

つまり弘基は、孝太郎をはめようとしていたということだ。彼を人質にし、自分は逃げ果《おお》せようと目論んでいた。

「俺が、ハゲだっつってんのに……」

卑怯なことをしている自覚はもちろんあった。あー、そうだよ、俺は最低だよ。こちらを真っ直ぐ見詰めている孝太郎を前に、心底そんなふうに思ってもいた。俺のやってることは、クソ卑怯だ。わかってるっつーの。こんな汚ねぇ手まで使って、人質から逃れようとしてんだから、もう救いようがねぇほどのクソっぷりだよ。

「……」

こんな人間にだけは、なりたくなかったんだがな。そんなふうにも、心の片隅で思ってはいた。あーあ、ホントマジ最低だわ……。

人を騙して陥れて、助かってホッと息をつくような、ずるい奴にはなりたくなかった。自分は清廉潔白《せいれんけっぱく》な人間だと、そんなバカみたいなことは思ったこともないが、しかしそれでも出来ることなら、なるべく正しくはありたかった。誰からも奪わない。足蹴にすることもしない。困った人がいたら、なるべくなら手を差し伸べる。それが出来ないなら、せめて、申し訳ないとは思いたい。自分はああならなくてよかったと、笑うような人間にだけはなりたくない。それは弘基の、矜持《きょうじ》のようなものでもあった。

何せ自分の人生は、美和子にもらったものだったのだ。そんな自覚が、彼には常にあった。美和子さんに出会わなけりゃ、俺の人生なんてロクなもんにはなってなかった。自分には何もねぇんだから、誰かから奪うのは当然なんだと嘯《うそぶ》いて、他人を平気で傷付けてもいただろう。それでいいと思っていたし、それしかないと割り切ってもいた。何もねぇっつーのは、そういうことだ。誰を殴るのにも、誰を傷つけるのにも躊躇いがねぇ。何もねぇから、平気なんだ。クソみてぇな人生を、クソのまま終わらせる。そういう人生を、ただ生きてただ死んでいくのだと思っていた。

でも、美和子さんが、変えてくれた。彼女自身が道標《みちしるべ》になって、光がさすほうに、パンの匂いのするほうに導いてくれた。汚れた手を、温かな手で、当たり前のように握り返してくれた。だからこそ、正しく生きていたかった。彼女のあの手に、報いることが出来るように。彼女がくれた人生を、汚さぬように――。

「……ダメだ」

それなのに、この体たらくはどうだ。

「――やっぱお前、髭を選べ！　俺はハゲを選ぶ！」

おそろしく卑怯な手を使って、どうにか助かろうともがいている。やり方も言い分も、もうめちゃくちゃだ。正しさの、かけらもない。

「異論は認めねぇ！　ハゲが来たら俺の勝ち！　お前が人質になって連れて行かれやがれ！　わかったな！」

結束バンドを手首に食いこませながら、ほとんどまくしたてるように弘基は言った。おかげでエマは、相当驚いた様子で目を見開いていたほどだ。言葉の意味はわからずとも、その迫力だけは十分に伝わっていたのだろう。いつものように、「フランス語で話して」などと言いだすこともなく、黙ったまま弘基と孝太郎を見詰めていた。

時計の針は、十二時十七分を指そうかというところだった。弘基はそれを確認し、再び孝太郎に視線を送る。

「あと三分！　恨みっこなしだからな！」

弘基が言い切ると、孝太郎は吐き捨てるように返してきた。

「だから嫌ですってば！　僕は絶対に、絶対にハゲを選ぶ！」

それで弘基は、思わず舌打ちして言ってしまったのだ。「つーか！　お前こそなんでそんなハゲに固執するんだよ！」受けて孝太郎は、一瞬虚をつかれたような表情を浮かべ、「それは……！」と言い淀んだ。だから弘基は詰め寄ったのだ。「なんだよっ？　なんか理由でもあんのかよっ？」

すると孝太郎は唇を噛んだのち、腹を決めた様子でぶちまけてみせたのだった。

「だって、僕だってわかってるんですもん！　次にここに来るのは、絶対にハゲのほうだって……！」

思いがけないその言葉に、弘基はつい間の抜けた声をあげてしまう。「へっ？」何しろ孝太郎に、なぜそれがバレてしまったのか、にわかには理解出来なかったからだ。

「な、なんでお前、そのこと……？」すると孝太郎は、噛みつくような表情でもって、顎を突き出し言ってきた。

「弘基さんの後ろの壁には、小さい鏡がかかってるんですよ！」

「は……？　鏡……？」

「そう！　だから僕の後ろの小窓の景色も、さっきからずっと見えてたんです！」

ただし弘基は、孝太郎のその言葉の意味を理解するのに、十秒ほどの時間を要してしまったのだが――。しかしその真意をのみ込むなり、思わずまた叫んでしまった。

「テメェ……！　卑怯な真似しやがって……！」

すると孝太郎はすかさず、「どっちがだよっ！」と、至極ごもっともな反論をしてみせた。「先に仕掛けてきたのは、そっちでしょうがっ！」無論、弘基としても、そりゃそうだ、と理解はしていた。していたがしかし、もう引きようがなかった。「うっせーよっ！　このイカサマ野郎！　もう賭けは無効だ！　ズルしたお前が人質な！」「はあっ!?　先にズルしたのはそっちでしょうが！」「わかってて賭けに乗ったそっちが悪ぃんだろ！」「何その理屈っ!?　そっちのほうが悪いに決まってんじゃん！」

孝太郎の言う通りだった。弘基にも、そのくらいのことはわかっていた。悪いのは自分のほうで、より卑怯なのも、もちろん自分だ。それでも、言うしかなかった。

「うっせーな！　とにかく人質には、お前がなれっつってんだよ！」

譲るわけには、いかなかった。

「俺には、まだ！　まだ……」

そう。弘基にはまだ、足りていなかった。何がと問われれば、それは時間だ。端的に言ってしまえば希実との時間。それが弘基には、まったくもって足りていなかった。

こんな時に実感するなんて、自分でもいささか呆れるほどだったが、それでもそれは、弘基の素直な心境だった。まだ、全然足らない。言うべきことも、言っていない自覚があったし、訊きたいことだって、実はまだたくさんあるような気がしていた。かけてやりたい言葉も、あったんじゃないのか。アイツに言って欲しい言葉だって、まだ――。

それで、言ってしまった。

「卑怯なのは百も承知だ！　めちゃくちゃな言い分なのもわかってる！　それでもここは譲れねぇ！」

卑怯だろうと無様だろうと、もう、言うしかなかった。

「俺は生きて日本に帰りてぇんだよ！　だからハゲは俺に譲れ！　つーか譲ってくれ！　頼む！」

孝太郎がフッと無表情になったのは、弘基がそう叫んだ次の瞬間だった。彼はじっと弘基を見詰めたまま、わずかばかり首を傾げ、興味深そうに訊いてきたのである。

「……もしかして、篠崎さんのためですか？」

だから弘基は、鼻息荒く頷いてみせたのだ。

「ああ、そうだよ！」

ずいぶんと虫のいい話だと思いながらも、言うしかないから言ってやった。

「それと、俺のためっつーか……。いや、むしろ俺のためだよっ！　アイツがどう思ってやがるのかは知らねぇが、俺のほうはまだアイツに会い足りてねぇからな！　だから帰んなきゃなんねぇんだよ！　悪かったな！　でも俺は絶対帰るからな！」

そんな弘基の言い分を前に、孝太郎は冷ややかな表情を浮かべていた。相当に身勝手な発言であったから、当然といえば当然なのだが——。

「へーえ、ほーお、ふーん」いかにも不興そうな顔をしたまま、孝太郎は皮肉めいた声をあげる。「なーるほーどねー。そりゃあ、まあ、確かに人質になんて、なりたくないですわなぁ？」

そうして彼は、宙を仰ぐようにしながら、ゆらゆら首を動かしはじめたのだ。「はあ、へぇ、なるほどねぇー。篠崎さんのため、ねぇ……？　まあ、確かにそうなんでしょうねぇ？　今、弘基さんがいなくなったら、彼女きっと、悲しむんでしょうし……。だってお二人、恋人同士なんですもの。ねえ？」

腹立ち紛れといった様子で彼は言って、そのままギュッと目を閉じ思案顔をしはじめる。「あーあ……。ここであなたがいなくなるのって、ちょっと好都合かなーって思ったんですけどねぇ……。でも、そうなったらそうなったで、篠崎さんに恨まれるような気もするしなぁ……。ここはまず、恩を売っておくべき……？　それで、五年後、十年後に備えたほうが、賢明……？」

何を言っているのかは判然としなかったが、しかし弘基としては、もしやと思う部分もあった。もしや孝太郎、このまま人質に名乗り出るつもりか——？　それで彼のひとり言に口を挟んだのだ。

「……つまり、お前が、人質になろうっていう……話なのか？」

しかし孝太郎は、カッと目を見開き、「んなわけないでしょ！」と言い捨てた。「誰が好き好んで、そんな危険な真似するもんですか！」小窓から見えていたハゲが、動き出したのはそのタイミングだ。

「——おい！　ハゲがこっちにくるぞ！」

弘基が言うと、孝太郎も弘基の少し上に目をやり、「あ、ホントだ」と口にした。どうやら弘基の頭上には、本当に鏡があるようだ。それで孝太郎は、顔をしかめて言い継いだのだった。「あーあ……。やっぱ、ダメかぁ……。ちょっとチャンスだと思ったんだけどなぁ……」

ブツクサ言う孝太郎を前に、弘基は時計の針を確認する。時間は十二時二十分。もう時間切れだ。やはりハゲはこちらに向かってくるものと思われる。「何ごちゃごちゃ言ってんだよ！　どうするっ？　人質！　どっちか行かなきゃ、この場が収まんねぇぞ！」

すると孝太郎は、じとっと弘基を見詰め、大仰に息をついてみせた。「でもまあ、仕方ないかぁ……」そうして、眉をあげて言い捨てた。

「今回は、弘基さんの粘りに免じて、ドローってことにしてあげます。死ぬほど感謝してくださいね？」

は？　何が――？　弘基がそう思うやいなや、厨房のスイングドアの小窓にハゲの顔が映る。ヤバい。もう来ちまう……！　そう思い、弘基は孝太郎に顔を向ける。すると、孝太郎は眉根を寄せて、空を仰いで言ったのだった。

「……じゃあね。バイバイ、アンジェリカ」

ドンッ！　という激しい爆発音がしたのはその瞬間で、弘基やエマはもちろん、ドアの前に立ったハゲも、驚いた様子で音のほうに顔を向けた。音は店の前から聞こえたものと思われ、ハゲは慌てた様子で外のほうへと駆け出していく。

「な……？　あ……？」

息をのみ、スイングドアの小窓から、向こうの気配をうかがおうとする弘基をよそに、どういうわけか孝太郎が、唐突に立ち上がってみせる。

「あれ？　思ってたより、威力が強かったかな……？」

おかげで弘基は再び目をむき、「ああっ？」と声をあげてしまう。「なっ？　なんでお前？　結束バンドはっ？」

しかし孝太郎は、ごく平然と返してきたのだった。「さっき外しましたー。僕、こういうのけっこう得意で」そうして作業台の上の包丁を手に取り、さっさと足に巻きつけられたガムテープを切りはじめる。「昔、引きこもってた頃に覚えたんです。縄抜け。でも、結束バンドはちょっと難しくて、けっこう時間かかっちゃいましたねぇ」

かくしてガムテープからも解放された孝太郎は、手にしていた包丁でさっさと弘基の結束バンドも切りにかかる。切りながら、淡々と説明してみせる。

「さっきの音は、犯人の車の中で、アンジェリカが爆発した音です。彼女の最後の、さようならの挨拶だったと思ってください」その説明に、弘基は息をのみつつ訊いてしまう。「は、あ……？　ちょ？　お前、まさかアンジェリカに、爆弾とか……？」

受けて孝太郎は、一瞬黙り込んだのち、「まっさかー」と笑みを浮かべてみせたのだった。「そんな怖いことしませんよー。ただちょっと、大きな音が鳴る細工と、煙と光が出る仕掛けをしといただけです。ケガ人も出てないと思いますよ？　車だって普通に走れるだろうし。爆弾なんて、そんなそんな、めっそうもなーい」

言いながら孝太郎は、弘基の足のガムテープもするする器用に切ってみせる。「ただ、前に窃盗被害に遭った時、このくらいの自衛はしとかないとなーって思って、彼女に細工をしといただけですって」おかげで弘基の両手足は、あっという間に解放される。だから弘基は思ってしまう。コ、コイツ……。仮に人質になってても、全然余裕で、逃げ出せてたんじゃ……？　無言のまま目をしばたたく弘基を前に、しかし孝太郎は笑顔のまま包丁を渡してくる。

「あれだけの音がしたんだから、周りの人たちも集まってくるでしょう。通報する人もいるかもしれない。だから犯人たちも、まともな神経してるなら、車でさっさと逃げるはずです。そうしたら僕らは無事解放。命の危機もこれにて終了です」

なのになぜ、コイツは俺に包丁を握らせてくるのか――？　弘基はそう困惑しながら、微笑む孝太郎を凝視する。そしてその目の奥に、鋭い光を見たような気がした。

「あ、でも、ひとりくらいは、人質を取りに戻ってくるかもしれませんねぇ？」

その言葉に、弘基はハッとスイングドアのほうに目を向ける。するとその小窓には、こちらに近づいてくるハゲの姿がわずかに見えた。瞬間、孝太郎は小さくガッツポーズをしてみせる。「そういうわけで、弘基さん、ファイト！」そしてそのまま、ひょんとしゃがみ込む。

は？　なんだよ？　ファイトって――？

焦る弘基の目に、バンッ！　と勢いよく開くスイングドアが映る。そこから飛び込んできたのは、もちろんくだんの屈強なハゲだ。その手には、先ほど同様拳銃が握られている。孝太郎曰くマカロフの、おそらく本物。

「――！」

だから弘基は、瞬間的に納得してしまったのだった。ああ、なるほど。ファイトって、このファイトのことな。そうして同時に、思い至った。つーか孝太郎、テメェ、マジで俺がいなくなればいいとか思ってんじゃ……!?　銃口がこちらを向く。

「……く」

運命というものを、弘基は考える。いったい何がどうなって、こんな状況になっているのか。そうして、初めての答えにたどり着く。

これが、俺の運命なんだとしたら――。そんなもん、クソくらえなんだよ！　絶対に、死んでも受け入れてやらねぇからな！　バカヤロウ！

「犯人は車の中で、誤って武器を暴発させてしまったんじゃないでしょうか？　それで、焦って逃げたのでは……？」

老シェフは駆けつけた警察官に対し、ことの顚末についてそう告げた。だから弘基もそれに乗っかり、「おそらく、そういうことだと思います……」と、言っておくことにした。「まあ、俺はずっと厨房にいたんで、正確なことはわかんねぇですけど……」アンジェリカの件については、喋るべきではないと踏んだからだ。

いっぽう孝太郎のほうも、警察官からいくら何を聞かれても、「怖かったですぅ」と怯えきったような表情でのたまうばかりで、証言らしい証言はほとんどしていなかった。おそらくアンジェリカの細工について、言及することを避けていたのだろう。

「本当に、怖かったんだからぁ。弘基さんが、ハゲを最後の最後に撃退してくれなかったら、僕らどうなってたことか……」だから弘基は、ひそかに心に誓ったのだった。コイツの言うことだけは、絶対に二度と信じまい。何せあの時最後の最後で、ハゲが怖気《おじけ》づいて逃げ出してくれなかったら、それこそ弘基の命だって、だいぶ危ういところだったのだ。それなのに、なーにが怖かったんだからぁ、だよ。この、クソオオカミ青年が

――。

警察官らに身柄を保護された弘基たちは、そのまま警察であれこれ事情を訊かれた。警察の話によると、犯人らは逃走中だとのことで、彼らの質問の内容から察するに、その行方は杳として摑めていないようだった。おかげで質問は割りにしつこく繰り返され、やっと解放された頃にはすでに未明になっていた。

帰りのタクシーの中、エマは興奮冷めやらぬ様子で、「コータロー、あの時どうやって結束バンドを解いたの？　何が起こってたの？　そもそもあなたたち、ずっと何を喋ってたの？」などとしつこく訊いてきたが、弘基と孝太郎は薄い作り笑いを浮かべ、「忍者の技法、みたいな？」「あとは、武士道とか……。なぁ？」と日本文化で押し切り誤魔化した。「ほら僕ら、侍の国の人だから」「色々あるんだ。色々と……」だから彼女を落ち着かせ、アパートへと戻れたのは明け方近くなってからだ。

アパートの前でタクシーから降りると、孝太郎は大きく伸びをして、「あー、とんだ一日でしたねぇ」などと言ってきた。「さすがに僕も、疲れちゃいましたー。だから、先にお風呂頂いていいですか？」

それで弘基は彼の背中をポンと叩き、「好きにしろ」と言ってやった。「俺ちょっと散歩してくっから。のぼせるほど入っててもかまわねぇよ」その言葉に、孝太郎は、「えっ？　なんで散歩っ？」と慌てたような声をあげてくる。「あっ？　もしかして、篠崎さんに……!?」しかし弘基はそれを無視して、さっさと彼に背を向け歩き出した。「ちょっ!?　弘基さ〜んっ!?」

携帯の時計は五時八分を示していたが、空はまだ夜の暗さだった。昼間は人で賑わう通りも、この時間はさすがに静まり返っている。おかげで石畳を踏む弘基の足音が、いやに大きく響いて聞こえた。

それでも街は充分明るく、吐く息が白いこともはっきりとわかった。そんな中、弘基は希実に電話を入れた。

日本は今頃真昼間だ。もしかするとまだ寝ている可能性もあるが、それでもしつこくコールすれば、着信に気付くことは気付くだろう。要するに弘基としては、早く声が聞きたかった。

「——はい、もしもし」

しかし希実は、想定外に一回のコールであっさりと電話に出た。「希実です、けど……」それで弘基も、思わず「お、おお……」と若干間の抜けた声をあげてしまった。

「速攻で出たな。もう起きてたのか？」

すると希実は、「あ、うん……」とどこかぎこちないような声で返してくる。「お店で、勉強してたとこ……」だから弘基は、ふと思ってしまった。もしかしてコイツ、俺の電話、待ってたんじゃ……？　しかしすぐに、その考えを打ち消した。いや、まさかな？　あんな素っ気ない女が、そんな健気な真似するわけ――。

「あの、クリスマスのことだけど……」どことなく、申し訳なさそうに言ってくる希実に、だから弘基は笑って返す。「ああ、語学留学だろ？　行けばいいよ。俺もこっちで仕事することにすっから、気にすんな」そんな弘基の言葉に、希実はホッとしたような息をもらす。「そっか。なら、よかった……」思いがけないような、不安げな一面をのぞかせる。「なんか、怒ってるのかと、思ってたから……」

だから弘基は、なんとなく思ってしまう。あれ？　もしかしてコイツも――？　それで意識的に、少し明るめの声で言ってみる。

「怒ってねぇよ、バーカ。言っとくけど、こっちはだいぶ大人なんだぞ？　そんくらいのことでギャースカ言うわけねぇだろ」

その言葉に、電話の向こうの希実が、少しだけホッとした表情を浮かべたような気がした。沈黙の中の息づかいに、そんな気配をわずかばかり感じたのだ。

「……」

彼女を、運命の人だと思ったことはない。なんとなく咄嗟に告白して、思いがけない返事をもらって、それで付き合いはじめたようなところもある。自分の気持ちも向こうの気持ちも、まだどこか手探りで頼りないし、勝手がわからず、戸惑うこともしばしばだ。うまくやれている自信は、皆無に等しい。

でも、それでもいいと、あられもなく弘基は思ってしまう。

「……けど、まあ、アレだ。クリスマスが終わったらすぐ日本に帰るからよ。そん時は、ちゃんと日本にいてくれよ？」

運命でなくてもいい。そのほうが、この頼りない繋がりを、大切に出来るかもしれない。

「――俺だって、お前にちゃんと会いてぇからよ」

電話の向こうの声が、うん、と小さく返してくる。空はまだ暗いままだが、わずかに朝の気配を感じる。そのことに、弘基は少し安堵して小さく笑う。

吐く息は白く、群青の空へと還《かえ》っていく。石畳を歩く足音に、楽しげな声が混ざりはじめる。明るいその声は、彼自身の声だ。まだ話したいことがある。訊きたいこともある。見たい景色もある。足りないということは、幸福なことだとぼんやり思う。

暗い夜の中、それでも朝を感じられる幸せを思いながら、弘基は石畳の道を進んでいく。

Cuisson

——焼成——

その街の駅は、篠崎希実が思っていたより殺風景だった。

ホームはそう広くもなく、のっぺりとした灰色のコンクリートで舗装されている。際に敷かれた転落防止の黄色い点字ブロックは、日本のそれよりずいぶんと幅が太い。それが、ホームの端から端まで、真っ直ぐ超然と延びている。飾りっ気がないというか、合理性に基づいているというか、どうもそんな印象だ。駅名標も白い板に、「Bronxville」とゴシック体で書かれているだけ。

降車した乗客も、そういなかった。希実を含めて、十人前後といったところか。かたや反対側の乗車ホームには、それなりに人が多く並んでいる。住宅地の駅だから、大抵の人はこの時間、職場に向かうためにこの駅を使うのだろう。

マンハッタンへと繋がる路線上にあるこの駅は、一応ニューヨーク州に含まれてはいるが、位置づけとしては、郊外の住宅地という扱いであるらしい。住宅地という言葉の前に、高級、なる冠が付くこともあるようだが、しかし希実としては、駅の雰囲気からしてそんな印象は特に受けなかった。別にさびれてるわけじゃないけど、なんか質素っていうか……？

電車から降りると、キンとするような冷気が顔の周りを覆ってきた。こちらの寒さはどうも耳にくる。語学留学のため、かれこれもう二週間以上ニューヨークにいるというのに、希実はまだこの寒さに慣れない。硬く、決然としたような寒さだ。

ニューヨークって、けっこう緯度が高いんだもんな。そんなことを思いながら、手にしていた赤いマフラーをぐるぐると首に巻きつける。そうしてダウンコートのポケットから、ひょいと携帯電話を取り出す。

「……」

携帯の画面には、暮林の名前が表示されていた。暮林陽介。不在着信。八時五十三分。先ほど電車の中で、彼から電話がかかってきていたのだ。ただし電車内であったため、電話には出ないままにしておいた。

アメリカには別に、電車内では携帯に出るべきではないなどというマナーは存在しない。それでも身についた習慣は変えられず、希実は電車内で電話をとらないようにしている。いや、とらないと言うより、とれないと言ったほうが正確か。理屈が退いても変えられない。習慣というのは、おそらくそういうものなのだろう。

折り返そうかとも思ったが、しかし九時を過ぎていたのでやめておいた。日本とニューヨークの時差は十四時間。つまり現在、日本は午後十一時を回ったところで、ブランジェリークレバヤシも、開店直後であるはずだった。そんな時間に電話をかけるのは、やはり非常識だろうと思ってしまった。だから取り急ぎ、メールだけ送ることにしておいた。「さっきは電話に出られなくてごめんなさい。またこっちから電話します！」こうしておけば暮林も、あらぬ心配はしないはず——。

希実が語学留学でこちらに来てからというもの、暮林は毎日、朝の九時少し前に、希実に電話をかけてくれている。店の開店前に、今日の調子をうかがってくるのが、彼の日課となっているのだ。

その時間帯の電話は、希実にとっても都合が良かった。語学学校がはじまるのは九時十分で、だから暮林からの電話は、学校に着く直前あたりでとることが出来る。それで二、三分ほど短い話をして教室に入れば、時間は九時を少し過ぎたあたりとなる。一限目の授業を迎えるのには、ぴったりなタイミングの電話と言えるだろう。

それでも運悪く電話に出られなかった日は、メールだけして、学校終わりに希実のほうから、電話をかけ直すのが常になっていた。学校が終わるのは午後五時で、その頃日本は朝の七時となる。ブランジェリークレバヤシも店じまいをし、配達や仕込みまでを終え、朝食をとりはじめる頃で、そんな時間であれば、希実としても気兼ねなく暮林の携帯を鳴らすことが出来ていた。

だから今日も、夕方に電話をすればいいやと、そのままメールを送ろうとしたのだが、しかし途中であることをハッと思い出し、急いでもう少々書き足した。「あと、メリークリスマス！」

そう、今日はクリスマスだった。日本時間からすると、あと一時間足らずのクリスマスではあるが、それでも一応言っておいた。「どうか暮林さんも、よきクリスマスを！」

ちなみにアメリカでは、クリスマスは休日にあたる。だから語学学校も休講で、希実はこうして学校にも行かず、この街へと足を運んでいたのだった。

よりによって、クリスマスに来ることはなかったかな、という思いもあったが、しかしもう、今日しかないから決行した。

明日には、弘基がフランスからやって来る。希実の語学学校は明後日までだから、それが終わったら一日だけこちらで一緒に過ごして、その後やはり一緒に日本に帰る約束になっている。だから、この街に足を延ばすのは、もう今日しかなかった。クリスマスだろうがなんだろうが、ここまで来たら、もう行くしかない。

「……」

駅を出てみると、そこにもやはりずいぶんと簡素な風景が広がっていた。高い建物があるわけでもなく、ショッピングモールのようなものがあるわけでもない。一応店らしきものもポツポツと並んではいるが、そのウィンドウの装飾もどことなく控えめだ。おかげで希実としては、やはり肩透かしを食った気分だった。

高級住宅街だっていうから、もっと派手な感じかと思ったのに……。なんか、けっこう普通っていうか……。むしろ、地味……？

宿泊中のホテルがあるマンハッタンは、クリスマスムード一色で、どこもかしこもきらびやかな電飾で彩られ、少し気圧されてしまうほどだったのに、こちらは店先に飾られているクリスマスツリーさえごく抑制的だ。豪奢な装いを、敢えて排しているような気配すらある。

葉の落ちた街路樹が、あちらこちらに整然と立ち並んでいるのも、禁欲的なムードを醸しだしている理由かもしれない。画一的に伸びた枝は、手入れがよく行き届いていることを物語っている。道路に駐車してある自動車も、どこか行儀よく見えるほどだ。

「……」

ここが、ブロンクスビルか——。眼前に広がる景色をまじまじと見詰めながら、希実は確認するようにそう思う。なんかやっぱり、素っ気ない感じの街だな。

高い建物がないせいか、空が広く感じられた。よく晴れた日だった。硬質な冷たい空気は、冬の陽射しを研ぎ澄ましているようでもあった。そんな中を、希実はひとり歩きだした。

今の希実にとって、部屋に閉じこもっていた日々は、どこか現実感に乏しい、夢の中の出来事のように感じられてしまう。どうして、あんなふうになってしまっていたんだろう？　通常四年の大学生活が、結果五年に及んでいるという事実を目の前にした時など、つい首を傾げてしまうほどだ。

だって、あんなことをしたって、なんにもならないのに。むしろ、大よそ不利益しかもたらさないはずなのに。なのに、なんであんなふうに、時間と学費をドブに捨てるような真似をしてしまったのか――？　もう、どうかしていたとしか思えない。いや、実際問題どうかしていたから、ああいう状態になってしまっていたとも言えるのだろうが――。

あの頃の自分は、自分ではないようだった。思考や行動も、まるで知らない誰かのもののようで、今となっては理解が及ばないことも多々ある。考えても仕方のないようなことばかり考えていて、どうしようもないような言葉や感情で、頭の中が埋め尽くされていた。

かろうじて、あの頃の自分と今の自分は、やはり地続きなんだな、と思い至らされるのは、どうしようもない息苦しさを覚えてしまう時だ。ふいに胸が詰まって、うまく息が出来ないような感覚に捕らわれた時、希実は当時の記憶を、はっきりと生々しく思い出す。

鉛のように、手足がずんと重くなるような感覚。思考はまとまらず、音が歪んで聞こえはじめる。すると呼吸がどんどん苦しくなっていって、耳が詰まったような違和感と共に、ボウボウという低い耳鳴りが聞こえてくる。

水の中にいる感覚に、近いかもしれない。耳まで水に浸かりながら、かろうじて口元だけ、水面から出せているような感じ。あっぷあっぷしながら、どうにかこうにか息を継いで、必死になってもがき続ける。けれど手足は重いままで、思うように動いてくれない。このままでは、溺れて沈んでいってしまう。焦れば焦るほど、体はまともに動いてくれず、息継ぎがうまく出来なくなる。

苦しい。苦しい。苦しい。

誰か、助けて——。

あの頃の希実は、部屋の中でよくそんなふうになっていた。今でも、時々なる。人混みや、エレベーターの中。満員電車や、大学の大講堂。あとは、ニューヨークに渡る際、初めて乗った飛行機の中でも、似たような感覚がやってきて弱った。あれには、どうも慣れることが出来ない。嵐のようにやって来て、希実をのみ込み蹂躙《じゅうりん》していく、言いようのない混乱と焦燥と動揺のループ。

だけど気付けば、いつのまにかそれはなくなっていて、希実はその場に、うずくまっていたり、ぼんやり立ち尽くしていたりするのが常だった。そんなところも、当時も今も同じままだ。違うのは、その後にもたらされる感覚だろう。

今の希実は、その状況を脱すれば、ああ、いってくれた、と割りに早く気持ちを切り替えられる。苦しみには終わりがあると、もう理解していると言ってもいい。またいつやって来るかはわからないが、それでもやって来る間隔は長くなっているし、もしかしたら次は、もうやって来ないかもしれない。そんなふうに、どこかで楽観できるほどにもなっている。

けれど、当時は違っていた。あの頃の希実は、苦しさから解放されたその刹那、ホッと息をつきつつも、しかし同時に、ひどい絶望感に襲われていたのだった。

ああ、終わった。やっと、終わった。息は、出来てる。ちゃんと、出来てる。もう、苦しくない。そう思いながら、しかし今とはだいぶ違う理解をしていた。

終わった。もう、苦しくない――。けど、どうせまた、苦しくなる。だってあれは、またやって来る。今度は、すぐに来るかもしれない。それでまた、苦しくなる。何度も何度も、繰り返しあれはやって来るから、何度も何度も、繰り返し苦しくなるしかないんだ。ほとんど取り憑かれたように、そう思っていた。

楽になるのなんて、どうせ一時なんだ。どうせ大体、なんか苦しい。次の苦しさも、どうせまた、すぐにやって来る。繰り返しなんだ。これは——。終わらない。けっきょくずっと、ずっと、ずっと、苦しい。

もう、嫌だ。もう、やめたい。

全部、やめたい。息をすることも、もう、全部——。

どうしてあの頃、そんな状態になってしまったのか、正直なところ希実にもよくわかっていない。何せ当時、希実は順風満帆な状況にあったのだ。第一志望の大学に合格出来て、そこに通えるようになっていた。友人になってくれた人たちは、みな一様に、親切で善良で優しかった。サークルに入る気などさらさらなかったのに、資格関係のサークルもあるんだよと教えてくれた子たちがいて、けっきょくその子らと会計学会なるサークルに入りもした。つまり大学生活に関しても、順調につつがなく過ごせていた。人間関係に悩んでいたということもまったくない。

だから余計、混乱したということもある。どうしたの？　私——。どうして、学校に行くことすら、出来ないの――？

母の死が、原因のひとつではないか、とカウンセラーに告げられた時は、少し、腹が立った。希実の調子が悪くなったのは、彼女の死からもう半年以上経った頃だったから、それは関係ないと思ったのだ。

事実希実は、母が亡くなってすぐ受験勉強に取りかかれたし、そのことを特に引きずるようなこともなく、日常生活に戻れてもいた。大学にだって、ちゃんと受かった。その事実は、希実に喜びだけでなく、それなりの自信を与えてくれてもいた。

希実には、子供の頃からの夢があった。首都圏のどこかしらの国立大学に滑り込んで、大学四年間で取れるだけ資格を取って、なるべく手堅い会社に就職する。そこで勤め上げるもよし、あるいは独立開業するもよし。とにもかくにも働いて、自分ひとりでも生きていけるよう、経済的にも精神的にも自立する。だから志望校への合格は、希実にとって夢の実現の第一歩であったとも言えた。そのぶん、喜びもひとしおだったし、それなりの自信も湧いていた。やった！　これでとりあえず、第一段階はクリアした！　この調子だ。きっとこのままいける。このまま、資格の勉強をして、それで早く資格をとって、それで、それで――。

希実の夢は、母を反面教師にしたものだった。彼女の母、律子《りつこ》は、勉強や学歴などうでもいいと言っていたような人で、希実が学校のテストでいい点数をとってきても、まるで興味を示さなかった。「いい？　のぞみん。世の中には、そんなことより、ずーっと大事なことがあるのよ？」

彼女の優先順位の最上位は、よく言えば愛で情で、悪く言えば目先の優しさだった。そうしていつも、たかがそんなものに振り回され、泣いたり傷ついたりばかりしていた。だから子供心に思ったというのもある。そりゃあ、学校のテストより大事なことは、世の中にいっぱいあるんだろうけど——。でも私は、母みたいにはなりたくないわ。

夜の仕事をしていた母は、しょっちゅう誰かに頼ったりすがったりしながら、ふらふらと場当たり的に生きていた。でも希実は、そんなふうには生きたくなかった。ちゃんと自立して生きたかったし、お金の苦労だって、出来ることなら、もうしたくはなかった。人の厄介にもなりたくなかったし、そこにいるだけで邪魔くさそうに舌打ちされるような、目障りな存在でい続けるのも、もう、うんざりだった。だから、頑張らなきゃ。ずっとそんなふうに思い続けていたし、そうしなければ、自分の人生は切り開けないんだと理解もしていた。

それで大学にちゃんと受かったのだから、むしろ母の死については、ある種、乗り越えたような気持ちになっていたというのもある。だからカウンセラーに対しても、少し強く言ってしまった。

「母は関係ないと思います。だってそこにつまずくなら、もっと早い頃のはずじゃないですか？　私、大学もちゃんと合格したんですよ？　そんなもの、とっくに乗り越えてます」

しかし実際のところ、母は関係ないと思うこと自体、母の死の影響があった証なのだろう。今では希実も、そう理解している。何せ母親が死んだのだ。それを関係ないだなんて、思い込むほうがどうかしている。関係はあったのだ。関係はないと、ムキになって言い募るほど、色濃くあったと言ってもいい。

「——お母さんが亡くなったのに、よく頑張ったね」そう言ったのは、誰だっただろう？　大学のクラスメイトだろうか？　あるいはサークルの誰か？　それとも、たまたま飲み屋で、居合わせた人？

酒の席だったのは確かだ。希実はのんでいなかったが、周りはみんなのんでいた。ガヤガヤとした、うるさい居酒屋のような店だったと思う。資格試験の話をしていたはずなのに、いつの間にか大学受験の苦労話になって、希実は、へえ、はあ、ほお、とただ相槌を打っていた。そしてその最中、不意打ちのように言われてしまった。

「篠崎さん、去年お母さん亡くしたんだよね？」

なぜそれを？　と希実は少なからず驚いたのだが、聞けば希実と同じ高校の出身者が、どこかでそんな話を漏らしたらしい。それでその話が人に伝わり、巡り巡って希実の周辺の人々にも、どうやら広まってしまっていたようだった。

ただしそのことに、怒りもいら立ちも覚えたりはしなかった。事実が事実として伝わっただけの話で、取り立ててどうこう言うようなことでもないと思ったからだ。だから普通に頷いたように記憶している。

「うん。そうだけど？」

するとみんな、一瞬黙り込んだ。そうして、小さな針をのみ込んだような、痛みに触れたような表情を浮かべた。だから希実も、あれ？　と違和感は覚えたのだが、しかし彼女が、それがどうかした？　と訊くより早く、彼らのほうから言われてしまった。

「――お母さんが亡くなったのに、よく頑張ったね」

嫌みや、当てこすりなどではなかった。おそらく優しさで、彼らはそう言ってくれていた。「受験の時に、そんなことがあったなんて……」「それでもちゃんと、合格したんだもんね？」「偉いよ、篠崎さん」「一年生なのに、しっかりしてるわけだ……」酔っ払って、涙目になっていた子もいたほどだ。

隣の席のおじさんたちも、いつの間にか話に加わっていた。「そりゃ気の毒な話だなぁ」「お母さん、いくつだったの？」「うわぁ、そりゃあ、しんどかったなぁ……」「お嬢ちゃんもだけど、お母さんも、なぁ……？」

だから希実は、最初少しポカンとしてしまった。どうした、どうした？　お酒に泣き薬でも入れられた？　内心そう戸惑いもした。けれどあれこれ言ってくる彼らの姿を前に、ああ、そういうことか、と徐々に納得していったのだった。

「苦労したんだなぁ、お嬢ちゃん」「でも、ちゃんと大学入れたなんて、お母さんもきっと喜んでおられるよ」「うん。篠崎さん、こんな立派にやってるんだもん」「きっと安心して、空から見てるよ」

そこにあったのは、悲しくも正しい母と娘の物語だった。あるいは、亡き母のために、健気に努力している娘の話、とでも言うべきか——。

「頑張んなさいよ、大学生」「ああ。お母さんは、きっと見ててくれるからね」「お嬢ちゃんが幸せになることが、一番の供養なんだからさ」「親は子供の幸せを、何より願ってるもんだからね」「死んだって、それは変わんないから——」

だからだろうか？　お腹のあたりがすぅすうして、どうにも居心地が悪かった。それで苦笑いを浮かべつつ、「いや、そんな……」だとか、「別に、そこまでは……」などと言葉を濁し続けたのだ。「別に、そんな、ことは……」

彼らが口にした物語と、希実の現実とにはひどい乖離《かいり》があった。たとえば、母の死が悲しかったかと問われたとして、希実が返す答えは、やはり一応、「そうですね」だ。何せ母が死んだのだ。そこにはそれなりの悲しみもあったし、まったくの無感情というわけにはいかなかった。喪失感も一応あった。ああ、あの人はもういないんだな、と感慨にふけることも時おりあったし、あの人の人生って、いったいなんだったんだろうな？　とぼんやり考えてしまうこともあるにはあった。

でも、だからといって、母を思って勉強が手につかなくなったかと言えば、そんなことはまったくなかった。母のために頑張らねばとか、彼女が見守ってくれているはずだとか、そんなことも一切思わなかった。寂しいだとか、会いたいだとか、そんな感傷にふけることもほぼ皆無。

そもそも母が亡くなった病室でも、希実は悲しみというより、違和感ばかりを覚えていた。ああ、だいぶ様子が変わってしまったな。綺麗なことが、自慢の人だったのに。そんなことを思いながら、まじまじ母を観察していたほどだ。でも、もう意識はないから、どうでもいいのかな。本当に意識、ないのかな？　幽体離脱して、どっかで見てたりしてないのかな？

最期の瞬間だって、涙も出なかった。ああ、逝ってしまうな。この人はいつだって、自分勝手にいなくなってしまう――。そんなことを思ったくらいで、嘆《なげ》いたりわめいたりもしなかった。

だから、彼らの基準に照らし合わせれば、希実はちっとも偉くなかった。彼女は彼女の将来のために努力してきただけで、母のためなどという思いは、正直なところこれっぽっちもなかった。これからだって、きっとそうだろうと思ってもいた。私が努力するのは、私のためで、幸せになるんだとしたら、それもやっぱり、私のためだ。

でも、そうは言い出さず、へらへら笑ってやり過ごした。「そうかな?」「そういうもんですかね?」「どうなんだろう?」「よくわかんないですけど……」

何せ思っていることを口にしたら、彼らの厚意に水を差すことになると、よくわかっていたからだ。

彼らは希実を、励まそうとしてくれていた。母を亡くし、それを乗り越え生活している娘に、優しい言葉をかけてくれていた。母を亡くした娘が、その死に傷ついているという前提で、その傷を、どうにか癒そうとしてくれていた。それを真っ向から否定するほど、希実も野暮ではないつもりだった。

それに、彼らの言い分についても、それなりに理解は出来ていたのだ。母親の死というものは、多分そういうものなのだろう。受験勉強など手につかなくなるほどショックなことで、それでも頑張って勉強して、ちゃんと志望校に合格出来たら、それは立派なことなのだろう。故人も喜んでいるはずだ、と思うのもそれなりに自然なことで、そう言われたら子供のほうも、ありがたくその言葉を受けとめるのが、まあ、常識的な反応というものなのだろう。

つまりズレているのは、私のほうなんだ。あれこれ語りかけてくる一同を前に、希実は笑みを浮かべつつそう思っていた。

きっと私は、みんなが思うようには傷ついていないし、みんなが感じるほどには、母の死というものを悲しんでもいない。もともと母という人は、長らく行方をくらましていたような人だったし、その前だって、プチ家出だなんだとよく家を空けていたし、私の子供時分に至っては、実家に私を置き去りにして、姿を消してしまっていたほどなんだし、いなくなっても、それほど変化はないっていうか……？

言い訳だろうか？　こじつけだろうか？　あるいはただの自己欺瞞《じこぎまん》？　それでも、そんなふうに思えてならなかった。

でも私、本当に、さほど悲しくなかったんだよね。多分、母が亡くなるよりずっと前に、私はもう、母を失くしてしまっていたから――。

けれど、そんなことは、言えるわけがなかった。そんなことを言うのは、人でなしの薄情者だ。少なくとも、世間にはそう見なされてしまう。だから、言ってはいけないと思って、黙ったまま作り笑いを浮かべ続けた。

伝わるわけがない感情を、口にしたって仕方がないという思いもあった。いつだったか、美作くんも言っていた。「人なんて、自分が生きてきた世界の基準でしか、なかなか物事を測れないんだよ。そういう意味では、理解し合える他人の数にも、それぞれ限りはあるんだろうけど」

その通りだと、希実も思った。伝わらないことは、たくさんある。人それぞれ、見てきた世界は違うのだから、感じ方も考え方も、やはり人それぞれで多岐にわたる。そこには多数派もあって、少数派もあって、わかり合えないケースもままあるだろう。だから、伝わらないのは、ごく普通のことなのだ。悲しいことでも、傷つくことでもない。卑下するようなことでもない。腹を立てる必要もない。ただ、違うんだな、と、心の中で割り切ればすむ話。

それなのにあの居酒屋で、希実は作り笑いを浮かべながら、彼らの言葉に捕らわれてしまっていた。「お母さんが亡くなったのに、よく頑張ったね」そんな言葉に、柔らかく首を絞められたような心持ちになった。「お母さんもきっと、喜んでおられるよ」聞き流せばいい言葉を、それでも耳が捉えてしまうのは、そこにある種の真実が、含まれているからではないか？

居心地が悪くて、笑っているしかなかった。彼らの言葉が、気が遠くなりそうなほど、遠いもののように感じられた。彼らと同じように思えない自分が、ひどく、歪んだ人間に思えた。

だからこんなに、苦しい瞬間があるんだろうか？　時々、そう思うことがある。息が苦しくなって、目の前がかすんで、溺れているような心持ちの中、これが私の罰なんだろうかと、そんな言葉が、ふと頭を過《よぎ》る。最後まで、母を許し切ることができなかった。彼女の人生を、肯定できなかった。多分、愛してもいなかった。いい娘ではなかった。たったひとりの娘だったのに、私は――。

――そんなこと、考えたって仕方がないのにね。

頬に刺さるような寒さを感じながら、希実は自らの思考を断つようにそう思う。ブロンクスビルの大通り。人通りがそう多くもない歩道を、ほとんど無心で歩いていたつもりが、気付けば母のことを思い出してしまっていたようだ。よくない兆候だな、と希実は小さく息をついて、携帯を取り出し現在地を確認する。

「……」

目的の通りは三ブロック先だった。どうする？　行ってみる？　心の中でそう自問すると、ギュッと心臓が縮こまったような気がした。

「……」

だから希実はマフラーに顎を埋め、歩くスピードを少しばかりあげた。怖いものは、これ以上増やしたくない。そんな思いで、殺風景な通りを進んでいく。

ひとり部屋の中に閉じこもって、昼も夜もなく、ひたすらにあっぷあっぷしていた最悪の日々の中。希実を現実に引き戻してくれたのは、現実の音と匂いだった。ブランジェリークレバヤシには、昼も夜も人がいて、そこには絶え間ないような生活の音と匂いがあった。

廊下を歩く足音。喋り声、笑い声。ピピピ、というタイマーの音。パン生地を捏ねるミキサーの音。ああしろこうしろと、荒く指示を出す弘基の声に、はいさほいさと、穏やかに応じる暮林の声。焼き上がったばかりの、香ばしいパンの匂い。甘い香りは、クロワッサンオザマンドか、果物のデニッシュあたりだろうか。強いカカオの匂いは、きっとパンオショコラのそれで、強いチーズの香りのもとは、ゴルゴンゾーラとハチミツのフォカッチャあたりだろう。

カレーの匂いもよくしていた。お好み焼きや焼きそばや、揚げ物の香ばしい匂いも。

甘からい蒲焼きの匂いがしてきた時は驚いたし、煮詰まったようなカラメルの匂いがしてきた時は少し身悶えた。シチューやポトフなんかの煮込み料理の匂いも、割りに多かったような気がする。

匂いがするのは、当然といえば当然のことだった。それらはしょっちゅう、希実の部屋の前の廊下に、お供え物のように置いてあったのだ。

初めて希実がそれに気付いたのは、メロンパンの時だった。甘いバニラの香りに誘われて、なんとはなしに戸を開けると、ちょこんとお皿に載せられた、ふたつのメロンパンが並んでいた。

ひとつは、ビスケット生地がパンから半分流れ落ちて、だいぶ不格好に仕上がったメロンパンで、もうひとつは、ザックリと見事に焼き上がったビスケット生地に、キラキラと輝くような砂糖が美しくまぶしてある、とても形のいいメロンパンだった。

誰が作ったものであるかは、ひと目見ればすぐにわかった。見た目はまるで違うのに、それでも手に取ればどちらも温かで、頬張ればほどよく甘い味が、ほろほろと口の中でほどけて溶けていった。それで希実は、思わず大きく息をついてしまった。

ああ、おいしい——。

息が出来た。苦しくはなかった。息が出来て、良かったと思えた。こんなことを、まだ思えるんだなと、もう一度深く、息がつけた。絶望は、影をひそめた。なくなりはしなかったが、それでもだいぶ色褪せた。

希実が部屋の前のお供え物に、気を留めるようになったのはそれからだ。彼らは昼も夜も、ドアの前に香り高いパンや料理を並べてくれていた。

しかもふたりは、どうもわざと匂いがするものを用意しているふしがあった。時おり階段下から、バタバタうちわを扇ぐような音が聞こえることもあったので、もしかしたら本格的に、希実を食べものの匂いで、部屋からおびき出そうとしていたのかもしれない。ちょっとバカみたいな話だが、しかし今では、希実も半ばそう確信している。だって、あのふたりならやりかねないっていうか……？　しかも私も、実際けっこう匂いにつられてたわけだし……。

暮林と弘基が、揃ってブランジェリークレバヤシで寝泊まりするようになったのは、いったいいつの頃からだったのだろうか？　希実にははっきりと思い出せないが、気付くとふたりは当たり前のように店で生活していた。

「――希実ちゃん。洗濯物洗っといたで、ここ置いてくな？」

部屋のドア越しにそう言われた時は、ベッドから飛び起きてしまった。それで大慌てでドアを開けると、そこには畳んだ衣類を抱えた暮林の姿があった。

「お、起きとったんか？」

春の陽射しのような、ほのぼのとした笑顔で暮林は言ったが、しかし彼が抱えた衣類の天辺には希実の下着類が鎮座しており、だから希実は絶句しつつ、慌てて衣類を受け取ったのだった。

「あ、あが……っ！　が、あ、りがとう、ござい、ます……」そうして、「す、すみません……。こんな、こと、してもらって……」と言葉を詰まらせながら言うと、暮林も衣類の内訳に気付いたのか、「あっ！」とめずらしく少し大きな声をあげ、希実の肩をポンポンと叩いてきた。

「す、すまんかったな？　こりゃ、デリカシーが、アレやったわ……。けど、あの……。これ、洗ったのも干したのも、畳んだのも全部弘基やで――。な？」だから安心してください、とばかりに暮林は微笑んでみせたが、希実としてはそれもそれで、膝から崩れる思いだった。

そんなことがあってからは、積極的に洗濯に手を出さざるを得なくなった。弘基は予想通りというかマメな性質で、脱衣所に洗濯物があればすぐに洗濯機を回しはじめるため、先手必勝で希実自ら洗濯機を回すしかなかったとも言える。

しかも弘基は、希実が自分の衣類だけ洗濯をはじめると、決まって「待って待って、俺のも洗って」とあれやこれやと自分の洗濯物を持ってきた。「つーか、お前のだけで洗濯機回すなんて不経済だろ？」

それ、年頃の女の子に言うこと？　と思わないでもなかったが、しかし不経済を持ち出されては、一緒に洗うなんて嫌だ、とも言いだせず、けっきょくふたりの衣類は、同じ洗濯機の中で回る運命をたどった。自分が神経質でなくて、本当によかったと胸を撫で下ろした一件とも言える。一般家庭のお嬢さんなんかは、お父さんのと一緒に洗濯しないで！　とか言うらしいのに……。私ときたら、弘基とも、暮林さんとも一緒くただよ……。

しかし同じ洗濯機の中で、のほほんと一緒に回り続ける洗濯物を見ていると、別にそのくらいどうでもいいや、という気にもあっさりなった。ゴウン、ゴウン。洗濯機はのどかな音を立て続け、洗濯物は他愛もないような渦に翻弄されながらも、きちんとその汚れを落としているようだった。ゴウン、ゴウン、ゴウン――。

そうして物干し場に足を運べば、必然的に陽射しを浴びることにもなった。ブランジェリークレバヤシの物干し場は南向きで、夏場などは殺人的なほどの陽射しを受ける場所となるのである。希実が日常的に、太陽の光を見るようになったのは、つまりそんなことがキッカケだった。

眩しいような陽射しを浴びながら、自分たちの洗濯物は、物干しざおに連なってぶら下がる。時々風に揺れて、軽くぶつかったり、離れたり近づいたりもする。そんな様子を見詰めながら、気付けば希実は時々笑ってしまっていた。

あー、なんだろう……？　この感じ……。見慣れない光景ではあったが、けれどその名前は、知っているような気がした。多分、絶対、違うんだけど……。でも、なんか……。なんか、家族、みたいな……？

「なんや希実ちゃん、最近お日様の匂いがするなぁ」暮林がそう言ってきたのは、そののちのことだ。「そんな匂い、しますかね……？」希実がそう首を傾げるのに、暮林は笑って頷いて、希実の頭をわしわしと撫でた。「するする。希実ちゃんらしいわ。よう似合っとる」そう語る彼の眼鏡の奥の目は、言葉通り、本当に少し眩《まぶ》しそうだった。

「……」

けれど希実は、ほとんど反射的に思ってしまった。そんなの、私に似合うわけないじゃないですか。何せ彼女は、引きこもりの身だったし、陽の光の下に立つのだって、洗濯物を干しに出るほんの十数分のことだったのだ。そんな私から、お日様の匂いなんてするわけないし……。似合うわけも、ないっていうか……。

ただしそう否定しながらも、笑顔の暮林を前にしていると、どうも調子が狂ってしまった。お日様の匂い。そんなもの、自分に相応しくないとわかっているのに、それでも彼の言葉なら、信じたいと思ってしまった。

「……そう、ですかね？」

いや、信じたいというより、応えたいと言ったほうが正確か。あるいは、報いたい、と言うべきだったか――。

「暮林さんが言うなら、そうなのかな……」

生活というのは不思議なもので、起きて、ごはんを食べて、洗い物をして、着替えて、洗濯をして、お風呂に入って、歯磨きをして、寝て、そんなことを繰り返すだけなのに、どういうわけか希実を徐々に、元の暮らしへと引き戻していった。

その暮らしの中には、必ず暮林や弘基がいてくれて、希実がどんな状態であっても、普段通り変わらず声をかけて、他愛のない話をして笑ってくれた。そうしてそんなことをしているうちに、気付けば希実は、最悪な日々の中から、いつの間にか掬い上げられていた。

部屋を出て、階段を下りると、そこには厨房があって、その先には、以前と同じままの賑やかなブランジェリークレバヤシがあった。棚にはパンがびっしりと並んでいて、一見のお客さんが、薄く笑みを浮かべ、パンを選んでいる。イートイン席には、ちょっと立ち寄ったふうのお客さんや、近所のご隠居の一団、あとは懐かしいような、常連たちの姿もあった。

「――希実ちゃん！」

最初に気付いて、駆け寄ってきてくれたのはこだまだった。するとみんなが、いっせいに笑顔で手招きをしてくれた。「あっら～！　希実ちゃん、久しぶり～」「ちょうどいいところに！　実は改めてお話が……」「そうなんだよ！　斑目さん、結婚するんだって！　デキ婚だって！」「ちょっと！　違うよっ、美作くん！　俺たちは、結婚決めたらデキてた婚だから！」「え～？　それとデキ婚と、どう違うわけ～？」「なんだよ、ソフィアさんまで～！」

相変わらずの賑やかさで、彼らは希実を迎えてくれた。こだまは希実の腕を摑んで、テーブルまでぐいぐい引っ張っていった。「ほら！　希実ちゃん！　早く早く！」そうして希実を席につかせ、変わらない笑顔で言ってきたのだ。「希実ちゃん、斑目氏の結婚式、俺と一緒に行こうよ！」満面の笑みでこだまは言って、キシシ！　と笑い声をたてて言い継いだ。「俺、結婚式初めてで、スゲーわくわくなんだ！」斑目やソフィアや孝太郎も笑顔だった。「ドレスなら、アタシの貸しちゃうわよ～？」「ソフィアさんのがアレだったら、アヤちゃんのドレスもあるし！」「ちょっと～！　アレって何よ～？」「いやー、アレはアレでしょう？　ね？　美作くん」「ええ。なんかわかります」彼らはいつも通り騒々しくて、でも、わざとそうしてくれていることも、希実にはなんとなくわかった。

「あ！　そういえば！　ソフィアさんも安田氏と付き合いだしたんだよ？」「ヤダッ！　その話はまだ……！」「まあまあ、いいじゃないですか。うまくいってるんでしょ？」「ソフィアさんと安田氏、スゲームラムラなんだって！」「こだま！　そこはムラムラじゃなくてラブラブ！」

何せその頃、彼らは以前ほど頻繁に、店へは来なくなっていたのだ。こだまに至っては、営業時間に店に顔を出すことなど、ほとんどなくなってしまっていた。それなのに、みんなが揃っていたということは、おそらくそれなりに、店に通い詰めてくれていたということなのだろう。そのことは、後日弘基にも確認した。「んー……。まあ確かに、よく来てはいたな。けどそれ言うんなら、みんな来てたんだぜ？　門叶兄弟もしょっちゅうだったし、沙耶《さや》や村上《むらかみ》や、美作センセだってよ……」

こだまは終始笑顔だったが、隣に座った希実の手を、決して放そうとしなかった。斑目たちの話に相槌を打って、時おり、キシシ！　と笑い声をたてて、希実の顔を何度ものぞき込んで――。満面の笑みを浮かべているのに、その目はどこか、不安げだった。

「……」

それには少し、申し訳ないような気持ちになった。こだまだって、親のいない夜を越えてきた子なのに。こんな気持ちを、私が強いてしまうなんて——。

全部やめたいだなんて、思っている場合じゃないよな。そんな言葉が、ストンと腑に落ちていくようだった。苦しくても、構わない。何も、やめたくない。

まだ、ここに居たい。

騒がしいテーブルの真ん中で、当たり前のように、そう思った。

マンハッタンは、規則的な格子状《こうしじょう》に道路が整備された街で、だから希実は、ほとんど道に迷ったことがなかった。むしろ、何この感じ。超わかりやすいんですけど——、と余裕綽々で目的地にたどり着けてしまったほどだ。なんかアメリカの道って、めっちゃチョロいかも……。

だから少し、ブロンクスビルをあなどっていた部分もあったのだろう。三ブロック先だと思っていた通りは、たどり着いてみると別の通りで、とどのつまり希実は、あっさり道に迷ってしまったのだった。

「……マジか」

それでGoogle先生に指示をあおぐこと約二時間。希実はようやく目的地へとたどり着くことが出来た。

その家は、大きな通りから路地へ入って、なだらかな勾配《こうばい》の坂道をのぼった先にあった。だから少し小高くなっていて、日当たりがごくよかった。広い庭にもわずかに傾斜があって、家自体は一番高い場所に建っている。平屋《ひらや》建ての大きな三角屋根の家で、屋根からはふたつ、四角い煙突が伸びていた。

「……」

どっしりと重量感のある、なんとも頑丈そうな家だった。壁は乳白色《にゅうはくしょく》のレンガ造りで、モルタルのように見えていた屋根も、よくよく見れば薄い灰色のレンガで覆われていた。だから希実は、その佇まいを前にひそかに感じ入ってしまった。パッと見は柔和な感じだけど、実質ほとんど要塞《ようさい》だよなぁ……。とっつきやすそうに見せといて、本当のところは、とりつく島がないっていうか……？

玄関先へのアプローチには、長い石階段があって、毎日そこを上り下りするのは、ちょっと難儀そうだった。こんな階段のある家に住もうだなんて、M気質なのかな、と希実は小さく肩をすくめた。階段のない家だって、けっこう普通にあったのに……。なんでわざわざこんな家を……？

ただしその家は、ブロンクスビルの中では、取り立てて目立つような家ではなかった。むしろごく平均的な印象を受けたほどだ。

この街の家々というのは、もちろんそれぞれ造りは違ってはいるが、しかし全体的にどこか雰囲気が似通っていた。広い庭には青い芝が茂り、その先にポツンとシンプルな家が建っている。どれもごくオーソドックスな、西洋建築といった佇まいだ。庭の木々も、一見飾り気がないようでありながら、しかし丁寧な剪定《せんてい》がなされている。冬でありながら青々としている芝生も、入念な手入れの賜物だろう。

つまり確かに、高級住宅街の様相は呈していたということだ。あからさまな高級感を漂わせてはいないが、しかし規律と格調めいたものをそこここに滲ませ、そこはかとない矜持のようなものを醸しだしてはいる。

しかし希実としては、なんだか想像と違っていて、少し肩透かしを食った気分だった。だって、アメリカの高級住宅街って言うからには、プールがついてたりとか、毛の長いでかい犬が庭を走り回ってたりとか、引くほどクリスマスイルミネーションが飾ってあったりとか……。そういう、金満《きんまん》なイメージだったのに……。そんなことを考えながら、希実はまじまじとその様子を観察し続ける。

「……」

これじゃあ、ちゃんと地に足がついた感じっていうか、意外と真っ当っていうか。なんか、文句のつけようがないって言うか——。

他の家も大概そうだったが、その家も、クリスマスの装飾はほとんどされていなかった。唯一確認できたのは、一番大きな窓の向こうに飾ってある、クリスマスツリーくらいのものだろう。

窓辺に飾られているらしいそのツリーは、ほとんど窓一面を覆っているようだった。木の大きさからして夜になれば、窓は一面、ツリーの電飾でキラキラ煌めくのかもしれない。暗い夜の中、あの窓だけに光が点灯したら、それはそれで綺麗だろうなと希実は思った。

「……」

きっと、悪くない光景だ。周りが暗いぶん、そのささやかな窓の光が、おそらく温かく映しだされる。そう、温かな光が——。

「……」

グウ～、とお腹が鳴ったのはその段だった。それで希実はハッと我に返った。どうやら柔和な要塞を前に、少々ぼんやりしてしまっていたようだ。

携帯を確認すると、十二時少し前になっていた。いつの間にやら昼食時。お腹の虫も鳴くはずだ。だから希実はクルリと踵《きびす》を返し、その家に背を向け歩きだした。

まあ、場所はわかったし……。人もいないみたいだし……。とりあえず、腹ごしらえが先決だよな。そんなことを思いながら、またマフラーに顎を埋め歩いていった。


誰かを好きになるなんて、自分には無縁な話だろうと、長らく希実は思っていた。一番身近にいた恋する女が、あまりいいお手本でなかったせいもあるだろう。彼女の恋を見るにつけ、恋愛などというものは、さして人を幸せにはしないものだという定見も、気付けば出来あがってしまっていた。あんなもの、人生の無駄で災厄だ。君子は危うきに近寄らずという諺もある。とどのつまり恋愛なんて、しないに越したことはない。

娘である希実がそう思う程に、母の恋は悲恋ばかりだった。はしゃいだり楽しそうにしているのは最初だけで、すぐにイライラしはじめたり、塞《ふさ》ぎこんだりのんだくれたり、電話口でぎゃあぎゃあ言い合っていることも多かった。「どういうことなの?」「なんでよ?」「どうしてそうなるの?」「——話が違うじゃない!」そこにどんな行き違いが生じているのか、希実にはまるでわからなかったが、しかし母はそんなことを言い募っては、怒ったり泣いたり落ちこんだりと実に忙しそうだった。

まあ、楽しそうにしてる最初の頃だって、こっちから見たらただ浮かれてるだけのお花畑状態で、全然いい状態には思えなかったけど……。それが希実の、長きにわたる心証だ。あんなことしてる暇があったら、もっと仕事に精を出すとか、ご飯作るとか寝るとか走るとか、有意義な時間の過ごしかたなんて、腐るほどあったでしょうに——。

そんな希実が、恋愛に対してネガティブな感情を抱き続けていたのも、道理といえば道理だろう。激情に溺れている母を前に、ああはなるまい、とひそかに胸に誓ってもいた。

しかし恋というのは、一部本人の意思を超えたところにある、というのもまたひとつの真理ではあるだろう。何せ、恋に落ちる、などという言い回しがあるほどなのだ。つまり本人の意思にかかわらず、落ちる時は落ちてしまう。猿も木から落ちれば、河童《かっぱ》も川で流される。自分がそれに落ちてしまっていたのも、つまりそういうことだったのだろう、と希実は認識している。要するに不可抗力。他意はない。長く傍にずっといて、それに慣れ過ぎてしまったから、そういうことになってしまっただけの話なのだ。多分——。

希実が初めて違和感を覚えたのは、弘基がブランジェリークレバヤシを辞めるという話が出た時のことだった。なんでも親の借金が発覚したとかで、彼はさほど迷った様子もなく宣言してみせた。「つーわけで、他所の店に移るわ。急で悪ィな」

しかも弘基は、暮林が借金分を用立ててもいいと申し出たにもかかわらず、「いいよ、これは俺の問題なんだから」などとなぜか妙な男気を示した。「クレさんに迷惑かけるわけにいかねぇし。あの程度の借金なら、二、三年他所で働きゃどうにかなんだしよ」

それで希実も、暮林のいないところで弘基を止めにかかった。「いいじゃん！　借金なんて、暮林さんに立て替えてもらえば！　大体、弘基がいなくなったら、お店のパン誰が作るのよっ？」しかし弘基は、ごく当然のように返してきた。「んなもん、クレさんが作るに決まってんだろ」おかげで希実は、「へっ？」と間の抜けた声をあげてしまったのだが、どうも弘基の話によれば、暮林はすでにひとりでパンを作れるようになっているとのことだった。「言っとくけど、この店はじめてもう六年だぜ？　いくらクレさんが不器用でも、一通りまともに作れるようになってるっつーの」

だから希実も、いったんは引き下がった。引き下がって、ちょっとした画策を試みた。お金の問題ならあの人だろうと、伯父である門叶榊に頼んでみたのだ。「図々しいお願いなのは、百も承知なんですが……。弘基にそれとなく、融資してやってもいい的なこと、言ってやってもらえませんかね？」すると榊は、嬉々としてそれを引き受けてくれた。「もちろん！　希実ちゃんのお願いなら！」何せ彼は、ひどい姪バカなのである。「その願い、伯父さんが叶えてあげよう！」しかし弘基は、そんな榊の申し出も即答で辞した。「――はーあ？　アンタからの借入なんて怖ぇだけだわ」

その様子を物陰から見守っていた希実は、ひとり唇を嚙んでしまった。もう！　なんなのよ？　弘基のヤツ……！　ヘンに責任感が強いっていうか、警戒心が強いっていうか……。そんなことを思って、ひとり自室で地団駄を踏んだりもした。なんなのよ？　なんでなの？　どうしてこうなるの？　大体、話が違うじゃん！　いつでもパンケーキ作ってやるから、いつでも言って来いとか言ってたクセに……！　傍にいないのに、どうやっていつでもパンケーキ作るっていうのよ……!?

そんなイラ立ちについては、暮林にもうっかりもらしてしまった。「なんで他所に移る必要があるんですかね？　大体、お店の仕事だけが、弘基の仕事じゃないじゃないですか？　弘基がいなくなったら、私たちの朝ごはんや夕ごはんは、いったい誰が作るっていうんですか？」しかし暮林はキョトンとした表情を浮かべたのち、「それは……、多分、俺や希実ちゃんが、作ればええんやないかな？」と、至極ごもっともな回答をしてみせた。おかげで希実としては、うっと言葉をのんだのち、すごすごと頷くより他なかった。「……です、よね」

しかもその一件で、我に返ったという部分もある。ていうか、なんで私、怒ってるんだろ？　そのことにはたと気付いて、なんとも言えない違和感を覚えた。私、なんでこんなにいら立ってんの？　別に、他所のお店に移るのは、弘基の自由で弘基の勝手なのに……。なんでこんな、ひとりでムカムカしちゃってるわけ？

その理由を理解するのに、そう時間はかからなかった。弘基が店を辞めると宣言した翌々日、弘基とふたり朝食後の洗い物をしている最中、否応なしに気付かされてしまったのだ。

いつも通り、弘基が皿を洗い、希実がそれを拭《ふ》くという共同作業をしている時のことだった。彼は希実のいら立ちや焦燥など、まるで気付いている様子もなく、からかうようにして言ってきた。「んだよ？　もしかして、俺がいなくなるのが寂しいのか？」

彼の口ぶりは、普段と何も違わなかった。片方の口の端だけが上がっていたし、目も明らかに笑っていた。だからいつもの希実だったら、バッカじゃないの？　と返したところだろうと思われる。あれはそういう答えを前提に繰り出された、通常運転の弘基の軽口だった。

しかしその日は、希実もそうは返さなかった。「うん、寂しい」とはっきり告げてやった。何せ少しばかり、腹が立っていたのだ。自分がこんなにイライラしているというのに、いかにも余裕綽々といった様子の弘基に、どうも納得がいかなかった。それで、だったらいっそ率直な気持ちを述べてやる、と半ば意地になって言ってしまった。

「……すごく、寂しい」

しかしそう腹立ち紛れで言いながらも、心の冷静な部分では、ああ、なるほど、とひそかに分析してもいた。そうか、なるほど。私、寂しかったのか……。その点に関しては、そこでやっと自覚出来たという部分もある。なるほど、そういうことね。それなのに弘基が、あっさり店を辞めようとするから、腹が立ってたってわけか。いなくならないで欲しいのに、全然ちっとも、思い通りにならないから——。

そうしてひどく、脱力してしまった。あーあ、なんてことなんだろ？　内心そう頭を抱えてしまったと言ってもいい。こんなことは、人生の無駄で災厄でしかないのに。しないに越したことはないのに。なんで私、こんな気持ちになっちゃったかな。

「……」

ジャージャーと、水道の音が響いていた。希実のすごく寂しい発言を受け、弘基も若干戸惑っているようだった。ジャージャー、ジャ——。

だから希実は少々いたたまれない心持ちになって、むっつり黙り込んでしまった。あー、なんてこと言っちゃったんだ、私……。しかも弘基のヤツ、からかい返してもこないし……。絶対引いてんじゃん……。もう、最悪だ……。

そんなことを考えながら、同時に思い知ってしまってもいた。やっぱり、人なんて好きになるもんじゃないな。腹は立つし、イライラするし、寂しいし悲しいし、ロクなことがない。どう考えたって、しないに越したことはなかったのに――。

「……」

昨日から私、なんで？　どうして？　話が違うって、そんなことばっかり思ってる。同じこと言いながら愁嘆場《しゅうたんば》やってた母のこと、バカじゃないのって思いながら見てたクセに――。けっきょく私、母と同じことしてる。そう思い至ると、自分の中のどろりとした感情が、勢い首をもたげてくるようだった。まあ、しょせん、こういうことなんだろうな。蛙の子は蛙って、言うくらいだもん。私の、好き、って、けっきょく、こんな……。

けれど弘基は、希実のそんな黒い感情を、一瞬で反転させた。

「……じゃあ、俺と付き合ってみっか？」

先ほどと変わらず、ごく軽い口調で彼はさらっと告げてきたのだ。

「うまくいきゃあ、そのまま一緒になって、毎日俺のメシが食えるようになるかもしんねぇぜ？」

おかげで希実は、拭いていた皿を落としそうになったほどだ。は――？　もちろん、からかわれていると思ったし、冗談だろうと思ったし、今度こそ、バッカじゃないの？

と返すチャンスであるような気もした。あるいはそれを促されているのかと訝りもした。それで弘基のほうを見てみると、彼は素っ気ないような表情のまま、テキパキ皿を洗い続けていた。いたがしかし、耳だけは真っ赤になってしまっていた。

「――」

嘘でしょ？　と希実は目をしばたたいたが、しかし角度を変えて見てみても、やはりその耳は赤くなっていて、だから希実は一か八かで、「うん、いいよ。付き合おう」と返してみたのだった。

すると瞬間、弘基はバッと顔を希実に向け、「え？　いいの？」と問うてきた。弘基も弘基で、相当に驚いているようではあった。けれど希実も希実で、おそらく弘基以上に動揺していた。それで、おうむ返ししかできなくなって、パクパク口を開き続けた。

「うん、いいよ」「マジで？」「マジで」「ホントに？」「ホントに」

あの時はもう、皿を落とさないことと、表情を崩さないことに必死で、まともな受け答えをする余裕などなかった。ジャージャーと水が流れっぱなしだったような気もするが、そのあたりも記憶としてはもう定かではない。

そんな中、暮林がひょっこり現れてくれたのは、ほとんど天の助けのようだった。

「どうした、どうした？　水出しっぱなしにして」それで希実はこれ幸いに、「あ、そうだ。私、学校行く準備しなきゃ……」と厨房から逃れたのである。

その前に、暮林が何か言っていたような気もするが、はっきりしたことは何も覚えていない。そそくさと階段に向かうのに精一杯で、だから三段ほど階段をのぼったあたりで、しゃがみ込み息をのんでしまっていた。び、びび、びっくり、した……。ていうか、何？　今のって、けっきょく、なんだった……？　あれ？　え？　何？　付き合うって？　何？　え？　何何何何――？

しかし、すぐにまた弘基の声が聞こえてきて、希実はさらに息をのむに至った。「わかってます。大事にしますから、どうかご安心を」初めて聞く、弘基の敬語だった。おかげで希実は、そのまま階段で呆然としてしまった。大事にしますから、どうかご安心を、って……？

「……？……!?」

いったい何が起こったのか、そのあたりはまだ判然としないままだったが、しかしそれでも、一生分の何かしらを、使い果たしてしまったような気持ちにはなっていた。

「――」

とはいえ、そんな衝撃的な提案をしておきながら、弘基はあっさり新しい勤務先に移り、その上どういうわけかフランスへと渡ってしまったわけだが――。

しかし今となっては、それはそれで結果オーライだったのではないか？　と希実は思っている。何せあのまま弘基が日本にいたら、きっとひどいことになっていただろうというのが、彼女の率直な見立てなのだ。

　希実にとって恋愛は、人生における不要なオプションだった。だからすることもないと思っていたし、それがある人生をまともに考えたこともなかった。おかげで、いざその状況下に置かれてしまうと、何をどう感じて、それをどのように処していくのが適切なのか、まるでわからなかった。訓練も何も受けていないのに、いきなりロケットに乗せられて、宇宙に放り出されたような気分だったとでも言うべきか。

　だから付き合うという状況に置かれて以降、希実は弘基に対し、おたおたすることが多くなってしまった。それまで弘基に対しては、なんでも強気で言えていたし、何を言われても大概平気だった。それなのにそれ以降は、こんなこと言っていいのかな？　だとか、その言葉の意図は？　などといちいち考えるようになり、言いたいことの百分の一も言えなくなってしまった。

　他店への転職や、渡仏の報告、引っ越しの手伝い、空港での見送り、等々においても、希実は弘基の言うことに対し、「あ、そう」としかつめらしく返すのが精一杯で、本音を告げられるようなことはまるでなかった。「……別に、いいんじゃない？」おかげで弘基と一緒にいると、ひどく疲れ果てて弱った。前は一緒にいると気楽だったのに、まるっとその逆にいってしまった感もあったほどだ。

しかも弘基のほうは、なんだか余裕そうで、そんなあたりにも若干の戸惑いを覚えた。無論弘基は、希実より七歳も年上で、その分それなりの場数《ばかず》も踏んでいるのだろうが、それにしても希実の想像をはるかに超え、熟《こな》れている感が非常に強く伝わってきて、しょっちゅう狼狽えた。

たとえば引っ越しの手伝いの際、希実が重い荷物を手にすれば、弘基は何も言わずさらっとその荷物を代わりに持ってみせた。あるいは急な階段では、サッと手を差し伸べてきたり、手伝いが終われば終わったで、「サンキュ」と優しげに笑いかけてもくるという始末だった。

「……でも~。弘基って、昔からそんな感じじゃなかった？　なんだかんだで優しいっていうか~？」とソフィアは首を傾げたが、しかし希実としては大きな変化があったとしか思えなかった。「いえ！　昔はもっと意地悪でした！　多分――」

空港での見送りの時だって、いかにも恋人然として、希実の手を握り「向こう着いたら、連絡するから」と笑いかけてきた。希実のほうはちょっと泣きそうだったのに、向こうはまったく動じていない様子で返答に詰まった。それでもう、大きな声で「うん！」としか返せなかった。だいぶ間の抜けた反応である自覚はあったが、しかしそれ以外に対応のしようがなかった。

フランスに着いてからも、弘基はマメに連絡を寄こしてはくるが、内容はいつだってごく短く簡潔だった。「開店準備で一日バタバタだったわ」「誤差に次ぐ誤差だわ。フランス人の目分量ハンパねぇ」「今度バゲットコンクール出るから」「応援しろよ」「応援のコメント寄こせ」「六位だった……」「励まして。長めの励まし希望」「そろそろ資格試験の頃じゃねぇの？」「頑張れよ」「お前なら出来るからさ」「孝太郎がうちに住むことになった」「アイツって……。信じがたいほど頭のいいバカなのな？」

いっぽう希実がメールを書こうと思うと、あれやこれやと思いの丈を書き綴るあまり、びっくりするような長文になってしまった。それは希実本人が読み返しても、うへー、長くて引くわー、といった内容で、だからけっきょく、「へえ、そうなんだ」「マジで？ウケるー」「うん、わかったー」「ありがとー」「りょうかーい」などという、ごく素っ気ない短文を打ち直し、そのまま返信することとなってしまった。弘基の軽やかさに対し、自分のポンコツぶりを思い知らされた一件でもある。

去年の年末もそうだった。フランスから帰国する弘基に対し、希実は一応クリスマスプレゼントを用意してみたのだが、しかし自分でもどうかと思うほどの、失敗作を作り上げてしまった。そもそも安田の、「クリスマスプレゼント？　それなら、手編みの手袋とかいいんじゃない？　俺、そういうのもらえたらすっごく嬉しいし」などという言葉を真に受けたのもいけなかった。「手編みとか、あの手の男の人には重いんじゃ……？」と沙耶に言われた頃には、もう取り返しがつかない程度に編みあがっていた上、完成したらしたで、それは手袋などという代物ではなく、単なる毛糸の敷物に仕上がってしまった。だから希実は、様々な反省と後悔の念を抱きつつ、弘基にそれを鍋敷きとして渡したのだ。ああ、こんなことなら、普通に手袋買えばよかった……。

しかし弘基はその鍋敷きを前に、「おー、サンキュ」と柔らかな笑顔で言ってのけた。「いいじゃん。ありがたく使わせてもらうよ」その受容っぷりには、希実も目をむいてしまったほどだ。こ、この人……。クリスマスに鍋敷き渡されて、そういう、反応……？

しかも彼は、「じゃあ、こっちもお返し」と、どこぞで見つけてきたという、上等そうな赤いマフラーを渡してきた。「お前に、似合うかと思ってよ」サラッとそんなことを言って、弘基はそのマフラーを、するりと希実の首に巻いてみせた。そうしてポカンとしている希実に対し、「うん、やっぱ似合うじゃん」などと言いながら、頭をわしわしと撫ではじめたのである。「うん、かわいい」

しかも弘基は、かわいくはないと思うけど――、と動揺しつつ固まる希実を前に、ふと首を傾げ、「なんだよ？　マフラーじゃ不服だったか？」などと言ったのち、不敵に笑って言い継いだのだ。「本当は指輪がよかったのにー、とか、そういう感じ？」だから希実は大慌てで、「そんなこと、思ってないですけど？」と強く首を振ったのだが、しかし弘基はお構いなしで希実の手をとり、「サイズがわかんなかったからなー」とあっさり言ってきたのだった。そうして希実の手を握ると、「……なーんつって。手ぇ繋ぐ口実だったりして」などと言って、てれた様子もなく微笑みかけてきた。

おかげで希実はギョッとして、息をのみ後ずさってしまったほどだった。な、なんなの？　この人？　もうそう思わずにはいられなかった。何？　この熟《こな》れ感？　なんか、もう……。もう、おっそろしいんですけど――。

ただし当の弘基のほうは、まったく平然としたものだった。そんなことをしておきながら、「腹減ったし、メシでも食うか？」とあっさり希実の手を放し、ひとり厨房へと向かってしまった。だから希実も、思うしかなかった。ポテンシャルなのか、才能なのか、経験値なのか、そのあたりはよくわかんないけど――。とにかく私とは、なんか、違い過ぎるっていうか……。なんか、おっそろしいな、柳弘基……。

そういう意味でも、彼がフランスに渡り、ある程度の距離を置けたのは、一種の幸運だったのではないか、と希実は思っている。これで弘基が傍にいて、彼のペースに巻き込まれたら、ひどい事態になっていたような気もするのだ。

　希実にとって人を憎からず思う気持ちは、ずいぶんと手に余るものだった。好きでも嫌いでもなんでもなければ、どうでもいいと流せていたようなことが、一転そういうわけにいかなくなる。相手の気持ちを思って量って、なるべくなら嫌な思いをさせないよう、あれやこれやと考え込んでしまう。

　それが、たったひとりの相手となればなおさらで、希実は弘基の前にいると、まるで何かを試されているような、居心地悪さを覚えるようになってしまった。たとえばひとつヘマをすれば、減点されてしまうのではないか、それがいくつか溜まったら、もう要らないと言われるのではないか、そんな恐怖心が湧いてきたといったところか。

　もちろん、弘基がそんなことをするタイプだとは思っていなかったし、あまり気に病むべきではないと、自分に言い聞かせるようにもしてはいたのだが、それでも自分の中の意地悪な誰かが、すぐに囁いてくるのだった。どうして、気に病むべきじゃないなんて思えるの？　弘基の本当の気持ちなんて、けっきょくあんたにはわからないでしょ？　ありのままの自分で平気だなんて、思わないほうがいいんじゃない？　あんたなんて、大して価値のある人間じゃないんだし。それどころか性根のところは、どうしようもなく歪み果てた、ずるい人間なんだから――。

だったらいっそ、弘基との付き合いはやめてしまえばいいのではないか？　という一案もあるにはあった。元々は仲のいい同居人だったのだから、それに戻ろうと言えば、あっさり戻れるような気もしたし、むしろそのほうが、精神衛生上も好ましいのではないかと、思った時期もあったほどだ。

けれどいくら考えても、けっきょくその案を採ることは出来なかった。要は彼を、失いたくなかったのだろう。その部分は、割りに素直に自覚している。戻るって言ったって、きっと前のようには戻れない。何より別れたら、弘基は別の誰かのところに行ってしまうかもしれない。それは嫌だ。絶対に嫌だ。気詰まりでも、疲れ果てても構わない。弘基が傍にいてくれないよりは、苦しいほうがずっといい。

いっぽうそんなことを逡巡している自分をよそに、弘基にはやはり余裕があるようで、希実のいら立ちはじりじりと募っていった。なんか、私ばっかりが好きみたいで、バカみたいだな。そう思ったことも何度かあった。大体弘基のヤツ、何をフランスで充実生活送ってんのよ？　新しいお店でもイキイキ元気に働いちゃってさ。美作くんとの暮らしも、なんだかんだで楽しそうだし。ていうか、美作くんが送ってくる写真に写り込んでる、あの超絶美人誰よ？　いっつも弘基の隣にいるけど……。

そうしてそんなことに思い至ると、いつも同じことに気付かされて、少し、ぞっとした。ああ……。また私、母みたいになってるな——。あんなふうにはなりたくないと思ってたのに、けっきょくやっていることは同じじゃないかと、心底うんざりしてしまってもいた。

母は、男の人に振り回されてばかりいた。どうしてそんなに恋ばかりするのかと、呆れることもしばしばだったが、それでもいつからか、なんとはなしにわかってはいた。おそらく母は、誰かに混じり気なく、愛されたかったのだろう。誰かに惜しみなく、必要とされたかったのだ。君だけだと、代わりはいないと、ずっと傍にいて欲しいと、きっと言って欲しかった。そうすれば自分に、意味や価値が見出せると、多分どこかで信じていたのだろう。

だから希実は、思っていたのだ。バッカじゃないの？　そう冷ややかに、母の悲恋を傍観していたと言ってもいい。愛されたからって、それが何？　そんなのけっきょく、他人の評価でしかないじゃない。そんなものに、自分の意味や価値を見出そうとするから、母は苦しくなるんだよ。

愛されなかったら、自分に意味はなくなるの？　価値はなくなるの？　そうじゃないでしょ？　誰に相手にされなくったって、自分は自分だよ。自分の気持ちで、自分を立たせられなくてどうするのよ？　自分の人生は、自分が引き受けていくしかないんだよ？　誰かになんか委ねられないんだよ？

そうして自らのそんな思いを、人生の指針にもしていたのだった。仮に自分に、足りない何かがあったとして、それを埋めるのは他人じゃない。それはやっぱり、自分自身だ。そんなことを、誰かに託すほうがどうかしてる。だから母は、いつまでも不幸そうにしてたんだよ。人に期待ばっかりだったから、裏切られただの、失望しただの、そんなことばっかり言って、泣いて苦しむ羽目になって――。

ずっとそう思っていたのに、今の自分はいったいどうだ？　このところ希実は、そんな思いに捕らわれて、少し息が苦しくなる。

気付けば弘基に、期待ばかりしている。わかって欲しいと、願ってしまっている。こんなふうに、自分があれこれ思い悩んでいることや、あるいは心の内にあることを、知って、どうにか、埋めて欲しいと願っている。

本当に、バカみたいだ。自らのそんな思いを自覚するたび、希実はそう思ってしまう。他人頼みで、情けない。こんなふうには、絶対になりたくなかったのに――。

弘基が傍にいなくてよかったと思うのは、そんな自責の念に起因してもいる。だって弘基が近くにいたら、きっと私はもっと崩れてしまう。母のように、甘えて頼って、時には彼の愛情のようなものを、測ったり試したりしてしまうかもしれない。

そんなことは、絶対にしたくなかった。自分の中に、どうしようもなく埋まらない部分があったとして、それでもそこを埋めるのは、やはり自分であるべきだろうと希実は思っていた。

誰かに、委ねるべきじゃない。自分のどうしようもなさは、やっぱり自分で、背負うしかないいんだよ。


いくらお腹が減ったとはいえ、ひとりでレストランに入るのは少し気が引けた。だからといって、ファストフード店の類いは見当たらず、けっきょく希実は駅のほど近くにあったベーカリーのドアを押すこととなった。駅に戻る道すがら、小さな公園を見つけたので、そこでパンでも食べればいいやと考えた。外の寒さはそれなりだが、陽射しのあるベンチを確保すれば、どうにかなるだろうと踏んだのだ。

しかし運のいいことに、店にはイートインコーナーも併設されていた。それで希実はその店で昼食をとることにしたのだった。三席ほどしかない小さなイートインコーナーだったが、しかし他の客の姿はなかったので、席をとっておく必要もないかと思って、そのままショーケースの前へと向かった。

店自体もそう広くもなく、パンはすべてショーケースの中に並んでいた。ショーケースはパン屋のそれというより、アイスクリームショップのそれのような形状をしていた。めずらしい形だな、と希実は思いつつ、そこに並んだパンに目を落とす。

「……」

ハード系のパンはほとんどなく、どちらかといえばペストリーの類いや、マフィンなど、甘そうなパンが多かった。どうやらマフィンに力を入れているらしく、七種類ほどの色とりどりのマフィンが、ケースの三分の一ほどを占めている。あとはホットサンドも品揃えがよかった。こちらも、ケースの四分の一ほどを占めている。しかもホットサンドについては、オーブンで温め直してくれるという話で、だから希実はハムとチーズのホットサンドと、トマトと卵のホットサンド、そしてダークチェリーのペストリーと、コーヒーを注文した。

ダークチェリーのペストリーも温めてもらえるかと訊くと、いいよと言われた。それで希実は少し安心して席についた。パンのショーケースへの並べ方が、どうも雑な印象だったが、しかし温め直してもらえるのなら、それなりの味ではあるはずだと思ったのだ。いつだったか弘基も言っていた。「けっきょく、パンが一番うまいのは焼き立てだかんな。だから食う時は、その状態に戻して食うのが最善なんだよ。つまりちゃんと温めろってこった。可能なら焼き直せ。ホイルで包んで、フライパンで焼くんでもいい。とにかく、水分含ませて焼き直せ」

案の定、運ばれてきたホットサンドもダークチェリーのペストリーも、どちらもそれなりにおいしかった。特にペストリーのほうは、温めたせいか酸味が少し強く感じられ、甘ったるいだけのペストリーでなくなっていたのでよかった。こっちの食べ物って、けっこう砂糖過剰だからなぁ……。そんなことをつらつら考えながら、希実はパクパクとペストリーを食《は》んでいく。でも、バターが効いてる感じはおいしいかも。きっとそこも、あんまり控えてないんだろうな。けど、そのさじ加減は嫌いじゃない。やっぱペストリー類は、ヘルシーさよりおいしさを優先して欲しいっていうか……。

そんないっぱしの批評家めいたことを考えていたせいか、若干難しい顔になってしまっていたのかもしれない。気付けば希実は、ショーケースの前の女の子に凝視されてしまっていた。

「……？」

ベビーカーを押した母親に連れられた女の子だった。年の頃は、三、四歳といったところだろうか。くりくりとした金髪の女の子で、瞳の色はブルー。ふっくらとした白い頬は、外の寒さのせいか桃のように赤く染まっていた。黒いダウンコートを着ているせいか、その血色のよさがずいぶんと映えて見える。

もよちゃんと、同じくらいかな？　少女と目を合わせたまま、希実はそんなことを考える。背丈からして、ちょうどそのくらいかもしれない。いっぽうベビーカーで眠る赤ん坊のほうは、まだ本当に小さくて、少し前に写真で見せてもらった多賀田くんの息子、シンくんと同じ程度の月齢に見えた。

シンくんの写真を最初に見せてくれたのは斑目だ。彼はシンくんが生まれた当日に、息を切らしながらブランジェリークレバヤシへとやって来て、その写真を見せてくれたのだ。「もう、もうもうもうっ！　めちゃくちゃかわいくな～い？　うちのもよちゃんが生まれたばっかの頃と、そっくりでたまんないんですけど～！」

報告がてら、さらっと親バカを挟み込んできた斑目だったが、しかし写真のシンくんは、確かに新生児にしてはずいぶんと綺麗な顔をした男の子だった。「やっぱりさ、双子姉妹から生まれてきた従姉弟《いとこ》だから、似ちゃうんだろうねぇ。ＤＮＡのなせる業だよ。生命の神秘！」

それで希実は、多賀田くんにおめでとうのメールを送ったのだった。すると多賀田くんも、すぐに返信のメールをくれた。「ありがとう。もよちゃんそっくりの美人の息子が生まれて、俺としても嬉しい限りだよ」こちらは親バカなのかなんなのか、ちょっと判然としない内容ではあったが、しかし両夫妻の中で、自分たちの娘と息子がよく似ているという件は、ちゃんと共通認識になっているのだろうということがよくわかった。

「もう少し大きくなったら、もっと似てくるかもなって佳乃とも話してるんだ」

けれど希実としては、もよちゃんとシンくんが似ているという事実より、彼らがやはりそれぞれの両親に、それぞれ似ていることのほうが興味深かった。

斑目はもよちゃんを、完全なる綾乃似だと言っているが、しかし希実から見ると、やはり少し斑目の要素も混ざっているように感じられる。口の形や、表情の作りかた、そして性格に至っては、完全なる斑目似であるとしか言いようがない。

いっぽうのシンくんも、確かに佳乃の要素が強いが、しかし意志の強そうな眉毛のあたりは、多賀田くんのＤＮＡであるように見受けられる。つまり完全に、佳乃似と言うわけでもない。やはり、どちらの血も引いているんだな、という印象を強く受ける。

ソフィアだって言っていた。「子供の顔なんて、超不安定なんだから〜。今現在母親似でも、将来的にはどうなるかわかんないわよ〜？」受けて斑目は少し怯えつつ、「俺は、アヤちゃんのＤＮＡを信じます！」などと語気を強め言っていたが、しかし織絵が屈託なく、「子供って、本当にあっちこっち揺らぎますからねー」などと言いだしたため、「え？　そうなの？」と一瞬にして弱気になってしまった。しかも織絵が、まったく悪気のない様子でもって、「そうですよー。父親に似たり、母親に似たり、時々先祖がえりしたりしながら、ずーっと揺らぎ続けるっていうかー？　こだまも小さい頃は、ちょっとあたしに似てたのに、最近はもう、だいぶ父親のほうに寄ってますしー」などと畳み掛けたため、斑目の苦悩はさらに深くなったようだった。「そ、そう言えば……。確かに俺も、最近母親にちょっと似てきてて、ショックだったような気が……。昔は、どっちにも似てなかったはずなのに……」

　金髪の少女は、希実が微笑みかけてみると、プイッとそっぽを向いてしまった。だから希実は、思わず小さく笑って肩をすくめた。何しろそんな態度も、少しもよちゃんに似ていたのだ。

　しかし、娘の振る舞いに気付いた母親は、身を屈めて彼女に何やら耳打ちした。表情から察するに、おそらく娘をたしなめていたのだろう。そして少女も、そんな母の言葉を受けて、少し気まずそうに希実を再び見詰めてきた。そうして少しぎこちない笑みを浮かべ、おずおずと手を振ってみせたのだ。すると母親のほうも、ニッと希実に微笑みかけてきた。おそらくそれは、彼女なりの教育なのだろう。

　だから希実も、笑顔で応えた。気にしないでください、かわいい娘さんですね、と念じるようにしながら――。

母親の髪は、栗色をしていた。クセのないストレートだったが、それは矯正《きょうせい》しているのかもしれない。瞳の色はヘーゼル。ただし笑顔の作り方は、娘とひどくよく似ていて、彼女らが母娘であることは、容易に見てとれた。

少し、息苦しかった。

「……」

希実が違和感を覚えはじめたのは、割りに早い段階だった。あるいは最初から、ピンときていなかったのかもしれない。だから樹《たつる》が、自分の本当の父親ではない、という噂を耳にした際にも、それなりに驚きはしたものの、妙に納得してしまった部分もあったのだろう。あの母なら、やりかねないという思いもあったし、人のよさそうな樹なら、騙されてしまう可能性も無きにしもあらずだよなと、あんがい素直に思ってしまった。

まあ、それが本当だったら、あの人も本格的にカッコウの母って感じだけど……。だって樹さんを戸籍上の父親にしちゃうだなんて、私をあちこちに預けて回ってたことより、よっぽどタチが悪いっていうか、なんていうか――。

しかし、樹の兄である門叶榊が行なったＤＮＡ鑑定の結果は、希実と樹の親子関係を証明するもので、だからふたりはやはり実の親子なのだろうと、榊は公《おおやけ》に結論づけた。かくして、希実と樹の血縁関係を疑っていた門叶家の面々も、ふたりの血縁関係を認めるに至り、希実自身も、科学的に証明されたのなら、まあそういうことなんだろうなと、黙ってその結果をのみ込んだ。

　何より母が、時を同じくして病状を悪化させたため、自分と樹の親子関係の正当性についていて、彼女を問いただす時間がなかったという部分もある。彼女は榊が鑑定結果を明かしてすぐ、意識混濁の状態に入ってしまったのだ。そしてそのまま、回復することもなく逝ってしまった。

　だから最期の瞬間に、思ってしまったのかもしれない。ああ、逝ってしまうな。母の手を握りながら、希実はそんな言葉を、グッとひそかに噛みしめていた。この人はいつだって、自分勝手にいなくなってしまう。何も言わないまま、何も、訊かせてくれないままで――。

　それでも希実は、母の死後もその鑑定結果をのみ込み続けた。引っかかる部分がなかったわけでもないが、樹と榊の両名が、母を亡くした自分のため、万全のフォローに回ってくれていたのはわかっていたし、そんな懸命な彼らに対し、あの結果は本当だったんですか？　と問いただすのはやはり憚られた。

さらに言えば希実の疑念には、根拠らしい根拠などなかったのだ。ただ、なんとなく、ピンとこない。それだけの話で、だからあなた方と血縁はないような気がするんですが、などという発言は、おそれ多くて口にも出来なかった。

母を亡くした当時、まだ十八歳だった希実の後見人になってくれたのは榊だった。彼は母が残していったいくらかの遺産を、希実が二十歳になるまで完璧に管理してくれたし、成人して以降も、「僕、姪バカだからさ」と公言し、法的な手続きや遺産の運用、あるいは単なる買い物等に関しても、何かと相談に乗ってくれている。要するに彼は、完璧な伯父だった。それはもう、いささか完璧すぎるほどに。

樹も樹で、優しかった。彼は度々ブランジェリークレバヤシにやって来て、パンを買って帰っていった。元々押しの強い人ではなかった彼は、母の死後も、父親然として自ら前に出てくるようなことはなかった。それでもずっと希実の後ろで、その背中を支えてくれているような気配があったし、希実が引きこもっていた間などは、毎日のように店に通ってくれてもいたらしい。

彼の息子たちも、時おり樹とは別に店にやって来て、パンを食べがてら希実と少し話をして、また来ると言っては帰っていく。そんな距離の取り方は、樹と少し似ているようだった。血は繋がっていないはずなのに、それでも彼らは長い年月の暮らしの中で、少しずつどこか似てきたのかもしれない。つまり樹の家族との関係も、希実は良好に保てていた。

ただしそこには、やはり樹の気遣いや努力が、相当にあったのだろうと希実は理解している。でなければ彼の家族が、希実という存在を肯定的に受け入れるわけはない。だから樹も、希実にとっては充分な父親だった。あの母が選んだ相手とは、やはり少し信じがたかったほどに。

希実が本格的に引きこもっていた時期には、榊から提案されたこともあった。「環境を変えてみるのも、ひとつの手だとは思うんだ」つまり、ブランジェリークレバヤシを出ることも、視野に入れてみてはどうかと彼は言っていた。「うちに来るもよしだし、海外に留学してみるっていうのもアリだしね。もちろん樹も承知してる。だから、ちょっと考えてみてよ」

彼の提案は、至極もっともなものだった。何せそもそもブランジェリークレバヤシは、当時行く当てのなかった希実が、一時的に預けられた仮の宿でしかなかったのだ。そこに血縁者が現れたのであれば、そちらに身を寄せるのが常道だろう。しかも希実は部屋から出ることが出来ず、暮林や弘基の手を煩わせることになっていた。そんな状態であればなおのこと、後見人の世話になるのは妥当な流れだろうと思われた。

それでも希実は、榊の申し出を断ってしまった。彼らを頼るのが順当だとわかってい
ても、やはり門叶兄弟に頼るのは、何か違うのではないかという気後れがあった。暮林
さんや弘基を頼るより、樹さんたちを当てにするほうが、普通なのはわかってるんだけ
ど……。でも、やっぱり、それは、なんか――。
樹と榊は、いつも希実に優しかった。優しく、我慢強く、かつ穏当に、ずっと希実を
見守ってくれていた。でもだからこそ、彼女の違和感は、じりじりと募っていったのか
もしれない。なんか、違う。そういうんじゃ、ない……。私が、知ってるのは……。も
っと、もっと――。
希実にとって血の繋がりというのは、もっと横暴で、獰猛で、ある種容赦がないもの
だった。子供の頃、彼女は母に置き去りにされた祖父母の家で、そんなことを思い知っ
たような気がする。
どんな理不尽も、どんな暴力も、血の繋がりを前にすれば、一転正当なものへと成り
変わった。たとえば躾や、あるいは教育。お前のためだという言葉で、あらゆる行為は
愛なるものにすり替わってしまう。
だから希実は、よく思ったものだった。意味がわからない。荒れ狂ったような祖父を
前にすると、一層思った。大事なのに、どうして叩くの？　大事なのに、どうして殴る

の？　どうしてそんな目で、手を振りあげるの？　まるで、大嫌いなものを、見てるみたいに――。

もちろん、そうでない血の繋がりもあることも、希実にはもうわかってはいる。血が繋がっているからこそ、愛し、いつくしみ、思い合い、大切に出来る人たちもいる。そんな世界もあるらしいと、自分の世界が広がるたび、彼女は徐々に知っていった。あるいはそういう人達のほうが、多いくらいなのかもしれないと、いつからか思うようにもなった。

でも、私の、血は――。

希実が十数年ぶりに広島の篠崎家を訪れたのは、一昨年の夏のことだった。沙耶の父、つまり希実の叔父が亡くなり、その葬儀に出るため沙耶ともども広島に飛んだのだ。

希実は篠崎家と長らく交流がなかったし、叔父夫妻も母の葬儀には出席しなかった。だから希実としては、叔父の死に際しても、お花と電報を送っておくくらいが妥当なのではないかと思っていたのだが、沙耶が一緒に行って欲しいと頼んできたため、同行することになってしまった。

「うちも、別に帰りとうはないんよ。でも、そんくらいのことしとかんと、悪う言われるんは村上のお母さんじゃけぇ。それで行くって決めたけど……。けど、ひとりで行くんは、ちょっと……」

そんな沙耶の懸念は、遺憾ながら的中した。

家出をして、そのまま家族と絶縁状態になっていた沙耶は、一般の参列者として父親の葬儀に参加した。そして沙耶の母親と兄は、そんな彼女の姿に気付き、葬儀場で感動の再会を演じてみせたのだ。そうしてほとんど有無を言わさず、沙耶と希実を篠崎の家へと連れ帰った。連れ帰り、当然のように悪態をつきはじめた。

「何しに帰ってきたん？　遺産？」「相変わらずしっかりしとるの」「いいとこのボンをたらしこむだけあるわ」「村上さんにようしてもらっとるのに、まだ足りんのか？」「怖い、怖い」「お前にはなんもやらんで。遺留分《いりゅうぶん》っちゅうのもくれてやらん」

それで希実は沙耶に対し、「もう帰ろう、沙耶」とすぐに促したのだ。「お忙しいところお邪魔しました。飛行機の時間もあるので、もう失礼しますね」すると彼らの矛先《ほこさき》は、勢い希実にも向かいはじめた。

「ああ、もしかして、希実ちゃんが入れ知恵したん？」「何？　そういうことね？」「そうじゃ。律子さんもそうじゃった。ずっと家に寄りつかんかったクセに、お祖父さんが亡くなった時は、ちゃっかり顔出して。遺産、ごっそり持っていって」「そりゃひどい話じゃの」「お祖母さんの時もよ。お葬式だけ来て、すぐ遺産の話」「そうか。希実、それ見とったんじゃの？　それで母親の真似しに来たんか？」「血は争えんゆうことよ。あー、怖い、怖い」

だから希実はごく冷静に、笑顔で言って返したのだった。「それは、どうも……」相手にしてはいけないと思って、努めてそうしておいた。「ご気分を害されたならお詫びします。母のぶんも、申し訳ありませんでした」

すると叔母は、スッと能面のような顔になったのち、薄い笑みを浮かべゆっくりと言いだした。「……ええんよ。一番苦労したんは希実ちゃんじゃけぇ。そのくらい、うちだってわかっとるよ。アンタのこと、産みっぱなしで、ここに捨てていって……。ひどいお母さんじゃったもんねぇ？　律子さん」

叔母が自分を傷つけようとしていることは、はっきりとわかっていた。けれど希実は、その手の嫌みにはもう傷つくこともなく、だからやはり笑顔のまま返したのだった。「まあ、色々ありましたけど。もう、亡くなった人ですので」受けて叔母も、フッと鼻で笑いながら、ゆるゆると言葉を継いできた。

「そうじゃね。死んだ人のことは、悪うは言えんよねぇ。この家でアンタ産み捨てて、一番手のかかる時期のアンタを、うちに押しつけたような人じゃったけど……。死んだらやっぱり、ええお母さんってことにしとかんとねぇ？」その言葉の端々《はしばし》からは、どうしても希実を傷つけたいのだという、確固たる意志が見え隠れしていた。それでも希実は、無言のまま微笑み続けた。しかしそれが、叔母の怒りに油を注いだのかもしれない。彼女は攻撃の手を緩めることなく、ごく楽しげに話し続けたのだ。

「律子さんも、ええ人生じゃったねぇ。ひとり娘を捨ててまで、追いかけたい男の人がおって……。しかも本当に、その人追いかけていけたんじゃけ、幸せな人生よ」まるで当時のことを思い出すように、彼女は目を細くしながらそう語った。「律子さん、希実ちゃん産む前から、その人のこと追いかけるつもりでおったんよ。大きいお腹抱えて、パスポートなんか準備しとってねぇ……」

叔母の言葉に、希実が初めて動揺したのはその瞬間だ。「え……？　パスポート？」するとと叔母は、その隙を見逃さなかったようで、満面の笑みを浮かべて畳み掛けてきた。「あらら？　知らんかった？　希実ちゃん。律子さんは、アンタ産んで、すぐ外国に行ったのよ？　どこの国か知らんけど、男追いかけて行ったんじゃって。お祖父さんが、酔うとようこぼしとっちゃったわ。ありゃあ、ひでぇ色狂いじゃったって——」

それで今度は沙耶のほうが、「帰ろう！　希実！」と叫ぶに至った。そうしてふたりは、無言のまま篠崎家をあとにすることとなったのだ。

希実が母の遺品を改めて整理したのはその後のことだ。母が自分を産んですぐ、海外に渡っていた。そんな話は、それまで一度も聞いたことがなかった。だから少し、気になってしまったのだろう。

ただし、当時の母の行動を示すような遺品は、何ひとつ残されていなかった。手帳や写真も皆無だったし、手紙のようなものもなかった。パスポートがあればとも思ったが、そんなものはどこを探しても見当たらなかった。

それでも、渡航歴なら残っているのではないか？　そう考えた希実は、役所に連絡を入れてみた。しかし役所の人が言うことには、それは個人情報にあたるので、本人以外には教えることが出来ないという話だった。「亡くなった方の情報ですと、ご本人に来ていただくことも不可能ですし……」とのつまり、諦めろと彼は告げていた。

しかし希実には、幸か不幸か数々の厄介事を調べあげてきた実績があった。無論、実際調べたのはほとんど斑目だったが、それでも正当な方法に拠らず、事実を突き止めていく方法があることを、それなりに知ってしまってはいた。だから母の渡航歴に関しても、まあ調べられないことはないんだよな、と当然のように思ってしまった。要は、やるかやらないかの問題で……。

思ってからは早かった。こういったイリーガルな事柄は、彼に頼むのが一番だろうとすぐに目星もついた。それでシンガポールに渡って久しい多賀田くんに、連絡を入れてみたのである。

事情を話すと多賀田くんは、「まあ、調べられなくはないだろうけど……」と、やや迷いのある声で訊いてきた。「それは希実ちゃんにとって、どうしても知らなくてはいけないことかい？」だから希実も、一瞬考えた。どうなんだろう？　絶対に知りたい？　私――。しかし答えは、あっさり口をついて出てきてしまった。「……知りたい」何せ知らないままでいたら、知らないことにずっと振り回されるような気がしてしまったのだ。「どうしても、知りたいです」

するとと多賀田くんは、「そういうことなら」とあっさり引き受けてくれた。「まあ、難しい案件じゃないし、すぐ調べはつくと思うよ。だけど、柳には内緒ね？　余計なことすんなって、アイツ怒ってきそうだからさ」そうして実際、一週間もしないうちにその報告をしてくれたのだ。

多賀田くんの話によれば、母には、希実を産んですぐ、確かに海外渡航した記録があったとのことだった。「行先はアメリカ。二カ月半ほど滞在して帰国したようだよ。お母さんの渡航歴は以上。それ以降は、どこに行かれたこともないはずだ」だから希実は、その言葉を反芻した。アメリカ。二カ月半。私を産んで、すぐに――。

けれどそこから導き出せた新事実はさしてなかった。母が自分を産んですぐ、煙のように行方をくらましてしまったことは周知の事実だったし、希実だって子供の頃からそのようにこんこんと言い聞かせられていたからだ。渡航歴はその事実を、少々具体的にしただけに過ぎなかった。

報告を終えた多賀田くんは、少し心配したように希実に言ってきた。「もし、何か抱えきれなくなったら、必ず誰かに言うんだよ。俺でもいいんだし。俺がダメなら暮林さんでも、柳でも斑目さんでもいい。ひとりで抱え込んじゃダメだ。絶対にダメだ」多賀田くんがそんなことを言うなんて、少し意外だったほどだ。「いいね？　希実ちゃん。そのために他人というのはいるんだから」

ただし、多賀田くんのそんな心配は杞憂に終わった。多賀田くんの報告を受けて以降、希実は母の過去について、さらに調べるような行為には及ばなかったのだ。とはいえ、何かに納得しただとか、気がすんだだとか、そういうわけではない。ただ物理的に、母について考える時間が減ってしまっただけの話だ。

その時期、希実には怒濤のように様々な出来事が降りかかりはじめていた。まずは、弘基の親の借金問題が持ちあがり、そのまま彼の退職騒動が勃発、しかもそれをキッカケに、希実は弘基と付き合いはじめることとなった。それだけでも希実にとっては激動の日々であったのに、さらに弘基がフランスに渡ることになり、弘基が去ったら去ったで、今度は資格試験が近づいてきたり、就職活動がはじまったり、卒論を書きはじめなければならなかったりと、目まぐるしく日々は過ぎていったのである。

しかもどういうわけか、弘基の部屋に美作孝太郎が転がり込んだり、その孝太郎が、謎のフランス人美女の写真をちょくちょく送りつけてきたりと、もやもやするようなことも少々増えた。そのため、母について思い出すことも、あまりなくなってしまっていた。

だから希実が、母の渡米について思い出したのは、つい三カ月ほど前のことだった。就職活動も無事終わり、卒論にも大よその目処がついたあたりで、ふと学生生活でやり残したことは？　と考えるに至り、海外というキーワードが、ポンと頭に浮かんできた。そういえば私、海外とか、一度も行ったことなかったな。短期の語学留学とか、してる子たちもけっこういたのに……。

それで少しばかり、興味が湧いたのもあった。暮林や美和子、さらには弘基も、若い頃には海外で暮らした経験があるというのも、希実の好奇心を後押しした。彼女が短期留学の資料を集めはじめたのはそこからで、そしてそんな流れの中で、美和子が残していったノートに再び手を伸ばすこととなった。

美和子のノートには、海外放浪していた頃のメモ書きのようなものが多くあった。だから希実は、海外に渡る際の何かの参考になるかもしれないと、時おりそれに目を通すようになったのだ。

　数年ぶりに見る美和子のノートは、当然ながら以前のまま汚かった。その時々にあったことや、思ったことが乱雑に書き殴ってあって、写真もテープで雑に貼ってあるだけ。書いてある内容は、思いついたパンのレシピや、気候の移り変わりや、道端で見つけた花について、という割りに穏当なものから、税金に対する不平不満、パソコンって人を選ぶの？　という嘆き、低気圧しんどい……、などというやや鬱屈をはらんだもの、あるいはＵＦＯの出現条件や、河童の捕獲方法、タイのピー信仰に関する記述、等々と、突飛な内容のものも多かった。

　だからその日も、希実はノートに目を落としながら、少し笑ってしまっていたほどだ。やっぱり美和子さんって、ちょっと変わった人だったよな……。そんなことを思いながら、割りに楽しくページをめくってもいた。

　そしてその中で、ふとノートに記された文字に目を留めたのだ。

「……？」

　それはアルファベットで記された名前と住所だった。名前は、「Atsuto Kuze」住所のほうは、最後に「USA」と記されていて、途中に「NY」と書かれていた。だから希実は、それが住所であることに気付くことが出来た。

名前のほうには聞き覚えがあった。アットクゼ。母の葬儀で、一度だけ会ったことのある、美和子の兄だ。クゼアツト、久瀬篤人。そしてその瞬間、希実は窓ガラスに映った自分の姿に、なぜかふと、目を留めてしまった。

「――」

脳裏には、母の葬儀での篤人の姿が蘇っていた。黒い喪服の人たちの中、たったひとりグレーのスーツをまとった背の高い男。腕に黒い喪章をしていて、ずいぶんとビジネスライクな様子で焼香《しょうこう》を終わらせた。

でもその人を、なぜか暮林は急ぎ追って行って、だから希実は傍にいた弘基に訊ねたのだった。「今の人、誰?」するとと弘基は怪訝そうな表情を浮かべ、「美和子さんの兄貴だって、クレさんは言うんだけどよ……」と首をひねってみせた。「けど、あの人が来るわけねぇと思うんだけどな。なんせ美和子さんの葬式にも、出なかったような人なんだし……」

けれどその人は、美和子の兄で間違いなかった。希実が暮林を追って行くと、彼らは葬儀場を出てすぐの公道に続く石畳の上で、何やら話し込んでいた。それで希実が声をかけると、暮林が美和子の兄だと彼を紹介してくれたのだ。

希実が挨拶をすると、久瀬篤人は特に表情を変えるようなこともなく、ごく慇懃《いんぎん》な挨拶を返してきた。そうしてすぐに帰ろうとした。どうも仕事の合間をぬって葬儀に駆けつけたようで、焼香をすませたのだから、もう早く解放してくれという態度をあからさまに示してきた。

あまり、感じのいい男ではなかった。美和子の兄だとは、にわかには信じがたいような気もしたが、しかしその面差しは、確かに少し美和子に似ていて、だから希実としては納得するよりなかった。なんか、やたら感じ悪いけど……。でも、お兄さんには、違いないいんだろうな……。

あの時も、わずかばかり、引っかかりは覚えたような気がする。

なぜ彼は、こんなにも嫌そうなのに、わざわざ母の葬儀に駆けつけたのか。妹の葬儀にすら、出席しなかったらしいのに。他にも、不可解な点はあった。当時彼は、ブランジェリークレバヤシを存続させるため、資金援助をしてくれた。本人は、店のためではないと言い放ったが、しかし客観的に見てあれは、やはり店を助ける行為に他ならなかった。それなのに、どうして彼はそれを否定したのか？　そんなところも、ちょっとした違和感ではあった。

けれど、一番の引っかかりは、もっと根本的なことだったのではないか？　希実は窓ガラスに映る自分の姿を見詰めながら、呆然と息をのみそうになってしまった。ああ、そうだよ。どうして、気付かなかったんだろう？

私、似てたんだ。

あの人に、似てたんだ――。

暮林に篤人について訊ねたのは、そのことに気付いてしばらくした頃のことだ。すぐに訊けばよかったのに、どうも切り出すことが出来ず、けっきょく一週間ほどの間を開けて、朝の食卓にて何気なくさらりと訊いてみた。

「――美和子さんのお兄さんって、アメリカにいるんですか？」

受けて暮林は、ひょんと不思議そうな表情を浮かべ、「ああ、そうやけど？」とどうということもなさそうに返してきた。「どうした？　急に……」だから希実は、やはり平静を装って、単なる世間話をするように話を続けたのだ。

「こないだ、美和子さんのノート見てたら、久瀬篤人っていう名前があって……。アメリカっぽい住所が一緒に書いてあったから、向こうに住んでるのかなー、って思って？」そして自作のオムレツを口に運びつつ、努めて冷静に言い継いだ。「いつからアメリカにいらっしゃるんですか？　美和子さんのお兄さん」すると暮林は、やはりオムレツにフォークを伸ばしつつ、「んー……？」と宙を見上げるようにして返してきた。

「もう二十年以上、向こうにおられるんやないかな？　俺が美和子と知り合った一、二年前には、確か渡米されとったで……」

そんな暮林の返答を受け、希実は静かに息をのんだ。なるほど。時期的にも、間違いはなさそうだな……。

彼女が確信を持つには、それだけでもう十分だった。やっぱり、そういうことだったんだ……。母が、追いかけて行ったのは——。

いっぽう暮林は、希実の質問を前に、少し不思議そうに首を傾げてみせた。「篤人さんが、どうかしたんか？」だから希実は、肩をすくめ笑顔を作ると、いたずらっぽく付け足した。「あ……。実は私、短期の語学留学を考えてて……」暮林が真実を知っているかどうかはさて置き、自分の出生云々について、今ここで明かすこともないだろうと思ってそうした。「美和子さんのお兄さんがいるなら、ちょっとあてに出来るのかなーなんて、思ったりして……？」

すると暮林は笑みを浮かべ、「おお、そうやったんか。そういうことなら、連絡入れてみようか？　まあ、忙しい人やで、どういう返事がくるかはわからんけど……」と返してきた。そののどかな口ぶりに、だから希実は若干拍子抜けしたほどだ。あ、れ……？　この感じ……。暮林さんは、何も、知らないのかな……？　しかし続いた彼の言葉に、そんなわけないかと思い至った。

「……けど、会うくらいなら、会えると思うで？　俺からも言ってみるし。希実ちゃんが会ってみたいんやったら、そう伝えるで」

暮林は、いつも通りの笑みを浮かべていた。柔らかい、春の陽射しのような穏やかな笑顔だ。けれどこの人の笑顔の奥には、色んなものが隠されている。希実は短くはない彼との暮らしの中で、なんとなくそんなことに気付くようになっていた。

「……」

だから今の彼の笑顔が、いつものそれとは少し違っていることくらい、すぐにわかってしまった。少し緊張が混ざったような、それを隠すような、柔らかな笑顔。だからすぐに、理解した。ああ、そっか。知ってるんだ、暮林さん——。知ってて、でも、ずっと、隠してきたんだ。

「……」

騙されたという思いは、微塵も湧いてこなかった。むしろその事実は、希実にひとつの結論を与えたほどだった。

——そうか、暮林さん、隠してたのか。だったら私は、それを知るべきではないんだろうな。

当たり前のように、そう思った。彼の選択が正しいかどうかはさておき、しかしその選択が、希実のためを思ってなされたことは、おそらく間違いなかったからだ。

「……」

知らないほうが、私のためだ。そう思ったからこそ、彼はその事実に蓋をしたのだろう。希実にはそのことが、嫌というほどわかってしまった。

だって、暮林さんは、そういう人だもの。もう、何年も一緒にいるからわかる。この人は、人の心を、どうにか守ろうといつも必死だ。そのためには、あんがいグレーなこともやってのける。事実だけが正しいと、それを振りかざすような人じゃない。彼の正しさは、多分、もっと別のところにあるから――。

だから希実は、笑って応えたのだった。

「……いや。やっぱ、いいです」

精一杯の何気なさで、普段通りの笑顔でそう言い継いだ。

「思い出してみたら、あの人ちょっと感じ悪かったし。それに、実はイギリスも候補地にしてるんですよ。そっちだったら、パリからそう遠くもないし。弘基にも会いやすいかなって……」

知らないほうがいいことが、この世にはいくらもある。たとえそれを知ったとしても、知らないふりをして、やり過ごすことだって出来る。だとしたら私は、知らないふりを選ぶべきだろう。自明の理のように、希実はそう思った。

今の私には居場所があって、恋人がいて、友達と言っていいのかはわからないが、気心の知れた仲間のような人達がいて、客観的に見れば、概ね幸せだとも言える。昔のように、ひとりで夜を過ごすこともないし、そんな夜を怖がる必要も、もう、ない。

子供の頃の私が、今の私を前にしたら、きっと目を輝かせることだろう。こんなふうになれるなんて、と、そう声を詰まらせるかもしれない。だってあの頃は、自分にこんな未来が用意されているなんて、思ってもみなかったんだから。その考えは、今も、少しも変わっていない。

それほどに私は幸せで、だから知らないふりくらい、どうということはない。それで今が壊れなければ、そうするに越したことはないとわかってる。真実なんて、余計なことだ。過去なんて、どうでもいい。今が守れれば、それで充分。

それほどに、私は、幸せで——。

「……」

それなのに、どうしてここにいるんだろう？　白い要塞のような家を前に、希実はぼんやり考えていた。ニューヨーク、ブロンクスビル。久瀬篤人が住む家の前で、私はいったい、何をしているのか――。

吐く息が白かった。空はもう、翳りはじめていた。つま先は、すっかりかじかんでいる。寒空の下、ずっと突っ立っていたのだから、仕方のない話ではあるのだが。

「……」

周りの家々に次々と明かりが灯っていく中、しかし久瀬篤人の家はひっそりと暗いままだった。どうやら中には、誰も人がいないようだ。昼間、窓辺から見えていたクリスマスツリーも、今は暗くて、もうよく見えない。寒々しい家だな、と希実は冷たくなった手をこすり合わせながら思う。

まるで、あの人そのものみたいだ。そうして、苦く笑ってしまう。なん、て……。あの人のことなんて、私はロクに、知らないままだけど。


心の奥の奥のほうに、ずくずくとした、泥濘《でいねい》のような場所がある。そのことに気が付いたのは、いったいいつのことだったか。はっきりと希実は覚えていないが、それでも、そんな場所があることは、今ではすっかりわかっている。

誰かにふいに優しくされた時、嬉しい、だとか、ありがたい、だとか、そんなふうに思うのと同時に、時おりその場所が、じくり、と熱をもって疼《うず》くのだ。

それは本当に、奥の奥のほうで疼いているものだから、きっと誰にも、気付かれていないだろうと思ってはいる。あるいは誰にも気付かれないように、敢えてそんな場所を選んで、それはひっそりと疼いているのかもしれない。じくじくとした、黒い感情だ。希実自身、あまり触れたくもない、不浄な思いだ。

それがいったいなんであるのか、希実もずっと知りたくはなかった。だからなるべく、考えないようにしていた。考えないことは、さほど難しくはなかった。考えなければ、それですむ話だったからだ。

けれど日々の暮らしというのは、意外に残酷な一面も持ち合わせていて、希実が考えるまでもなく、その端々にヒントをいくらも含ませてきた。あるいは、知らんふりを決め込んでいる希実の腕を、ふいに荒々しく強く摑んで、こういうことなんだぞと、意地悪く繰り返し、告げてくるようでもあった。

だから、だんだんと、わかってしまった。温かなさりげない優しさを、当たり前のように差し出された時の、あの言いようのない違和感。じくりと、心の泥濘した部分が疼く、ひどい不快感。

ずっと、気付かないままでいたかった。出来ることなら、認めたくなかった。それは、自分でも嫌気がさすほどの、いやしいまでの妬ましさだった。

気付いてからは、心底自分にうんざりした。考え違いではないかと、自分の思考を疑いもしたし、どうにか自分を変えられないかと、それなりの努力を重ねてもみた。だって、人の優しさを前に、そんなふうに思ってしまうなんて、いよいよ私、どうしようもない人間じゃないか。そう、焦れるように思ってしまったのだ。ひねくれている自覚はある。歪んでいる部分も、多分にある。でも、誰かの優しさを妬むなんて、そんな、ことは――。

でも、その疼きは、消えてくれなかった。

妬む理由は、簡単にわかった。それは呆れるほど単純なことだったのだ。要は単なる劣等感。優しい気持ちを、ただ優しい気持ちとして、誰かにさりげなく差し出すこと。それが希実には出来なくて、だから出来る人が妬ましくて、じくり、じくりと、胸の奥を疼かせていたのだった。

だから、当然のように思ってしまった。最低だな、私――。自分は色んな人の優しさに助けられて、どうにかこうにか暮らしてこられたクセに。なのにそれを羨むなんて、妬むなんて、なんて、ひどい――。

自分の傍にいてくれる人たちは、みんな優しい。それは希実の長らくの実感だ。わかりづらい優しさもあるし、だいぶ不器用な優しさもあるけれど、でも、やっぱり、けっきょくは優しい。そうしてそんな優しさの中で、自分はいくらも救われてきた。その自覚も、重々にある。

子供の頃の自分が、今の自分を見たら、きっと目を輝かせるだろう。その思いも、心からのものだ。この世界には、あの頃思ってもみなかったような優しさがあって、温かさがあって、穏やかに囲める、食卓があった。

そんなことを教えてくれた人たちには、感謝しかない。それも希実の、偽らざる思いだ。指をくわえた他人の子供なんて、見て見ぬ振りで通り過ぎて構わない。それなのに私に、手をかけ心を添わせてくれた。それがどんな稀有なことなのか、希実にはよくかっていた。気付かない人は、たくさんいる。気付きたくない人も、たくさんいる。それが当たり前で、それが普通なのがこの世界なのだ。

でも、彼らは違っていて、だから私は救われた。ただひたすらに、あらゆるものに腹を立てて、この世はどうせくだらないものなんだと、嘯くことで自分を保ってきた。そんな日々から、そっと掬い上げてくれた。

だから自分も、彼らのために、何かをしたいと思うようになった。おせっかいかな？余計なお世話かな？　そんなことを思いながら、あれやこれやと、彼らの問題にいちいち口を挟んだりもした。そうしてきたことに、後悔はしていないし、きっとこれからも、そうしていくんだろうと思ってはいる。

思ってはいるが、しかし時おりじくりと胸の奥が疼いて、どうしようもなく気が滅入る。もう大概慣れてもきたが、それでも、うんざりすることに違いはない。誰といても、何をしていても追ってくる、どうしようもない、あの、感覚――。

優しい気持ちには、優しい気持ちで返したい。普通に、そうしたい。なのに自分には、それが出来ていない。みんなのように、普通に優しさが差し出せない。そうする気持ちの裏側には、いつも浅ましい感情が含まれてしまう。

認めて欲しい。嫌わないで欲しい。大切にして欲しい。愛して欲しい。当たり前みたいな顔をして、さり気なく優しさを差し出しながら、でも、いつもそんなことを、どこかで思ってしまっている。

優しくするから、大事にするから、あなたのことを思っているから――。だから、私の前から、いなくならないで――。

それは、みんなが自分にくれた、混じり気のない優しさとは、やはりだいぶ違っているよなと希実は思う。私の優しさは、けっきょくのところ、自分かわいさのまがいものだ。本当の優しさには、ほど遠い。

だから、見透かされないかと、少し、距離も置いてしまう。こんなヤツだったのかと、離れて行かれるのが、何よりも怖いから。自分の中の醜い気持ちに、気付いていないふりをして、さらりとした人間を気取っている。

私は、優しさすら、歪んでいるのだ。

「もし、何か抱えきれなくなったら、必ず誰かに言うんだよ」多賀田くんは、そう言った。「ひとりで抱え込んじゃダメだ。絶対にダメだ」その通りだと、希実も思う。ひとりで抱え込んだ思いというのは、行き場所をなくしたまま、ただじくじくと腐っていくだけだ。けれど、そんな腐ったものを、いったい誰に差し出せるだろう？　誰がそんな私を、許してくれる？

考えると、いつも息が苦しくなる。誰になら、言える？　そんな汚い自分を、浅ましい思いを、いったい誰になら？

いくら考えても、答えは同じだった。言えるわけがない——。それを打ち明けるのは、つまりそれを許してくれと乞うことだ。そんなことを、相手に背負わせるわけにはいかない。こんなどうしようもなさは、自分で、引き受けていくしかない。

でも、もし仮に、こんなどうしようもない気持ちが、わかる人がいるとしたら。それは、あの男だけなのではないか。

いつだったか、希実はふと、そんなことを思ってしまった。あの、いかにも冷淡そうな、おそらく、人でなしであろう、あの男。母を捨てて、私を捨てて、のうのうと生きているあの男。妹のお葬式にも、出なかった、薄情で、無礼で、傲慢そうで、いかにも歪んでいそうな、あの男——。

あの男なら、このどうしようもない気持ちも、理解出来るんじゃないだろうか。だって、あんなに、ひどい人なんだもの。だから、私の、ひどい気持ちも、もしかしたら、もしかしたら——。

——なんて、そんな気分に流されて、こんなところまで来てしまったんだから、私もだいぶどうかしてるよな。

「……」

暗い庭の前に立ち、じっと久瀬篤人の自宅を見詰めながら、希実は深いため息をついてしまう。自分の気持ちなんて、自分でどうにかするしかないのに、こんなところまで来てしまうなんて……。溺れる者は藁をも掴む、ということなのだろうか？　でもあんな人、藁っていうより毒針じゃない？　ていうか、こんなところでいつまでもウロウロしてたら、そのうち通報されそうな気がするんだけど……。

悶々《もんもん》と考えを巡らせながら、希実はかじかむ手でポケットから携帯を取り出す。時間を確認すると、夜の六時を回ろうとしていた。あたりはもうすっかり暗く、ご近所の家々の庭先や窓辺に飾られたクリスマスイルミネーションが、それなりの節度を保ちながらも、キラキラ美しく瞬いている。

いっぽう久瀬篤人の自宅はといえば、相変わらず明かりも灯らず暗いままだった。庭のセンサーライトが、暗くなるなりいくつか自動的に灯りはしたが、しかし周りの家々に比べたら当然ながら著しく暗い。今日はクリスマスだというのに、いったいこの家の住人は、何をしているのかという疑問すらわいてくる。

「……」

欧米のクリスマスは日本に比べて、意味深い日であるはずなのに。家族で過ごすのが一般的で、そうでなくとも誰かと過ごすのが普通であるはずなのに。あの人は一日中家を空け、いったい何をしているんだろう?

そんなことを考えながら、希実は暮林に電話しなければ、と携帯を操作しはじめた。こちらが夜の六時なら、日本は現在朝の八時だ。暮林のタイムスケジュールからして、おそらく眠る少し前あたりだろうと思われる。だから今なら、まだ間に合うと踏んだのだ。今朝出来なかった、折り返しの電話をするなら今だ。

「――」

暗い道の先から、眩しい車のヘッドライトが見えてきたのは、そのタイミングだった。それで希実は、携帯を手にしたまま少し後ずさった。

やって来たのは、特に目を引くところはない、黒っぽい自家用車だった。おそらくそれなりの車なのだろうが、一見して希実が判別できるような車種ではなかった。この街には、そんな車が多く走っていた。手入れが行き届いていて、重厚そうな雰囲気はあるが、ベンツでもＢＭＷでもアウディでもない。そういう車。

その自家用車は、希実の前を通り過ぎ、すぐに減速した。そうして左のウィンカーを点滅させ、左折し白い要塞のガレージへと向かいはじめた。

だから希実は、咄嗟にマフラーを口元まで上げつつ、単なる通行人然として、ぎくしゃく歩き出したのだ。そうして要塞の様子がギリギリうかがえるあたりで立ち止まり、暗闇の中に身を潜めるようにしながら、車が入っていったガレージのあたりを注視した。

「……」

バタン、と車のドアの開閉音が聞こえてきたのはその段で、希実が息を殺したままでいると、ガレージの中からゆっくりと人が歩いて出て来た。

「……」

久瀬篤人だった。遠目でも、希実には彼であることがすぐにわかった。彼の歩き方には、少し特徴があるのだ。母の葬儀の時もそうだった。少しだけ、右足を引きずるような歩き方。暮林の話によれば、彼はアメリカに渡って割りにすぐの頃、爆発事故に巻き込まれたのだそうだ。「事故っちゅうよりは、事件っちゅうたほうが、ええのかもしれんけどな。とにかく、九死に一生やったらしいで？　意識が戻るのにも、しばらくかかったそうやで……」

そんな彼は、右足をわずかに引きずりながら、玄関へと続くアプローチの石畳を、ゆっくりと進んでいく。特に不自由そうな表情は浮かべていない。淡々と粛々と、その短い道のりを歩き続ける。

「……」

その姿はどこか、数年前の再現のようにも見えた。彼は母の葬儀の時と同じく、黒っぽいグレーのスーツを着ていたのだ。容貌も、さして変わっていなかった。あれから、五年。希実にとっては激動の月日だったが、彼にはごく凪いだままの、平坦な時間が流れていたのかもしれない。

石畳を歩き切った彼は、続いて石階段を上りはじめる。階段はさすがに少し骨が折れるのか、歩くよりもずっとペースが遅くなる。手すりに手をかけ、右足を後から引きずりあげるようにして、一段一段、ゆっくりと上っていく。だから希実は、少し冷ややかに思ってしまう。

なんでこの人、こんな階段のある家に、住もうなんて思ったんだろう？　あるいはガレージから、直接家の中に入れるように、出入り口でも作っておけばいいのに。なんでわざわざ、こんな面倒なこと……？

「……」

明かりのない暗い家に向かい、彼はひとり進んでいく。とても難儀そうに、でも、そうするのが当たり前のように、ゆっくりと石階段を上っていく。

「……」

家に人がいないからといって、彼に家族がないわけではない。子供はいないが、奥さんはいると、暮林からは聞いている。彼の結婚は早く、渡米して数年で、今の奥さんと婚姻関係を結んだのだそうだ。婚約期間を含めれば、もっと早くからのパートナーであったとのこと。彼がこちらでビジネスを行なうにあたり、奥さんのバックアップが相当にあったようだ。その話も、暮林がしてくれた。

「もともと奥さんは、手広くビジネスをやっとらはった人でな。そやで篤人さんより、だいぶ年上で……。だからってわけでもないんやろうけど、ずいぶん前から、入退院を繰り返しとらはるそうなんやわ。そやで、希実ちゃんがニューヨークに行って、何か困ったことがあったとしても、篤人さん、時間はとれんかもしれんで？」

それが事実なのか、あるいは希実が傷つかないよう、単に予防線を張ってくれただけなのか、そのあたりはよくわからない。わからないが、クリスマスの今日という日に、彼はひとり暗い家に帰って来て、難儀そうに階段を上っている。その事実だけは、事実として希実の目にはっきりと焼き付いていた。

「……」

その背中は、不幸そうにも見えたし、幸せそうにも見えた。ひどい男にも思えたし、ただの憐《あわ》れな男にも思えた。色んなものを捨て去って、彼はこの国に渡ることを選んだ。言葉も文化も違う場所で、生きることをおそらく望んだ。そこにどんな思いがあったのか、希実には少し、わかるような気がしてしまった。

「……」

そして同時に思いもした。ならば彼にはこちらの気持ちが、少しはわかるのだろうか、と。胸の奥の奥のほうで、じくりと疼く不快な気持ち。誰といても、何をしていても追ってくる、どうしようもないような、許されなさ。

それが、彼には――。

玄関ポーチまで上り切った彼は、そのまま家のドアに手をかけようとした。しかしなぜか、そのまましばらく動きを止めた。そうしてふと、後ろを振り返ったのだ。振り返って、遠くにいたはずの希実に、迷いなく目を留めた。

「――」

吐く息が、白かった。それは多分、お互いに。

早朝の空港は、ひどく閑散としていた。

普段なら迎えの人々で混み合っていそうな到着ロビーにも、眠たげなヒスパニック系の青年が、二名並んで佇んでいるのみ。到着ロビーの奥にいる空港職員たちも、少し眠そうな顔でたらたらと歩いている。まるで水族館の深海コーナーにいるような、ひどく安穏とした空間だ。

そんな中、希実もあくびをしながら手すりにもたれ掛かり、弘基の到着を待っていた。

「ふわぁ……」

定刻通りのフライトであれば、朝の五時少し過ぎに、弘基はやってくるはずだった。だから希実は、一応彼の恋人として、わざわざ空港まで出迎えに来ていたのである。

すぐ近くの柱にかかったデジタル時計は、四時五十分を示していた。それを確認した希実は、再び大きなあくびをしてしまう。やっぱ普通、こんな時間に迎えに来る人なんて、ほとんどいないよなぁ……。そんなことを思いながら、うとうとと手すりに頬をつけてしまう。なのに迎えに来いとか、ホント弘基のヤツ、勝手なんだから……。

すると向こうにあるフライト時間を示す掲示板が、カタカタと音をたて、その内容を変えはじめた。よくよく見てみると、弘基が乗った便の到着時間も示されていた。どうやら十分ほどの遅れで、飛行機は到着するようだ。

それを確認すると、少し眠気が退いた。そっか。弘基、もうじき着くんだ……。そんなことを思って、少し口元が緩む。そうして思わず、苦笑いを浮かべてしまう。こんなことで、目が覚めるとか、私もだいぶ単純だよな……。そう思って、少々てれくさくなったのだ。そうしてにやけているうちに、ハッと大事なことを思いだし、慌ててポケットから携帯電話を取り出した。

「――ヤッバ……」

呟きながら希実は、急ぎ通話の履歴を表示させる。ヤバいヤバい、忘れるとこだった。暮林さんに電話しなきゃ――。

何せ希実はけっきょく昨日、彼に電話をしそびれてしまったのだ。だから今日はなるべく早く、連絡を入れておかねばと思っていた次第。しかも弘基が来ちゃったら、ゆっくり話も出来ないだろうし。今のうちに話しておかなきゃ……。

時間的にも問題はなさそうだった。こちらが朝の五時前であれば、日本時間は夜の七時前。おそらく暮林は仕込み中のはずだから、電話をしてもさほど迷惑ではないだろう。

案の定、暮林はコール三回ですぐに電話に出た。しかも彼は開口一番、「もしもし、どうした？」と少し驚いたような声で言ってきた。「そっちまだ朝の五時くらいやろ？　こんな早い時間に、なんかあったんか？」どうやら一瞬にして、時差を鑑みた時間を算出した模様。

だから希実も少し驚いて、「すごいですね、暮林さん」と感心しつつ返した。「こっちの時間、すぐわかるんですね……」すると暮林は、一瞬間を空けて、「……あ、はは、まあ、なぁ？」と、軽い笑い声を含ませながら応えた。「俺も昔、そっちにおったことあったでな？　時間の感覚は、身についてしまっとるんやろ」

その返しに、希実は少し考えて、「あ〜……」と、思わずにやけてしまう。「なるほど。美和子さんとのやり取りで、身についちゃったみたいな感じですね？」すると暮林は、先ほどよりやや長い間を持たせたのち、「……まあ、そうかもなぁ」と笑い混じりで言ってきた。「よくは、わからんけどな？」

おかげで希実は、なんだか愉快な気分になって、さらに言葉を重ねたのだった。「へ〜。身につくほど、美和子さんとやり取りしてたんですねぇ、暮林さん」受けて暮林も、少々言い訳がましく言ってくる。「そりゃ、遠距離やったでなぁ？　連絡くらいはなぁ？」そんな返しに、希実はまたにやにや笑ってしまう。「ふうん。仲良しだったんですねぇ、おふたり」「うーん？　まあ、どうかなぁ？」「よかった感じ、しますよ？」「そうかぁ？」暮林がてれているようで、少し面白かったのもある。「暮林さんが、いつもすごくいいタイミングで電話くれてた理由が、よくわかった気がします」すると暮林も、若干降参した様子でしみじみ応えた。「まあ、そうやなぁ。時差十四時間は、確かに馴染んだ時間ではあるわ。最後の赴任先も南米で、時差がちょうどニューヨークと同じやったし……」

そうして、さらりと話題を戻してみせたのだ。「――で、なんで今日は、こんな朝早くに連絡を？」

おかげで今度は、希実が若干間を空け返してしまった。「え？　あ……、それは……。昨日、電話しそびれたのもあったし？」だがそんな希実の返答に、暮林は不思議そうに問いを重ねてきた。「それで、こんな早くに電話を？」だから希実も、少してれくさいような気分で答えざるを得なかった。「あと……、弘基が……。五時にニューヨークに着くから、迎えに来いって言ってきたんで……」

すると暮林は、また少し驚いたような声をあげた。「なんや？　じゃあ希実ちゃん、今空港におるんかいな？」おかげで今度は、攻守交代となってしまった。「あ、はい、一応……」「なるほど。じゃあ、弘基を迎えに出たついでに、俺に電話をしてくれたってわけやな？」「いえいえ、決して、ついでというわけでは……」「ええんやで、ええんやで。恋人優先にしてくれて、俺は全然構わんのやでー」暮林の口調は、やはりごく楽しげだった。「俺はついでで、全然ええんやでー」そうしてふと疑問を覚えたらしく訊いてきた。「……ん？　けど、弘基……。確か今日は、希実ちゃんの学校が終わった後に、アメリカに着くとか言っとらんかったか？」

暮林の指摘はごもっともだった。実際、もともと弘基が予定していたフライトは、今日の夕刻着のものだったのだ。けれど彼は昨夜の電話で、「やっぱ明日、朝イチでそっち行くからよ」と、突然言いだした。「だからお前、迎えに来いな？」それで希実は、弘基の言い分をかいつまんで説明した。

「なんか、早朝の便のキャンセルが出たとかで……。急遽、朝に来ることになったんです。パリを早朝に出ると、ちょうどこっちの朝に着くんですって。それで、俺が眠い思いしてそっち行くんだから、お前も眠い思いして迎えに来いって。よくわかんない理屈で、迎えに行くこと約束させられて……」

そんな希実の説明に、暮林は感心したような声をもらした。「はあ〜。パリとニューヨークの時差やと、そういうことになるんか……」だから希実も、しかつめらしく応えたのだ。「そのようです。朝から朝に、たどり着くみたいな……」すると暮林は、ごく楽しげに評してみせた。「そらええわ。弘基のヤツ、パリからニューヨークに朝を連れていくようやな」

その表現には、希実も思わず納得してしまった。「ああ、確かに……」何せ本当に、彼は朝を連れてきてくれるようだったのだ。「……確かに、そんな感じかも──」

弘基がニューヨークへの到着時刻を変更したのは、昨日の夜のことだった。希実がブロンクスビルの暗い夜道で、半ば呆然と立ち尽くしていた最中、彼は何気なく電話をしてきて、最終的にフライト時刻を変更させてしまったのである。

ブロンクスビルの、久瀬篤人の家の前でのことだ。暗がりにまぎれるように、彼の様子をうかがっていた希実は、あろうことかその姿を篤人に認められてしまった。

しっかりと目が合っていたから、篤人が希実に気付いたのは、おそらく間違いなかった。しかも彼は、少し驚いたような表情を浮かべていた。だから、気付いていなかったはずはないのに、彼は希実を数秒ほど凝視したかと思うと、そのままフッと顔を背け、家の中へと入って行ってしまった。

おかげで取り残された希実のほうは、ポカンとその場に立ち尽くすしかなかった。

え？　何？　今の……？　それでそのまま棒立ちしていると、家の窓に明かりが灯り、窓際のクリスマスツリーのイルミネーションも、チカチカと点滅しはじめた。チカチカ、チカチカ。だから希実は、ほとんど呆然としたまま、その明かりを見詰め続けた。チカチカ、チカチカ。

何をどうすればいいのか、希実にはまるでわからなかった。篤人が何を思って、何を意図して希実を振り返り、どういうつもりで無視をして、なぜ家の中へと入って行ってしまったのか——。だから窓の明かりを、ただぼんやりと見詰めることしか出来なかった。チカチカ、チカチカ。

希実が立っていた暗がりから、篤人の家の玄関までは、距離にして二十メートルほどしかなかった。おそらく数十歩歩くだけで、たどり着けるような距離だった。だからさっさと歩き出し、それこそインターフォンでも鳴らしてしまえば、彼は出てくるかもしれないとも考えた。

チカチカ、チカ、チカ、チカ。

だって、あの人、私に気付いていたもの。だったら、玄関チャイムが鳴れば、私だって思うはずだし……。

チカ、チカ、チカ。

だから、もしかしたら……。もしかしたら――。チカ、チカ、チカ。期待なのか、いら立ちなのか、あるいは悲しみの類いなのか、判然としないヒリついた思いにのまれながら、希実はひどい息苦しさを覚えはじめていた。チカ、チカ、チカ。

どうして私は、いつもそこに、理由を求めるんだろう？　そんな思いに、胸が締め付けられてもいた。チカ、チカ、チカ。母の時も、そうだった。親は、関係ないのに。どうして？　どうして私は、いつもここに戻ってしまうの？　チカ、チカ、チカ。無駄だって、わかってるのに。どうしてこの人たちに、何かを求めようとしてしまう――？　チカ、チカチカ、チカチカチカチカチカチカチカチカチカ――。

そうしてほとんど無意識のうちに、一歩足を踏み出そうとした瞬間、弘基が電話を寄こしたのだった。

電話の内容は、明日そっちに行くからという、単なる報告のようだったが、しかし弘基は、耳聡《みみざと》く希実の異変に気付き問うてきた。「ん？　お前、風邪でもひいたか？」それで希実が「ひいてない」と返すと、釈然としない声で言いだした。「じゃあなんだよ？　その鼻声。声も妙に暗いけど……」

だから希実は努めて明るく、「そう？　全然普通だけど」と返したのだ。「全然どうもしてないし。弘基の耳の調子が悪いんじゃない？　それか回線の故障とか。電波のアレとか……？」

まさか久瀬篤人の家の前で、なす術なく立ち尽くしてるなどとは言えなかった。それで取り繕うように、楽しげな声で言い継いだ。「あー、あと……。今日ちょっと観光し過ぎたから、疲れてるのかもしれない。ほら、クリスマスで学校休みだったからさ。マンハッタンのツリーとか見に行ったりして？　すごいんだよー？　こっちのクリスマスって……」

それで弘基も、いったんは引き下がった。引き下がって、明日のフライト時間の報告だけして、ひとまず電話を切ってみせた。しかしそこからが、彼の本領発揮とでも言うべきか、ものの数分もしないうちに、再び電話をかけて寄こして、有無を言わさず告げてきた。

「――やっぱ明日、朝イチでそっち行くからよ。だからお前、迎えに来いな？　朝五時過ぎくらいに空港着くから」

唐突な彼の物言いに、当然希実も戸惑って、「は？　なんで？　ヤダよ、明日は普通に学校あるのに……」と言い返したのだが、しかし弘基は譲らなかった。「バカなの？　お前。そんな声出されて、ほっとけるわけねぇだろうが」

おかげで希実は、若干呆気にとられ、声を詰まらせてしまった。「は、あ……？」すると弘基は、「はあ？　じゃねぇよ！　朝イチの便しかなかったことに感謝しろっつーんだよ！　深夜便が残ってたら、そっちで行ってたわ！」と、畳み掛けるように言ってきた。「とりあえず、俺が眠い思いしてそっち行くんだから、お前も眠い思いして迎えに来いよ？　いいな？　ぜってーだぞ？」

その乱暴な物言いには、希実も思わず閉口してしまったほどだ。すると弘基は、少しだけ声を柔らかくして言葉を続けた。

「……だから今日は、早く寝ろ。どこにいんのか知んねぇけど、外にいるならとっととホテルに帰れ。そんで帰ったら、温かいもんでも食って風呂入って、なんも考えずに早く寝ろ。いいな？」

それは本当に、朝を連れてくるかのような言葉だった。

「——ひとりの時に、余計なことは考えんな。明日になりゃ俺がいるからよ。朝イチでそっち行くから、考えごとはそん時好きなだけしろ。どんだけだって、付き合ってやっから。な？」

暗い夜の中、ずっと立ち尽くしていた希実にとって、それは一歩足を踏み出すのに、充分な言葉でもあった。

「……うん」

無論、目の前で点滅を続けるあの明かりに、踏み出すための一歩ではない。自分が向かうべきは、そちらではない。寒々しいようなクリスマスツリーの明かりを見詰めながら、希実ははっきりとそう思っていた。

「わかった……」

そっちじゃない。

やっと、わかった。

私が、進むべきは――。

空港のアナウンスが聞こえてきたのは、そんな昨夜の顚末を、ちらりと思い出していた瞬間のことだった。アナウンスは、弘基が搭乗している飛行機が、じき着陸することを告げていた。

「……あ、もうすぐ、弘基の飛行機、着くみたいです」

希実が言うと暮林は、「そうか」と穏やかに言ってきた。「じゃあ、弘基によろしく伝えといてくれ」そうしてそのまま、電話を切ろうとした。だから希実は、急ぎ告げた。

「あの、暮林さん――」

多分、彼に伝えておきたくて、告げたのだ。

「……私、昨日、ブロンクスビルに行ってきたんですよ」

すると暮林は、少し声を詰まらせて、「あ、ああ。そうか……」と小さく応えた。そうして、普段通りの鷹揚さを保ちながら、柔らかな声で訊いてきた。

「どうやった？　あの街は」

だから希実は、率直に答えた。

「なんか、素っ気ないような雰囲気の街でした」それは希実の、素直な心象だった。「でも、街並みは素敵だったかな。よく、手入れが行き届いてる感じっていうか……。街の人たちも穏やかで、意外とフレンドリーで親切そうでした。あと、どの家もとにかく芝が綺麗で……。そういう文化の街なんでしょうね」

昨日歩き回った街の様子を思い浮かべながら、希実は言い連ねた。確かにあの街は、そんな街だった。そうして希実は、その中でたどり着いた、ひとつの思いを口にした。

「――でも、私の場所は、ここじゃないなって思いました」

何せブロンクスビルのあちこちで、何かにつけて思い出してしまったのだ。雑多でごみごみとした、あの街のことを、何度も何度も思い出してしまった。

首都高と国道246号線が交わる駅前。交通量も人も多くて、だいたいいつもごちゃごちゃしている。新しいビルがあって、古いままの住宅があって、猥雑な感じのお店もあれば、潔癖さをまとったようなカフェもある。どうにもこうにも、雑然とした街なのだ。道行く人もそんな感じで、まとまりというものがまるでない。古くから街に住むご老人がいるかと思えば、まだ街に馴染んでいない様子の若者もいる。通りすがりのようにいなくなる人も、少なからずいるように思う。そういう意味では、誰にとってもかけがえのない街になるわけではないのだろう。

でも自分の場所は、あの街なんだなと、希実ははっきり思ってしまった。

「私が帰りたいのは、ブランジェリークレバヤシがあるあの街なんだなって……。早く、帰りたいなって思いました。みんながいる場所に……、暮林さんがいるところに、早く、帰りたいって——」

到着ロビーの奥のほうから、スーツケースを引いた人たちが、ぽつりぽつりと姿を現しはじめる。一番早い到着便の乗客たちだろうか。

するとそばにいたヒスパニック系の青年たちが、何やら言い合ったのち笑顔で手を振りだした。おそらく待ち人が現れたのだろう。眠気はすっかり覚めたようで、笑顔で大きく手を振っている。

電話の向こうでは暮林が、「そうか……」と、柔らかな声で返してくる。だから希実は、ぐっと奥歯を噛みしめて、小さく笑い言葉を続けたのだった。

「だから、明々後日《しあさって》、弘基と一緒に帰りますね」

先頭にいたスーツケースの女性たちが、こちらの青年に気付き、やはり大きく手を振りはじめる。彼らは英語ではない言葉で、けれど喜びに溢れていることは充分過ぎるほどわかるような声で、あれこれ声をかけ合いながら満面の笑みを浮かべている。オラ！　オラ！　クアントティエンポ！　オラ！　コモアッセスタード、ビエン！

そんな光景を前に、希実もゆっくり言葉を継いでいく。

「……私が帰る場所は、そこで、いいですよね？」

すると暮林は、やはり穏やかに告げてきた。

「――当たり前やろ」

長かった夜が、終わるようだった。

「帰っておいで。おいしいパン焼いて待っとるで」

隣では、ヒスパニック系の男女が、ハグとキスの雨を降らせている。ミゲル！　ビェーン、イトゥ？　コモアッセスタード！　言葉の意味はわからなかったが、けれど彼らがこの上なく幸せであることは、痛いほどによくわかった。

Closed

誰もがふいに、空を見上げる季節がやってきた。満開の桜の木の下で、暮林陽介はそんなことをぼんやりと思う。

朝の配達の途中でのことだ。車から降ろしたパンケースを運んでいた最中、目の前をふわりと白い花びらがかすめた。それで暮林は、そのまま空を見上げたのだ。

「――」

空はまだ暗いままだったが、こんもりと咲いた白い花々は、街灯の明かりに映しだされていた。夜空にわずかばかりの、淡い光を含ませるようにしながら、凛とそこに佇んでいるようだった。

確か去年もこの場所で、同じように空を見上げたな。そう暮林は思い出す。その前の年も、その前の年も、やはりここで桜を見上げた記憶がはっきりとある。

「……」

こんなふうにひと所《ところ》で、毎年同じ景色を見るなんて、美和子が逝く前は思ってもみなかったな、とそんな思いもふと過った。何せかつての暮林は、世界のあちこちを飛び回るような、慌ただしい暮らしを送っていたのだ。

向かう場所は、たいてい危険な地域だった。戦火のあるところに、彼の仕事は概ねあって、だから当たり前のように、その現場へと彼は向かっていった。

何かに急かされるような、ひどく緊迫した日々だった。争いの火というのは、どこかで消しても、またどこかで点ってしまう。次は、どこだ？　次は？　次は――？　まるで紛争地を求めているような、奇妙な錯覚に陥ったこともあったほどだ。俺は、火を消したいのか？　それとも、まさか、争いの火を、求めているのか――？

それでもけっきょく次の争いが起これば、急き立てられるように、また次の場所へと向かってしまう。俺は、何がしたいんや？　そんな思いは慌ただしさにのみ込まれ、ただ頭の片隅で、塵《ちり》のように漂っているだけだった。そういう人生を自分は選んで、だからそういう暮らしを、ずっと続けていくものだと思ってもいた。

それなのに、彼女が逝ってしまってから、全てのことが変わり果てた。

彼は今パン屋の店主で、彼自身にわかには信じがたいと思ってもいるが、毎日売り物のパンを作り上げている。前任者の柳弘基に比べたら、さすがに見劣りしている自覚はあるが、客ウケのほうはそれなりだ。「前みたいに、本格派って感じではなくなったけど、でも素朴であったかい感じのパンではありますよ」それは常連斑目の見立てで、別の常連たちも、概ねそれに同意してくれている。

「そりゃ若い女の子なんかは、前のイケメンのパンのほうが好きだろうけどさ」「俺らくらいになると、今のパンのほうがしっくりくるっつーか？」「そうそう。俺、バニラなんちゃらとか、そういう洒落たもんが入ってねぇ普通のクリームパンのほうが好きだし」

つまり去っていった客もそれなりにいるが、残ってくれた客もそれなりにあり、大繁盛というわけにはいかないが、細々と店を続けられているのが現状だ。

あんなただの白い粉を、混ぜたり捏ねたり膨らませたりして、パンに仕上げてみせるなんて――。そんな器用な真似、俺に出来るとは思えんかったけどなぁ……。ずっしりと重いパンケースを手に、暮林はしみじみとそんなふうに感じ入る。これも全部、俺が作ったっていうんやで、まあ驚きやわなぁ。

そんな頼りないことを口にしたら、フランスの弘基に怒られてしまいそうだが、しかしそれは暮林の偽らざる実感でもあった。無理やと思っとったようなことでも、あんがい、どうにかなっていくもんや。

「……」

風が吹き、白い花びらが舞う。

どこからか、鳥の鳴き声がする。

空がまだ暗いままでも、日の出の時間が近づいてくると、鳥たちはちゃんと鳴きはじめるのだ。

どうも鳥たちには、朝の訪れが人より早くわかるようだ。遠くの空が白みはじめるのは、彼らが鳴きはじめてから大よそ三十分ほどしたあたりで、だから暮林は、彼らの鳴き声に、いつも感心してしまうのだった。まあ、よう気付くもんや……。空はまだ、こんなに暗いままなのに——。

そんなことを知れたのも、今の暮らしを送るようになった賜物なのだろう。


配達を終え店に戻ると、厨房から賑やかな声が聞こえてきた。「ヤッダ〜！　何それ、すっご〜い！」「見覚えがあるわ！　アルプスの少女ハイジよ！」「わかった！　おんじのチーズね！　希実ちゃん、なんでそんなチーズをっ？」「へへへ。ホワイトデーのお返しに貰ったんです」「まさか、弘基からっ？」「すっご〜い！　希実ちゃんの彼氏って……！　センスがあるんだか、ないんだか……！」

弘基が店を辞めてから、厨房の補助と接客は、主に希実と、ソフィアのお仲間、あとは常連のご隠居たちのお孫さんらに、バイトとして来てもらっている。毎週火曜はソフィアのお仲間、ババ美さんが来てくれる日で、彼女がシフトに入っている日は、ソフィアも付き添い兼助っ人として、店に来てくれていることが多い。今朝の厨房が賑やかなのは、今日が火曜日であるからに他ならない。彼女たちと一緒だと、なぜか希実のテンションも、普段より少し上がるのだ。

「そのチーズ、やっぱり薪火であぶるのっ？」「いや、温めて、とろけたところを、パンやジャガイモにかけて食べるのが一般的なんですけど……」「けど？」「今日は、フライパンで焼こうと思いますっ！」「え〜!?　フライパンで〜!?」

盛り上がる女性陣の中、暮林は空になったパンケースを手に厨房のドアをくぐる。

「──お疲れさーん。ただ今戻りましたー」

すると赤ん坊ほどのチーズを抱えた希実と、彼女を取り囲んでいたソフィアとババ美さんが、いっせいに振り返り暮林を出迎えた。

「あ！　お帰りなさーい！」「お帰り〜、陽介さ〜ん。まずは朝食にする？　それともお着換え？　それとも、ア・タ・シ？」「ババ美さん、それ全然面白くな〜い。ていうか触らな〜い」

実に賑々しい歓待に、暮林はケースを片付けながら笑顔で返す。「じゃあ、まずは、食事をいただきましょうかねぇ」

かくして作業台には、四人分の食事が並んだ。今日のメニューはトマトとアボカドのチーズオムレツ。あとは野菜スープにサラダにクロワッサン。弘基がいなくなってから、若干シンプルなメニューにはなったが、それでも朝食としてはかなり豪勢であると言えるだろう。

湯気をたてるオムレツをさして、満足げに告げてきたのは希実だった。「オムレツのチーズはラクレットを使ってるんで。熱いうちにどうぞ」そんな彼女の言葉を合図にして、一同は揃って手を合わせる。「はい！　いただきまーす」

そうしてめいめい、スプーンやフォークを手にいっせいに食事をとりはじめる。「ちょ～っと！　何このチーズ！　とろっとろ～！」「でしょ？　チーズのおこげのとこも食べてみてください」「んん～！　ふわとろのパリッパリ～！」「しょっからさもちょうどいい！」「でしょでしょ？　で、それをこう、クロワッサンに挟んでですね……」

大騒ぎで食事を続ける彼女たちを前に、暮林は眩しいものを前にしたような気分になって、思わず小さく笑ってしまう。ああ、朝が来たって感じやなぁ。光が溢れて賑やかになって、世界が回りだすようや――。

そんな暮林に、ふと声をかけてきたのはバベ美さんだった。彼女は作業台の上のコショウを手に取ったのと同時に暮林の顔を認め、笑みを浮かべたかと思うとスッと手を伸ばしてきたのだ。

「あ～ら！　陽介さんったら、おぐしに桜の花びらが～」

そう言って彼女は、暮林の髪に紛れ込んでいた、白い小さな花びらをひょいと取りだした。どうやら配達の最中に、ついてしまったものらしい。

するとソフィアが、バベ美さんに続いて言ってきた。「あらま！　よかったじゃな～い。桜の花びらって、摑めると幸せになれるらしいわよ？」その言葉に、暮林は「ん？」と首を傾げる。「幸せ、ですか……？」何せ意味がよくわからなかったのだ。いっぽう希実も、どうやら暮林と同じ感想を抱いたらしく、咀嚼していたクロワッサンをのみ込んだのち、不思議そうに疑問を呈してみせた。「なんすか？　それ……」

答えたのはバベ美さんだった。彼女はどこか得意げな笑みを浮かべ、嬉々と言ってのけたのである。「ヤッダ～、知らないの？　希実ちゃん。桜の花びらのジンクスよ～。落ちてくる桜の花びらをキャッチできると、幸せになれるってヤツ」

すると希実は、「へえ……」と静かに頷いたのち、ごく冷静に質問を重ねた。「でも、その場合、髪の毛に紛れてたのは、キャッチしたうちに入らないんじゃ……？」

だがその疑問は、ソフィアとバベ美さんの強力タッグにより打破された。「入るわよ～！　ていうか、入らせる～」「そうよう！　幸せになるのに、厳密なルールなんていらないの～」「ね～？　アタシなんか、それで毎年桜並木の下をうろついてるんだから～」

だから暮林は小さく笑って、その花びらを辞しようとした。「そういうことなら、花びらはバベ美さんに差しあげますよ。今年は歩き回らんでもええように……」

しかしバベ美さんは、そんな暮林の言葉を遮って、彼の手に花びらを渡してきたのだった。「ダメよ～、そういうの～」そうしてギュッと暮林の手を握ったまま、いやに意味深に言ってみせた。

「――これは、陽介さんの幸せなんだから。自分にやってきた幸せは、自分でちゃ～んと使わなきゃ、ダメェ」

バベ美さんの隣では、ソフィアが面妖な表情を浮かべ、「バベ美さん……。いいことと言ってるふうだけど、ただ手が握りたいだけじゃ……？」と呟いていたが、しかし暮林にとっては、妙に胸に残る言葉ではあった。

「ははあ……。俺の、幸せ、ですか……」

美作医師がブランジェリークレバヤシにやって来たのは、日が傾きかけた夕刻のことだ。彼には週に二、三日、仕込みの補助のアルバイトをしてもらっている。最初に声をかけた際には、「本気で私に頼んでるのか？」と目をむかれたが、しかしけっきょく、「暇だからいいがね」と、割りにあっさり引き受けてくれた。

彼が店に来ない日は、希実やこだまに手伝ってもらっている。こだまに関しては、美作医師が来ている日にも、ちょくちょく店に顔を出しては、イートイン席のほうで近所の小学生の宿題を見てやっていることが多い。「まー、暇だからさー」と、父親である美作医師と同じようなことを言ってはいるが、「自分と似たような子をほっとけないんでしょ〜」とソフィアは分析している。「クレさんの前では、なーんにも考えてないような顔してるけど、あれでけっこう、ぐじぐじ考えてるトコあるのよ、あの子」そんなわけで、現在ブランジェリークレバヤシのイートイン席は、夕方時々寺子《てらこ》屋《や》のようになってもいるのである。

ただし今日の来訪は、美作医師ひとりのみだった。彼は店に着くなり白衣（彼はコックコートではなく、自前の白衣で仕込みに臨む）を羽織りながら、レジ台に目を落とし訊いてきた。「どうです？　新しいブランジェは決まりそうですか？」おそらくレジ台に並んでいた履歴書に目を留め、進捗状況を気にしたのだろう。「あのイケメンに匹敵するようなのは、そうそうおらんでしょう？」

現在ブランジェリークレバヤシでは、新しいブランジェを募集中だ。弘基が店からいなくなって以降、パン作りは主に暮林が行ない、その補助や店頭での接客は、主に希実が行なってきた。そうして希実でまかなえない部分を、知り合いたちに広く浅く頼み込んで、バイトとして店に来てもらうという形態を長らくとってきた。

しかしこの四月から、希実は新社会人となり、本格的に会社での仕事をはじめる予定となっている。そうなればさすがに、今まで通り店を手伝うのは無理だろう。だからいよいよ暮林も、新しいブランジェを雇おうと心に決めたのだった。

新しいブランジェを雇うことにはそれなりの覚悟も必要だったが、店を続けるためにはそれしかないだろうという思いもあった。営業時間から経営方針から、だいぶ普通とはズレとるで、どう説明していいもんやら、わからんようなところもあるけど……。そこらへんは、まあなんとかなるやろ。

それで暮林は、レジの履歴書を棚にしまいながら答えた。

「ええ、まあ……。だいたい、目星は付けました」

暮林の返答に、美作医師は「うむ」と唸る。「いよいよ、新人が入ってくるというわけですか」どうも彼なりに、新しいブランジェが気になるようだ。「男ですか？　女ですか？　ちなみに何歳の……？」

そうして仕込み作業に入るや、弘基の話題を持ち出した。「ところで、あのイケメンブランジェ、近々バゲットコンクールに出るらしいじゃないですか」おそらく弘基のアパートに転がり込んでいる息子、孝太郎から話を聞いているのだろう。「なんでも、今年こそ優勝すると息巻いているらしいですよ？　それで絶対に、近々日本に帰ってみせる、と……」

そんな美作医師の報告を受け、暮林も思わず笑ってしまった。「ああ。俺も多分、今年で優勝すると思いますよ。アイツは、有言実行型ですから。意地でも優勝するんじゃないですかねぇ？」

すると美作医師は眉を上げ、「だったら、新しいブランジェは必要ないんじゃないですか？」などと言ってきた。「あのイケメンが日本に戻ってくるなら、この店に出戻ってくる可能性もあるでしょう？」

だから暮林も、眉を上げて応えてしまった。「――弘基が、ですか？」そうしてしばし考えて、苦く笑って返すよりなかった。「それは難しいんじゃないですかねぇ。優勝なんてしたら、それこそ向こうの店が手放さんでしょうし……」

そんな暮林の回答に、美作医師はやや意外そうに目を丸くした。「なんだ。じゃあ、あのイケメンが帰ってくるのを見越して、新しいブランジェを雇わずにいたわけじゃなかったんですか」

思いがけない美作医師の見立てに、暮林はやはり苦笑いで返す。「いやいや、それは単に、希実ちゃんがおるし、まあ大丈夫かなーと思って、やってきただけの話で……」おかげで美作医師は、どこか虚をつかれたように言ってきたほどだ。「なんだ。あんがい行き当たりばったりだったんですねぇ」受けて暮林も、肩をすくめ、返すしかなかった。「ですなぁ。いやはや、お恥ずかしい」

しかし美作医師は、すぐにどこか納得した様子で、淡々と捏ねたパン生地を分割しはじめた。「ま、別に、いいんですがね」長年外科医をやっていただけあって、彼は手先がおそろしく器用だ。ほとんど手元を見ないまま、正確に生地をカードで分割し、それを手早く丸めケースに収めていく。「あなたがそういう性格だから、私もここでこうして、パンなんか作ってるんでしょうし――」

どこか感慨深げに美作医師は言って、生地の分割を終了させる。そうして生地をケースごとホイロへ運びはじめる。

いっぽうの暮林も、自分のペースでパン生地を捏ね続ける。美作医師と比べたらゆっくりだが、それが自分の速度だとわかっているから、特に気にせず捏ねていく。「そうですねぇ。美作先生には、本当に力になっていただいて……」

そんな暮林を横目に、美作医師はホイロから別のケースを取り出し、さっさと面台へと運んでくる。ケースの中には発酵を終えた生地が入っており、彼は手慣れた様子でその生地のガス抜きに取りかかる。そうして話のほうも、ごく当然のように続けてみせたのだった。

「まったくです。なぜあなたの力になっているのか、不思議に思うことすらあるほどですよ。あなたと初めて会った時、こんなふうにパン生地を捏ね合う仲になるとは、夢にも思いませんでしたし」

そうして美作医師は、どこか冷ややかに暮林を一瞥《いちべつ》し言い切った。

「——そもそも、あなたの第一印象は最悪でしたからね」

その発言には、暮林も思わず笑ってしまった。「……あ、はは。でしょうなぁ」何せ確かに、ふたりの出会い方は決して好ましいものとは言い難かったからだ。「そこは、なんちゅうか、お察しします……」

もう、六、七年も前のことになるだろうか。こだまを織絵から引き離し、勝手に引き取ろうとした美作医師のもとに、暮林は希実や弘基ともども押しかけた。そうしてけっきょく、彼の言い分を無視したまま、こだまを奪い返してしまったのだ。

美作医師も当時のことを思い出したようで、眉間にしわを寄せブツブツと言い募りはじめる。

「まったく、ひどい話でしたよ。下の息子は取り上げられるわ、上の息子は手懐《てなず》けられるわ……。何か恨みを買ったのかと、考えたこともあったほどで……」

その言い分には、暮林も返す言葉がなく、「それは申し訳ないことでしたなー」と笑顔で受け流し続ける。しかし彼の怒りは収まらなかったようで、ビシッと暮林を指でさし、顔を歪めながら言い足した。

「しかもあなた、二度目に私と会った時、お茶も出さずに水道の水を出してきたでしょう？　あんな扱いは子供の頃以来で、中々に痺れるものがありましたよ」

だから暮林は、薄い笑みを浮かべたまま、ひそかに思わずにはいられなかった。ははあ、なるほど……。水道水って、そんな気に障ることやったんか……。それで黙り込んでいると、美作医師は再びガス抜きに戻りつつ、首を振りながら言葉を継いだ。「せめて、浄水器使った水を出せ、と思いましたね」おかげで暮林は、神妙に返すよりなかった。「それは、大変なご無礼を……」

すると美作医師は、木のうろでものぞき込むような目で、じっと暮林を見詰めてきた。

「――本当に、そう思ってますか？」

受けて暮林は、ごく神妙に頷く。「もちろんです」そうして、何かまたやらかしてしまったのかと思いつつ、うかがうように訊いてみる。「何か、不審な点でも……？」

そんな暮林を前に、美作医師はどこか胡乱な表情を浮かべ、「むう……」と小さく唸ってみせた。「やっぱり、わからない人だなぁ、あなたは——」そうしてガス抜きを終えた生地をカードで分割しはじめた。

「……最初は、どうしようもない独善的な正義感を振りかざした、手の施しようのない偽善者なんだと思っていました。だから他人の分際で、わざわざこだまを連れ戻しにきたのだろう、とね」

彼の分割は完璧で、まるで機械のように、白い生地を等分していく。

「けれど、どうもそういうわけでもなさそうだと、途中から思うようになりました。主に、律子さんの一件からかな。この男は、偽善者などというものではなく、単なる考えなしの、重篤《じゅうとく》なお人好しなのではないか、と思いはじめた」

しかつめらしく言ってくる美作医師に、だから暮林も、「はあ、なるほど……」と笑って返す。「もしかすると、そうなのかもしれませんなぁ」だが美作医師は、片方の口の端だけをあげ、大仰に首を振ってきたのだった。

「でも、そうじゃない。単なる善人は、あの場面であんなふうに水道水なんか出さないし、この場面で私の意見を、そうなのかもしれないなどと受け入れたりもしない」

やけに断定的な物言いだった。それで暮林は、そうなんやろか？　と考え、わずかばかり首をひねる。そんな暮林を前に、美作医師は分割したパン生地を、再びケースに戻していく。そうして小さく息をつき、妙にしみじみと言ってきた。

「……あなたは、いったいどういう人間なんでしょうね？」

悪意のある表情ではなかった。試している様子も皆無だった。ただ単純に、不思議でならない。彼の口ぶりはそんな感じで、だから暮林も、それなりにその言葉を真摯に受け止め考えてみた。「うーん……。どういう、ですかぁ……」考え出すと手が止まって、だから、いかんいかん、とすぐに生地捏ねに戻ったのだが、それでも暮林なりに薄《う》っすらとは考え続けた。どういう人間、なぁ……？

そうして捏ね終えたパン生地を無事ケースに収め、ホイロへと運んだ段で、暮林は彼なりの答えを告げてみた。

「まあ、なんちゅうか……。自分でも、ようわからんところもあるんですけど……」

それでも、美作が覚えていた違和感は、それが原因なのではないかと思い至り、明かしたのだ。

「――俺は、ずいぶんと鈍い人間なんですわ。人の心の、機微ってのがようわからんっちゅうか……」

こんな話を他人にするのは、美和子以来なのではないかと、そんなことを頭の片隅で考えつつ、しかし別に隠していたことでもないので、言葉はすらすらと口をついて出てきた。

「子供の頃からずっとそうで、親にはひどく迷惑をかけた覚えがあります。人の気持ちを、うまく汲《く》めんのですな。それで、あっちこっちで面倒事起こして……。母親なんか、そのたびに頭下げて回っとって、大変やったと思います。大人になったらだいぶ落ち着きましたけど。それでもやっぱり、人の心はようわからんことが多いっちゅうか……。どっか、鈍いまんまで……」

そんな暮林の告白を受け、美作医師は少し驚いた様子で、ぱちくりと瞬きをしてみせる。「心、ですか……?」しかしすぐに、「ああ……」と小さく呟くと、何やら納得したようで、「そうでしたか」と何度も頷きはじめた。「なるほど、そういう……」そうしてしばし逡巡したのち、どこか興味深そうに、さらに重ねて訊いてきた。

「……その鈍さは、自分の心に対しても、ですか?」

彼の指摘に、暮林は少し考えて、しかしすぐに頷き笑って返す。

「それは——。うん……。確かに、そうかもしれません。俺は普通の人のように、感情が高ぶることもあまりありませんし……」

そうしてすぐに、苦笑いを浮かべてしまった。

「けど、だからダメなんかもしれませんな。いつも気持ちが凪いどると言えば聞こえはいいですが、要はぼんやりしとるってことでもあるわけで……。自分がこんなふうやで、人が何を感じとるのか、ようわからんところがあるのかもしれません」

暮林のその言葉を受け、美作医師はどこか腑に落ちたような、しかし返答に困ったような表情を浮かべていた。だから暮林は、ひとつ注釈を入れておいた。

「あ、けど若い頃、妻に……、いや、当時はまだ恋人でしたけど。彼女に、私の心を半分あげると言われたんです。そこから、少し変わったような気はします。昔ほど、周りに対して、無頓着ではなくなったというか……」

すると美作医師は、やや大げさに目を見開き、「ほう」と声をあげてみせた。「なるほど。それはまた、ロマンチックな話ですね」

それで暮林も、笑顔を作り、返したのだった。「ですかねぇ？　なんや、ようわかりませんけど……。自分は感情過多やから、半分くらい心がなくなったほうが楽になるみたいなことを、確か妻は言っとりましたわ」

受けて美作医師は、また小さく息をつくようにしながら言ってきた。「……なるほど。じゃあ奥さんは、喜怒哀楽が激しいタイプだった？」だから暮林は首をゆっくり振って返した。「いや、激しいのは主に怒と哀でしたかね。あとは時々、妙なところで感動して、大喜びしたりもしてましたけど……」

それは暮林にとって、偽らざる美和子という女性の実像だった。他の人が口にする美和子という女性は、優しく慈愛に溢れたしっかり者だったが、しかし暮林の前の彼女は、そんな人物像とは少し様子が違っていた。彼女は何かと世間に悪態をつくタイプだったし、それなりに気分屋で学校をサボることもしばしばだったし、あとは時おりではあったが、怒りに任せ物に当たるようなところもあった。

情緒も少々不安定だった。わけがわからない理由で泣きだして、一晩中そばで見ているしかない夜もあったし、むっつりと黙り込んで、日がな一日口をきいてくれないこともあった。

ゼミ仲間だった田中《たなか》などは、呆れたように言っていたほどだ。「普通に考えて、もっといい子いるだろ？　修行か何かのつもりなのか？　よりによって久瀬って……」

けれどやはり、自分には美和子なのだろうと、暮林は自然と思っていた。何せ彼女は、暮林自身が気付いていない彼の心の微妙な変化にも、どういうわけかいつも必ず気付いてくれたのだ。

たとえば大学卒業後、暮林があっさり仕事を辞め留学したことも、その後海外勤務を続けたことも、美和子は当然のように受け止めてくれていた。「へえ、いいんじゃない？」親には大概非難されたし、友人たちにも、我慢が足らないんじゃないのか？　などと評されることもしばしばだったが、美和子だけは、いつもそんな調子だった。「行きたいなら行くべきよ。だってそれ、陽介がやりたかったことでしょ？」

正直なところ、暮林には自分のやりたいことなどよくわかっていなかった。ただどこか衝動的に、そうしてしまっていたようなところもあった。けれど美和子が、いつもその行動を認めてくれたから、彼もこれで良かったんだと思うことが出来ていた。自分の心の半分が、そう言ってくれたことなら、多分、間違いはないはずだ、と——。

あとは、もっとささやかなことも、彼女はたくさん教えてくれていた。たとえば、鮮やかな朝焼けや、線路沿いに咲いた花、雨上がりの虹に、夜空から降ってくる、おびただしいほどの白い雪。そんなものに、ふと目を留めてしまう理由を、彼女はいとも簡単に、暮林の隣で口にしたのだった。

「わあ、綺麗だねぇ……」

だから暮林も、ああ、そうか、と妙に納得することが出来ていた。これが、綺麗、ってことなのか……。そうしてどこかで、ホッと息をついていた。なんや、俺も、思えとったんやな。綺麗やなんて、そんなこと——。

咲いた桜の木の下で、立ち止まる理由も、美和子によって知ったことだ。

出来た。

季節の変化に、自分の心がわずかながら動いていたことを、だから暮林は知ることが

「ああ、春だねぇ」

「綺麗ねぇ……」

美和子ほど、深く感じ入ってはいなかったかもしれない。

「……来年も、また見られたらいいね」

それでも、思っていた。足らない心で、足らないなりに、そうやな、と。

また、見られたらいい。

来年も、君と一緒に——。

心があることは、難儀そうでもあった。美和子を見ていれば、自然とそう思う部分も生じた。泣くことも怒ることも、決して楽しそうには思えなかったし、対人関係についても、よくよく彼女は悩んでいるようだった。

「なんで私って、こうなのかしら?」うなだれながら、そんなことを言っていたのは、いつのことだっただろう? 学生時代だった記憶があるから、付き合いだして間もない頃だったような気もする。ゼミ仲間の田中に毒づいて、彼を黙らせてしまった時などは、落ち込んで頭を抱えてもいた。「まったく、人を不愉快にさせる天才よね……。ホント、

最低……」

けれどふたりは、その後長い年月を経て、気心の知れた友人同士に収まっていたから、彼女の反省や後悔は、あながち無駄でもなかったのだろうと暮林は思っている。心があるということは、多分、そういうことなのだ。近づいたり、遠のいたり、また近づいたり、そんなことを繰り返せるのは、あのひどく不安定な、心があってこそのことなのだろう。

難儀ではあるが、けっきょくのところ尊い。それが暮林の、心というものに対する心証だ。途方もないような悲しみも、手におえないほどの怒りも憎しみも、喜びや楽しさと、どこかで対を成している。少なくとも美和子の心は、そんなふうであったように、暮林には思えていた。

それで、美作医師にも言ってしまった。

「――でも俺は、そういう人やったで、彼女を好きになったんやと思います」

その言葉に、美作医師は目をぱちくりさせ、ケースを抱えたまま動きを止めてしまっていたが、しかし暮林は、臆せずにさらに言葉を続けたのだった。

「今もそうです。心のある人が、どっか眩しゅうて……。どうしようもなく、いとおしいんですわ」

人の心は眩しい。いつだったか暮林は、自分がそう感じていることに気が付いた。自分にないものだからそう思うのか、それとも本質的に、それが心というものの特性なのか、そのあたりはよくわからないままだが、しかし度々、目が眩《くら》むような感覚を覚えているのは事実だ。

それはあちこちに振れながら、浮いては沈みを繰り返し、暮林が思いもしないような着地点へとたどり着く。たとえば美作医師が、仕込みの手伝いを引き受けたことだって、彼は暮林のせいにしていたが、要は彼自身の心が振れた結果なのだ。暮林にしてみたって、やはりそれは意外なことではあった。あの美作医師が、自分の目の前でパン生地を捏ねているなんて、数年前ならどう考えても想像出来なかったことのはずだ。

彼だけではない。彼の息子であるこだまもずいぶんと変わった。昔は天使のような少年だったが、今は少々様子が違う。ソフィアは堕天使だと言っているが、それはつまり、普通の人間になったということなのだろうと、暮林はひそかに思っている。だからおそらく、悪い変化ではないのだろう。少なくとも暮林にはそう感じられる。

こだまの兄、孝太郎もずいぶんと変わった。出会った頃は、父親に復讐心を燃やす少年だったが、しかし今は父親のことなどどこ吹く風で、どういうつもりか弘基にまとわりついている。彼の目的は杳として知れないが、なぜか暮林としても、それは正当な行ないのような気がしてならない。だからまあ、好きにすればええわ。それが暮林の率直な心境だ。納得がいくまで、そうしとりゃええ。

店の常連だった斑目もソフィアも、気付けばそれぞれパートナーを持ち、その暮らしぶりを変えた。斑目はじき二児の父となる予定だし、ソフィアは近々、安田と共有名義でマンションを買う予定だと、感慨深そうに言ってもいた。「幸せになるって、多分、不幸せになる可能性も、引き受けていくってことなのよねぇ」その上で彼女は、幸せになろうと心に決めたらしい。「実はまだ、ちょっとだけ怖いけど……。でも、相手あってのことだし、もうやるしかないわよねぇ？」そう笑うソフィアは、以前より少し綺麗になったと評判だ。

美和子を追いかけていたはずの弘基は、いつの間にか希実に心を寄せるようになっていた。本人は長らく無自覚のようだったが、暮林の心証としては、もうずいぶん前から彼の心は変化していたように思う。昔はどっかで、俺に突っかかるようなところがあったけど、途中からはまあ柔らかくなったでなぁ……。本人に自覚がなさそうなあたりが、人の心の凄みってヤツかもしれんけど——。

そうして希実も、気付けば弘基の気持ちに呼応していた。その点に関しては、暮林も目をむく部分があったのだが、しかし冷静に考えれば、そう不思議ではない収まりどころのような気にもなった。まあ、若い男女が、ひとつ屋根の下で延々暮らしとったわけやし。なんだかんだで、最初からぽんぽん言いたいこと言い合っとったくらいやで、気は合うんやろうしなぁ……？

しかしそれらも、やはりひどく眩しいような、心の動きであったのは確かだ。いかにも不愉快そうな顔で自分の前に現れた弘基と、世界を憎み切ったような仏頂面でブランジェリークレバヤシに飛び込んできた希実が、自分の前でまったく違う表情を浮かべるようになっている。そのことに、暮林としてはやはり少し、感慨を覚えずにはいられなかった。

あのふたりが、そういう収まり方をするとはなぁ。しかもまとまるにも、えらい時間かけて……。希実ちゃんはまだしも、弘基もだいぶ鈍かったんやな。あれで弘基が他所の店に移らんかったら、今でもずるずる同居しとるだけやったかもしれんし。そう考えると、借金問題もいいキッカケやったのかもしれんな。あるいはそれも、弘基が言うところの運命というヤツなのか——。

人の心というものは、鋭いようで鈍くもあり、繊細なようで強くもあり、清廉であってもどこかしら汚れていて、その汚れすらいとおしく感じられるのだから、本当に不思議なものだと暮林は思う。

「美和子さんが、真夜中にパン屋をやろうとした理由なんですけど」

そんな話を切りだしてきたのは希実だった。ニューヨークから帰国してすぐの頃、ふと思いついたように、彼女は何気なく言ってきた。

「昔、美和子さん、私に言ってくれたことがあったんですよね。いつでも、うちに来ていいよって。夜でも、明かりをつけとくからって。だから夜中に、パン屋をやろうとしたのかなって、私、どっかでずっと思ってたんですけど……」

けれど、かの地で思ったらしい。

「もしかしたら美和子さんは、暮林さんの時間に合わせて、お店をやろうとしてたんじゃないかって、ニューヨークで思ったんです。ブランジェリークレバヤシの営業時間って、向こうでの生活の時間に、なんかピッタリ合ってたから……」

無論、本当のところはわからないが、けれどそれは、希実の心がたどり着いたひとつの答えではあったようだ。

「暮林さんが暮らしてるのと同じ時間帯で、お店を開けていたかったんじゃないのかな？　美和子さんは――」

だから暮林も、改めて思ってしまったのだった。ああ、人の心というのは、本当に不思議なもんや。何せ自分が思い至らないようなことに、ひょいと当たり前のように気付いてみせる。

「……同じ時間で、暮林さんと一緒に、生きていたかったんじゃないかな？」

まだ暗い夜の中でも、朝を告げてくる鳥たちのように、暮林にはわからない何かに気付いて、当たり前のように告げてくる。

「そうやって、暮林さんのこと、ずっと想ってたんじゃないのかな」

配達途中の桜の木の下、その子がひとり佇んでいることに、暮林は数日前から気が付いていた。

桜の開花具合から考えるに、おそらく一分咲き当たりの頃からだろうか。彼はガードレールにちょこんと座り、ぼんやり宙を眺めているようだった。年の頃は、十歳か、それより少し下あたりか。ひょろりとした小柄な少年で、宙を眺めているのかと暮林は思っていたが、おそらく桜を見上げていたのだろう。

時間からして、深夜徘徊には当たらない。午前五時過ぎは、おそらく早朝の範疇であるはずだ。しかし外はまだ暗く、そんな時間に子供がひとりでいることに、もちろん暮林は違和感を覚えたし、初めて見かけた日などは一応声をかけようともした。

しかし少年は、暮林と目が合うと、ぱっとガードレールから飛び降りて、そのまま近くのアパートへと駆けて行ってしまった。そうしてその一室のドアを開け、若干慌てた様子で中へと急ぎ入っていったのだ。

だから単に、早起きが過ぎて時間を持て余している少年なのかと考えもした。暮林も子供の頃、朝早くに目が覚めると、いてもたってもいられなくなり、ひとり家を抜け出して、家族を大騒ぎさせた経験があったからだ。

けれど少年は、翌日も、また翌日も同じ場所にいて、ぼんやり宙を眺め続けていた。昨日などは暮林と目が合っても、特に逃げ出すようなこともなく、また視線を宙へと戻していたほどだ。桜は満開になっていたから、見知らぬ大人の出現ごときで、立ち去るのは惜しいと思っていただけかもしれないが、しかし暮林としては、やはり引っかかりを覚えてしまった。

だから今日もあの子がいたら、声をかけようとハナから決めてはいた。そういう意味ではごく計画的に、暮林は少年に声をかけたと言えよう。

「――ええ場所やな。おじさんも隣、座ってええか？」

すると少年は、あからさまに表情を曇らせ、怪訝に暮林を見上げてきた。しかし逃げだす様子はなく、ただ不審そうな目で暮林を見詰めるばかり。だから暮林は、「あやしいおじさんではないで？」と告げたのだが、少年は疑いの眼差しを浮かべたまま、プイッと顔をそむけた。それで暮林は、「じゃ、失礼します」と彼の隣にひょいと座ったのだ。相手が逃げ出さないのなら、まあいいだろうと暮林なりに思ってそうした。

　そうして持参していた紙袋から、焼き立てのクルミパンを取り出し、パクリとひと口頬張った。瞬間、少年はぎゅっと暮林のほうに顔を向け、そのままじーっと暮林を凝視しはじめた。暮林が誘い水を向けたのはその段だ。

「……おじさん、パン屋なんや」すると少年は、「知ってる」と返してきた。「そこのレストランに、毎日パンを置いてく人でしょ？　おじさんの車が止まると、パンの匂いがしてくるから、知ってる」

　それで暮林は、目を見開き言ってしまった。「そうなんか。君、ずいぶんと鼻がええんやな」受けて少年は、少し得意そうに言ってのける。「まあね。給食も、献立見ないでも、けっこう当てられるよ」だから暮林も笑って返した。「おお、そらすごい」その言葉に、少年はまんざらでもない笑みを浮かべる。

「それに……。パンは好きだから、匂いにはすぐ気付くんだ。道とか歩いてても、パン屋が近くにあるとわかるし」「ほお、そうか？　パン好きなんか」「うん！　家でもよく食べる。お母さん、俺が好きなの買ってきてくれるし」「おお、そらええな」「うん。ゆうべもパンだったし。俺が好きなやつ」「……ええお母さんなんやな」「うん。忙しいけど、優しいんだよ」

暮林が、「もう一個パンあるけど、食うか？」と訊くと、少年は「うん！」と大きく頷いた。用意してあったのは、同じくクルミパンで、彼はそれを受け取るなり、「あったかー」と破顔して、すぐにパンを頬張った。だから暮林はポケットから、すかさず牛乳をとりだしたのだ。「おおっと……。急いで食うとむせるで？　ほれ、牛乳……」そんな暮林を前に、今度は少年のほうが目を見開き、「スゲー、おじさん！」と感嘆の声をあげた。「そんなちっちゃいポケットに、どうやって牛乳入れてたの？　ドラえもんのポケットみたい」

だから暮林は、「そうかもなぁ」と小さく笑って、今度はポケットから手帳を取りだした。「こんなものも、入っとるくらいやし……」その演出に、少年はさらに目をむいて、「えー？」と声をあげた。「どこに入ってたの？　スゲーでかいポケットなの？」

そんな少年に、暮林は手帳の一ページをちぎって差しだす。

「これもやるわ」

少年は不思議そうに、その紙切れを受け取る。その表情は、なんだこれは？　と明らかに語っている。それで暮林は、一応その説明をしてみせたのだった。

「桜の花びらが、貼ってあるんや。それ持っとると、幸せになれるんやと。そやで、君にあげるわ」

遠くから、鳥の鳴き声が聞こえてくる。まだ暗い闇の中で、けれど朝が近づいていることを、彼らは今日も告げてくる。

「そこに、おじさんのパン屋の住所も書いてあるで、気が向いたら遊びにおいで。夕方からやったら、たいてい開いとるし。時々、勉強教えてくれるお兄さんもおるし。おいしいパンも、だいたいあるで」

もしかしたらあの鳥たちは、一番暗い闇の色を知っているのかもしれない。暮林はかすかな鳴き声を聞きながら、そんなことをぼんやりと思う。

夜明け前の、一番暗い闇の色。それを彼らは知っていて、だからこそ朝の訪れに、気付くことが出来るのかもしれない。何せ一番濃い闇のあとに、朝というのはやってくるのだ。

「……だから、気が向いたらいつでもおいで」

遠くの空は、まだ暗い。

それでも鳥たちは、鳴き続ける。

いずれ光が射すことを、必ず朝がやってくることを、毎日毎日告げてくる。

※本書は2017年6月にポプラ文庫より刊行しました。
Special Thanks : Boulangerie Shima

大沼紀子（おおぬま・のりこ）

1975年、岐阜県生まれ。脚本家として活躍中の2005年に「ゆくとし くるとし」で第９回坊っちゃん文学賞を受賞し、小説家としてデビュー。『真夜中のパン屋さん』シリーズで注目を集める。他の著作に『ばら色タイムカプセル』『てのひらの父』『空ちゃんの幸せな食卓』（すべてポプラ社）『路地裏のほたる食堂』（講談社）などがある。

表紙＆章扉イラスト＝山中ヒコ
背表紙イラスト＝山中彩
表紙デザイン＝坂野公一＋吉田友美（welle design）

teenに贈る文学 2

真夜中のパン屋さんシリーズ⑥
真夜中のパン屋さん
午前５時の朝告鳥

大沼紀子

2018年４月　第１刷

発行者　長谷川 均
発行所　株式会社ポプラ社
〒160-8565　東京都新宿区大京町 22-1
TEL 03-3357-2212（営業）
　　03-3357-2305（編集）
振替 00140-3-149271
フォーマットデザイン　小谷瑞樹　宮本久美子
ホームページ　http://www.poplar.co.jp
印刷　凸版印刷株式会社
製本　株式会社難波製本

N.D.C.913／382P／19cm
ISBN978-4-591-15794-7